내가

지워진 날

THE DAY I WAS ERASED

내가 지워진 날

리사 톰슨 지음 | 이민희 옮김

차례

※ 본문에 아래첨자로 삽입된 주석은 모두 옮긴이주입니다.

1장
쓰레기통

내 반려견 몬스터는 세상에서 제일 멋진 개다. 뻥 안 치고 정말로.

아빠는 녀석이 반은 개고 반은 두더지일 거라고 했다. 땅굴을 기가 막히게 파기 때문이다. 주로 우리 집 마당 울타리 아래서. 그 투실투실한 몸이 널빤지 밑에 끼지 않는 게 참 신통하다.

한번은 어떻게 하나 지켜봤다. 몬스터는 화단에 앉아 널빤지를 지그시 노려보다가, 그 밑의 땅을 파헤치기 시작했다. 흔들리는 꼬리 밑으로 흙이 마구 튀었다. 녀석은 뒷다리를 양쪽으로 납작 벌린 채 배를 요리조리 질질 끌더니, 순식간에 꽁무니를 감췄다.

몬스터는 탈출하면 늘 뱅크스 부인의 앞뜰로 향한다. 녀석은 부인의 쓰레기통을 들이받아 넘어뜨린 다음, 마치 큰 털북숭이 진공청소기처럼 별별 쓰레기를 다 집어삼켰다. 말 그대로 별별 쓰레기를.

한번은 우리 집 거실 카펫에 여자 팬티 한 장을 토해 낸 적도 있다. 엄마는 그걸 빨아서 돌려줘야 하나 진지하게 고민했다. 나는 애초에 쓰레기통에 있던 물건이니 부인도 원치 않을 거라고 지적했다. 안 그렇겠는가?

뱅크스 부인은 이번 주만 해도 세 번이나 몬스터가 자신의 쓰레기통을 뒤지는 현장을 목격했다. 부인은 몬스터를 겨드랑이 밑에 거꾸로 끼워 들고 우리 집 현관 계단에 와 있었다. 몬스터는 기분이 좋을 때처럼 꼬리를 빙빙 휘둘렀다. 부인은 꼬리가 얼굴을 후려칠까 봐 고개를 멀찌감치 빼 들었다.

"이 녀석이 아주 고삐 풀린 망아지란 거 모르나요, 베케트 부인?"

뱅크스 부인이 따졌다.

엄마는 한창 아빠와 말다툼하고 있던 터라 문을 열 때 살짝 당황한 상태였다. 몬스터는 꼬리를 멈추고 몸을 꿈틀거렸지만,

그럴수록 뱅크스 부인이 더 꽉 옭아맸다.

“또 내 쓰레기통을 뒤지고 있더군요. 게다가 내 잔디에 ‘선물’까지 두고 가지 뭡니까.”

“선물이요?”

엄마가 피곤한 듯 이마를 문지르며 말했다.

“그래요, 베케트 부인. 아주 불결하고 고약하고 역겨운 선물이요.”

몬스터는 그 ‘선물’의 출처가 어딘지 증명하듯 다시 꼬리를 흔들었다. 내가 피식 웃자 뱅크스 부인이 날 쏘아보았다. 부인이 더욱 힘주어 옭아매자 몬스터가 깽, 하고 날카롭게 울었다.

“그러지 말아요!”

내가 끼어들었다.

“그렇게 꽉 안는 거 싫어한다고요. 당장 내려놔요, 이 못된…… 늙은 암소!”

“맥스웰!”

엄마가 나에게 소리쳤다.

뱅크스 부인의 눈이 튀어나올 정도로 크게 벌어졌다.

“당신 아들……. 당신 자식이 내게 이런 식으로 말하는 걸 보고만 있을 건가요?”

엄마는 나를 보며 입을 빼끔거렸지만 아무 말도 하지 않았다. 아예 할 말을 잃은 눈치였다. 몬스터는 이제 꼬리를 내리고 낑낑거리기 시작했다. 나는 문간을 뛰어넘어 뱅크스 부인의 팔뚝을 잡고 몬스터를 끌어내려 했다.

“아프다잖아요! 놔 줘요! 놔 주라고요, 당장!”

뱅크스 부인이 놀라서 비명을 질렀다.

“이런! 떨어져! 떨어지라고, 이 끔찍한 녀석!”

“맥스웰! 무슨 짓이야?”

엄마가 내 어깨를 잡아끌었다. 깽, 소리를 내며 바닥에 떨어진 몬스터는 몸을 한 번 푸르르 떨더니 아무 일도 없었다는 듯 집 안으로 총총 들어갔다.

“죄송해요, 뱅크스 부인. 맥스웰이 오늘따라 왜 이러는지 모르겠네요.”

뱅크스 부인은 앞머리를 거칠게 쓸어올렸다.

“글쎄요, 베케트 부인. 댁네 아드님은 난폭하기가 들짐승이나 다름없어요. 나도 알고 학교도 알고 아마 댁도 알겠죠. 댁네 개, 그리고 아드님에게 단단히 고삐를 매어 두지 않으면 다음부터는 법적으로 대응하겠어요.”

홱 돌아선 뱅크스 부인이 출입로를 가로질러 원래는 대문이 달려 있던 벽돌 기둥 사이로 나갔다. 엄마는 땅이 꺼지게 한숨을 내쉬며 현관문을 닫았다. 이제 야단맞겠구나 싶었는데, 부엌에서 아빠의 고함이 들려왔다.

"어맨다? 내 치킨 파스타 못 봤어? 설마 포스트잇 떼고 날름 한 건 아니겠지?"

엄마는 이를 악물고 복도로 저벅저벅 들어갔다.

"아니, 에디! 당신의 그 지긋지긋한 파스타는 건들지도 않았거든!"

나는 콧김을 내뿜었다. 우리 부모님은 각자 먹을 음식을 따로 사서 포스트잇에 이름을 써 붙이는 한심한 짓을 한다. 상대방이 자기 걸 먹었다고 여길 때마다 길길이 날뛰었다. 벡스 누나와 나는 음식에 이름표 따위를 붙이지 않는다. 그저 엄마나 아빠가 해 주는 대로 먹었다. 나는 그 포스트잇이 싫다. 뱅크스 부인이 몬스터를 괴롭히는 것과 거의 맞먹을 정도로 싫다.

그날 밤 엄마 아빠는 역대급으로 크게 싸웠다. 나는 잠들려고 애썼지만 두 사람이 서로 악을 쓰는 소리가 내 방 벽을 뚫고 들려왔다.

누나 방에 가고 싶었다. 어릴 때 천둥이 치면 누나와 난 나란히 앉아 밤을 지새우곤 했다. 하지만 이제 누나는 문도 열어 주지 않을 것이다. 누나는 열다섯 살인데 완전 별종이다. 심지어 방 벽에 영국의 역대 왕과 여왕의 이름이 적힌 포스터를 붙여 놓았다.

아니, 대체 누가 그러느냐고.

왜 우리 누나는 아이돌 그룹이나 영화배우처럼 평범한 열다섯 소녀가 좋아할 만한 걸 좋아하지 않을까? 그래도 엄마 아빠가 싸우는 소리를 듣느니 차라리 누나랑 같이 있는 편이 나을 듯했다.

싸움의 주제가 뱅크스 부인과 몬스터에서 나로 옮겨 갔다. 엄마 아빠는 내가 학교에서 계속 말썽을 일으키는 이유를 서로의 탓으로 돌렸다. 나는 베개로 귀를 막고 잠을 청하려 애썼다.

어느덧 자정 무렵이 되자 현관문이 쾅 닫히는 소리가 났다. 일어나 앉아 귀를 기울여 보니, 아빠의 밴에 시동이 걸리고 곧 차도로 빠져나가는 소리가 들렸다. 그제야 긴장이 조금 풀렸다. 아마 아빠는 화가 가라앉을 때까지 동네를 빙빙 돌다가 우리가 모두 잠들었을 때쯤 돌아올 것이다.

나는 이불을 머리 위로 끌어당기고 그 안에서 공처럼 웅크렸다. 오늘 뱅크스 부인이 몬스터를 옆구리에 낀 채 찾아오지 않았더라면 이렇게 큰소리가 오갈 일도 없었을 것이다. 이게 다 뱅크스 부인 탓이다. 나는 복수할 방법을 궁리하다가 스르르 잠이 들었다.

2장
플라밍고

뱅크스 부인의 잔디밭에 서 있는 분홍색 플라밍고가 나를 수상쩍게 바라봤다. 그 까맣고 집요한 눈은 내가 뜰 한구석에 웅크리고 앉을 때까지 나에게서 떨어지지 않았다.

나는 매일 등하굣길에 뱅크스 부인의 앞뜰을 지난다. 그런데 한 달 전쯤 연못 옆에 커다란 플라스틱 플라밍고가 등장했다. 뱅크스 부인은 거의 매일 뜰에 나와 녀석을 감상하거나 조금씩 위치를 바꿔 놓았다. 나는 부인이 녀석에게 말을 건다 해도 놀라지 않을 것이다. 뭐, 저 멍청한 새라면 부인과 말이 통할지도 모르지만.

내 옆의 가시덤불이 조금씩 흔들리더니 그 사이로 젖은 코가 나타나 킁킁거렸다.

"몬스터! 또 어떻게 빠져나왔어? 쉿, 그 여자한테 붙잡히면 산 채로 가죽이 벗겨질지도 몰라. 너도 알지?"

나는 내 옆구리에 머리를 비비적대는 몬스터의 목을 긁어 주었다. 녀석은 엉덩이를 마구 씰룩대며 꼬리를 빙빙 돌렸다.

나는 플라밍고를 노려보며 우리 집 뒷마당에서 찾은 반쪽짜리 벽돌을 들어 올렸다.

"누가 저렇게 흉측한 걸 돈 주고 사냐고. 안 그래, 몬스터? 저 플라밍고처럼 징그러운 건 내 평생 처음 봤어."

몬스터가 내 손등을 핥았다. 나는 찐득찐득한 침을 교복 바지에 문질러 닦았다.

"사실 이 뜰 전체가 소름 끼쳐. 보라고!"

대문에서 현관까지 디딤돌이 쭉 이어져서 어떤 방문객도 뱅크스 부인의 소중한 잔디를 밟을 염려가 없었다. 다만 나는 부인이 방문객을 맞는 걸 한 번도 보지 못했다. 아무도 부인의 집에 들러서 차를 마시거나 안부를 묻지 않았다.

그래도 종종 뜰 앞을 지나가다 멈춰서 멍하니 바라보는 사람들은 있었다. 뜰이 아름답거나 열대 식물이 풍성해서가 아니라, 너무…… 조잡해서였다. 색색의 꽃들 사이사이로 중절모를 쓴 다람쥐 가족, 이런저런 체조 자세를 취한 일곱 요정, 작은 손수레를 밀고 있는 땅딸막한 노인, 플라스틱으로 만든 소원의 우물이 있었다.

분홍색 플라밍고는 부인이 가장 최근에 사들인 물건으로, 나는 오늘 아침 등굣길에도 부인이 플라밍고의 보이지도 않는 먼지를 닦아 내는 걸 봤다. 요즘 부인이 가장 아끼는 물건이 분명했다.

나는 벽돌을 꽉 쥐고 뱅크스 부인의 집 창문을 살폈다. 창문을 가린 블라인드는 끔찍이도 칙칙한 녹색 버티컬 블라인드였다. 모두 닫혀 있었다.

"좋아. 준비됐어?"

몬스터는 내 옆에서 한숨을 푹 내쉬고는 자기 엉덩이를 핥기 시작했다. 몬스터는 따분할 때마다 그런다.

"좋아."

내가 일어나면서 말했다.

"셋, 둘, 하나……."

나는 벽돌을 손안에서 이리저리 돌리다가, 힘껏 던졌다.

음, 내가 의도한 것과 실제로 벌어진 일에는 상당한 차이가 있다.

내 의도는 그 조류를 쓰러뜨려서 머리를 살짝 찌그러뜨리는 것이었다. 별것 아닌 것 같아도 뱅크스 부인은 자신의 완벽한 잔디에 쓰러져 있는 신상 플라밍고를 발견하는 것만으로 치명타를 입을 테니까.

하지만 실제로 벌어진 일은 다음과 같다.

내 손을 떠난 벽돌이 베이컨 색 새를 향해 휙휙 돌며 날아갔다. 나는 그 광경을 입을 벌리고 지켜봤다. 벽돌은 목표물에 도달했다, 제대로. 다만 벽돌은 플라밍고에 명중했을 뿐 아니라, 머리를 아주 뚝, 하고 동강 내 버렸다!

플라밍고의 플라스틱 머리는 공중에서 휘휘 돌다가 뱅크스 부인의 현관문 앞에 불온한 택배처럼 도착했다. 목이 떨어진 몸뚱이는 가느다란 다리를 땅속에 처박은 채 그대로 꼿꼿이 서 있었다.

"이런."

나는 낮게 중얼거리고서 키 낮은 울타리 쪽으로 천천히 뒷걸음질 쳤다. 창문의 버티컬 블라인드가 꿈틀거렸다.

"가자, 몬스터. 도망쳐야 해."

내가 가방을 들쳐 메고 울타리를 넘는 동안 몬스터는 울타리 밑의 좁은 틈새를 비집고 들어가려고 용을 썼다. 들어올 땐 어떻게 들어왔는지, 지금은 나가지 못해 낑낑거렸다. 꼼짝없이 낀 모양새였다.

"힘내, 몬스터!"

녀석은 옴짝달싹 못 하면서도 내 말에 꼬리를 흔들었다.

"빨리 튀어야 해!"

내가 엉덩이라도 밀어 주려고 울타리를 도로 넘기 직전에 몬스터는 다시 한번 몸부림을 쳐서 보도로 빠져나왔다. 한 차례 푸르르 떨더니 나를 올려다보는 표정이 마치 "자, 다음은?" 이라고 묻는 듯 천연덕스러워 보였다.

몬스터와 함께 달리면서 웃음이 터져 나왔다.

머리 없는 플라밍고라니! 그것도 앞뜰에 떡하니!

이보다 더 통쾌할 순 없었다. 분노하며 날뛸 뱅크스 부인의 모습이 눈에 선했다. 아마 현관문을 열자마자 현관 깔판 위에 굴러다니는 머리를 보고 화산처럼 맹렬히 폭발하겠지.

우리는 모퉁이를 돌아 집에 가까워져서야 걸음을 늦추었다.

"이제 우린 당분간 몸을 사려야 해. 아마 우릴 의심할 테니까. 화를 어마어마하게 낼 거란 말이야."

출입로를 지나 집 안에 들어서자마자 나는 가방을 계단에 내던지고 현관문을 뒷발질로 닫았다. 몬스터는 자기 밥그릇 안에 뭐라도 나타났는지 확인하려고 부엌으로 달려갔다.

"엄마? 프린트 잉크가 떨어져서 숙제를…… 이런, 너구나."

벡스 누나가 계단 위에서 나타났다. 가슴 앞에 팔짱을 낀 채.

"또 싸움질했니? 엄마가 난리 치겠네."

내 교복을 내려다봤다. 바지 밖으로 빠져나온 셔츠는 아까 뱅크스 부인네 울타리에 걸려 옆구리가 찢어져 있었다. 학교 규정인 검정 신발은 진흙투성이라서 갈색에 가까웠고, 넥타이는 왼쪽 손목에 둘둘 감겨 있었다. 나는 넥타이를 매는 게 싫다.

아무튼 전체적으로 내 모습은 평소와 크게 다를 바 없었다.

"또 외출 금지 당할 텐데, 알지?"

누나가 쿵쾅거리며 계단을 내려와 나를 밀치며 지나갔다.

"싸움질한 거 아니거든."

나는 누나를 따라 부엌으로 들어가며 덧붙였다.

"실은 뱅크스 부인에게 중요한 교훈을 주느라 바빴지."

누나는 내 말을 무시하고 부엌 서랍을 뒤지기 시작했다.

엄마 아빠는 둘 다 외출 중이어서 집은 일단 조용했다. 냉장고 문을 열자 노란 포스트잇들이 팔락거렸다. 나는 쯧, 하고 혀를 찼다. 거의 모든 음식과 음료마다 포스트잇이 하나씩 붙어 있었다.

일부는 어맨다, 일부는 에디라고 쓰여 있었다. 백포도주 한 병에는 다음과 같이 적혀 있었다.

어맨다 것. 무슨 일이 있어도 건드리지 마시오.

부모님은 더 이상 아무것도 공유하지 않는다. 나는 포스트잇이 붙어 있지 않은 콜라 한 병을 집어 들었다. 벡스 누나나 내가 먹어도 되는 콜라였다.

"그냥 냉장고를 두 개 쓰면 안 되나? 그게 저 멍청한 이름표들보단 나을 텐데."

내가 냉장고 문을 쾅 닫으며 투덜거렸다.

"맥스웰, 너 프린터 잉크 카트리지 어디 있는지 알아? 본 적은 있어? 급하게 필요해서 그래."

누나가 또 다른 서랍을 열면서 물었다.

나는 콜라를 한 모금 크게 들이켰다.

"아, 어! 그거라면 봤어."

누나가 내 쪽으로 고개를 돌렸다.

"살았다! 어딨어?"

나는 한 모금 더 꿀꺽한 뒤 한 손을 들었다.

"꺼어어어어어어억."

최대한 시끄럽게 트림을 내뱉었다.

누나가 질색했다.

"너도 네가 진짜 역겨운 거 알지, 맥스웰 베케트?"

나는 키득거리며 찬장에서 감자칩을 한 봉 꺼냈다. 에디라고 적힌 포스트잇은 그대로 쓰레기통에 버렸다. 아빠는 내가 자기 과자를 먹었다 해도 개의치 않을 것이다. 오직 엄마가 먹었을 때만 난리를 치니까.

나는 누나가 찬장을 수색하는 동안 칩을 한 움큼 입속으로 밀어 넣었다.

"네 방에는 없어? 제발, 맥스웰. 나 페르시안 왕국 조사한 거 꼭 뽑아야 한단 말이야."

나는 그게 뭔지 감도 안 왔지만 적어도 숙제보다 '취미'에 가깝다는 것만은 확신할 수 있었다. 전에도 말했지만, 우리 누나는 별종이다.

나는 고개를 갸우뚱하고 손가락으로 턱을 두드리며 잉크 카트리지가 어디 있는지 떠올리는 시늉을 했다.

"보자……. 내 생각엔 아마도…… 음……. 아니, 아무래도 모르겠네."

나는 혀를 내밀어 입 안에서 곤죽이 된 칩을 보여 줬다.

누나는 진저리치며 휙 돌아섰다.

"으으, 넌 진짜 역겨워. 왜 태어난 거야, 진짜!"

나는 씩 웃으며 빈 과자 봉지를 구겨 쓰레기통에 던져 넣었다.

3장
몬스터

몬스터와 나는 아주 각별한 사이이다. 정말로 각별하다. 몬스터는 밥을 먹거나 잠을 자거나 자기 엉덩이를 핥고 있지 않으면 보통 내 옆에 꼭 붙어 다닌다. 날 올려다보는 커다란 갈색 눈을 보면 녀석도 자기를 살린 사람이 나라는 걸 아는 게 분명하다.

그렇다. 바로 나, 맥스웰 베케트가 몬스터의 생명을 구했다.

약 1년 전 하굣길에 있었던 일이다. 그날도 방과 후에 학교에 남아 벌을 받았다. 언뜻 재수가 없었다고 볼 수도 있지만, 그 덕분에 내가 적절한 시기에 적절한 장소에 있을 수 있었으니 따지고 보면 천만다행이었다.

그 학기에 나는 이미 수없이 학교에 남아야 했다. 선생님에게 말대꾸하고, 교복을 제대로 안 입고, 숙제를 안 해 가고, 화재 경보를 울리고, 찰리 긱이 두바이로 이민 간다고 전교생을 속였기 때문이다. 너무 그럴싸하게 거짓말하는 바람에 찰리는 교장실로 불려가, 왜 부모님이 학교에 알리지 않았는지 추궁을 당해야 했다. 참고로 찰리는 내 절친이다. 처음에는 좀 발끈하는가 싶더니 결국 자기도 재미있다고 생각한 것 같았다. 적어도 나는 그렇게 생각한다.

아무튼, 그 특별한 날 내가 학교에 남아야 했던 이유는 반 아이들의 수학 교과서를 몽땅 식당 쓰레기통에 처넣었기 때문이다. 생각보다 무척 간단한 일이었다.

그날 수학 수업(각도인지 뭔지, 아마 완전히 시간 낭비였을 것이다.)이 끝나는 종이 울리자, 굽타 선생님은 숙제 검사를 할 테니 교과서를 교탁 위에 올려놓고 나가라고 말했다.

나는 숙제를 안 해 갔다. 그 전 주에도 안 해 갔다. 딱히 숙제를 안 해서 양심의 가책을 느낀 적은 없었지만, 이번에는 부모님에게 전화가 갈 거란 걸 알았다. 그건 엄마 아빠가 또 한 번 대판 싸우리란 걸 의미했다.

내가 마지못해 내 교과서를 책 더미 위에 올려놓은 순간, 복도에서 와장창, 하는 소리가 울려 퍼졌다. 굽타 선생님은 무슨 일인지 확인하러 뛰쳐나갔고 나는 교실에 맨 마지막으로 남았다. 난 충동적으로, 그 책 더미를 움켜쥐고 내 가방 안에 그대로 쑤셔 넣었다.

복도는 아수라장이었다. 과학 선생님이 비커와 시험관이 담긴 쟁반을 떨어뜨린 모양이었다. 깨진 유리가 사방에 널려 있었다. 굽타 선생님이 과학 선생님을 도와 유리 조각들을 줍는 동안, 찰리 긱이 나섰다. 스스로 '인간 방패'가 되어 보행자들을 가로막고 있었다.

"다들 물러서! 유리야, 유리!"

찰리는 그것이 마치 불발된 폭탄이라도 되는 양 소리 질렀다. 가끔 좀 바보같이 굴 때가 있는 친구다.

머리를 굴려 보니 교과서들을 처리하고 다음 수업에 들어가기까지 약 3분의 시간이 있었다. 난 학교에서 제일 큰 쓰레기통이 있는 식당으로 향했다. 약 75분 후면 전교생이 자기 식판에 남은 음식물을 책 더미 위로 쏟아 버릴 테고, 굽타 선생님은 내가 숙제를 했는지 안 했는지 끝내 모를 것이다. 완벽하다.

식당에는 조리사 네 명뿐이었다. 그중 한 명이 오페라를 부르는데 자기들이 듣기에도 형편없는지 깔깔대고 웃었다. 그래서 나를 눈여겨보거나 책들이 쓰레기통 바닥에 쿵, 하고 떨어지는 소리를 듣지 못한 듯했다. 나는 수저통 옆에 놓인 종이 냅킨을 몇 장 집어 책 더미 위에 뿌렸다.

그러고 나서 다음 수업 교실로 달려갔다. 지리 선생님이 책상에서 고개를 들기도 전에 내 자리에 얌전히 앉아 있었다. 식은 죽 먹기였다.

내가 교과서를 무단 투기한 사실을 어떻게 들켰는지는 모르겠다. 아마 식당 조리사 중 한 명이 매의 눈을 하고 내 모습을 포착한 듯했다.

그날 마지막 교시에 로이드 교장 선생님이 나를 교장실로 불러 반가운 소식을 들려주었다.

일주일간 방과 후 남기와 부모님에게 전화 통보.

더 이상의 부부 싸움을 막으려 했던 내 계획은 완전히 역효과를 낳았다.

방과 후 남기 마지막 날, 나는 엄마 아빠의 큰소리를 조금이라도 피하고자 더 먼 하굣길을 택했다.

팔머스턴 가를 크게 돌아가다 보니 차도에 무언가가 떨어져 있었다. 처음에는 낡은 모피 코트인 줄 알았는데, 그것이 꿈틀거렸다.

개였다! 긴 갈색 귀에 하얀 몸뚱이, 등과 다리에 검정과 갈색 반점이 있었다. 숨을 헐떡이는 개의 밤색 눈이 그렁그렁했다.

오가는 차는 없었다. 나는 도로 안으로 들어섰다.

"멍멍아, 안녕."

그때는 몬스터로 불리기 전이었다.

"혹시 다쳤니?"

개가 입을 달싹이며 침을 삼키더니 자기 뒷발을 핥기 시작했다. 목줄은 없고 한쪽 발 주위의 털이 피로 짙게 물들어 있었다. 개는 일어서려고 했지만 아스팔트에 발을 대자마자 깨갱거렸다.

"발이 아프구나? 다친 거야?"

왜 자꾸 그렇게 말을 걸었는지 모르겠다. 아마 긴급구조 프로그램에서 본 대로 녀석을 진정시키려고 했던 것 같다.

다시 일어설 수 있나 지켜보려고 했는데 멀리서 차 소리가 들렸다. 처음에는 그리 걱정하지 않았다. 내가 흔드는 팔을 보고 운전자가 속도를 줄이기를 기다렸다. 그런데 속도가 줄어들지 않았다. 아니, 더 빨라졌다. 운전자가 날 조금이라도 늦게 본다면 큰일이었다. 내가 잽싸게 몸을 피하더라도 개는 팬케이크처럼 납작해질 게 뻔했다.

"어이! 속도 줄여요! 여기 다친 동물이 있어요!"

운전자는 휴대폰을 귀에 댄 채 룸미러로 자기 얼굴을 살피고 있었다.

"어이! 휴대폰 치워! 멈추라고!"

나는 악을 썼다. 바로 그 순간 앞을 확인한 운전자가 가까스로 우릴 피해 갔다.

"멍청한 자식!"

나는 차 뒤꽁무니에 대고 소리쳤다. 내가 쪼그리고 앉자 개가 침을 꼴깍 삼키더니 내 손을 핥았다.

"큰일 날 뻔했다. 자, 우리 집에 가자."

나는 녀석을 안아 들었다. 몹시 무거워서 버거웠지만 비틀거리며 집으로 향했다.

만약 앞으로 누가 발 다친 개 한 마리를 안고 1킬로미터를 걷겠다고 하면 일단 말릴 것이다. 그게 통통한 개라면 더더욱.

녀석은 편히 이동해서 꽤 만족한 듯했지만 연신 고약한 입냄새를 풍기며 내 뺨을 핥았다.

"저기 있잖아, 무례하게 굴고 싶진 않지만…… 너 앞으로 군것질 좀 줄여야겠다. 넌 개가 아니라…… 완전 몬스터야."

나는 씩 웃었다.

"그래, 몬스터. 이제 그게 네 이름이야."

집에 도착해서 녀석을 부엌 식탁 위에 올려놓았는데, 그다지 좋은 생각이 아니었던 것 같다. 엄마는 지붕을 뚫을 기세로 펄쩍 뛰었다.

"대체 무슨 생각으로 낯선 개를 집에 데려온 거야, 맥스웰? 게다가 식탁 위에 그렇게 올려놓으면 어떡해! 광견병이라도 걸렸으면 어쩌려고! 사람을 물 수도 있는데!"

녀석이 우리 둘을 올려다보고 한숨을 푹 내쉬더니 식탁이 떨릴 만큼 요란하게 방귀를 뀌었다. 나는 킥킥 웃었지만 엄마는 경악스러운 표정을 지었다.

"거기 두고 올 수가 없었어요, 엄마. 죽을 수도 있었다고요. 운전자가 우릴 못 보고 전화 통화를 하면서 막 돌진해 오는데……."

엄마는 기겁했다.

"그 말은…… 설마 도로 한복판에 서 있었다는 거야? 도대체 안전에 대한 인식이 있긴 한 거니, 맥스웰?"

나는 몬스터의 뒤통수를 쓰다듬었다.

"알아요……. 하지만…… 얘 좀 보세요, 엄마. 얘가 죽을 뻔했다니까요."

엄마가 다가와 개를 들여다보았다. 녀석은 눈을 몇 번 깜빡였다. 마치 엄마를 향해 긴 속눈썹을 뽐내는 것 같았다.

"어쨌든, 동물병원에 데려갈 돈은 없으니 어느 집 개인지 알아내서 주인에게 돌려보내는 게 좋겠다."

엄마는 집 전화기를 들고 거실로 사라졌다.

나는 식탁 의자 하나를 빼 몬스터 앞에 앉았다. 한 손에 턱을 받치고 녀석의 벨벳처럼 보드라운 귀를 살살 쓰다듬었다.

"원래 저런 사람은 아니야. 지금은 좀 스트레스를 받아서 그래."

그때 벡스 누나가 평소처럼 지루한 책을 읽으며 부엌에 들어오다가 우릴 보고 멈춰 섰다.

"웩, 그건 뭐야?"

누나가 얼굴을 찌푸리며 물었다.

"몬스터라고 해. 내가 얘 목숨을 구했어."

녀석이 내 손을 핥기 시작했다.

누나는 눈썹을 치켜 올리더니 그대로 뒤돌아 나갔다. 우리 누나는 입을 열지 않고도 아주 많은 말을 하는 재주가 있다.

일을 마치고 돌아온 아빠는 개를 밴 뒷자리에 싣고 동물병원에 데려가 보자고 했다.

"맥스웰, 네 방에서 담요 하나만 가져오렴. 부드러운 걸로. 남는 베개 하나 있니?"

아빠가 말했다.

딱히 개를 좋아하지 않았던 아빠는 몬스터 때문에 짜증이 난 엄마를 보자마자 갑자기 무슨 개 전문가처럼 행동했다. 그저 엄마 심기를 긁기 위해서였다.

수의사는 개의 몸에 마이크로칩이 심겨 있지 않아서 현재로서는 주인이 누구인지 알 방법이 없다고 했다. 다만 꽤 늙었고 (주인 말고 개가) 비글이라는 품종이며 살이 잘 찌는 경향이 있다고 했다.

"이 녀석이 완벽한 예죠. 파이를 너무 많이 먹었구나. 안 그래, 늙은 친구?"

수의사가 개의 귀를 긁으며 말했다.

녀석은 그게 무슨 뜻인지 알아들은 것처럼 입을 꾹 다물었다. 수의사는 녀석의 다친 뒷발을 유심히 살피더니 족집게를 이용해 유리 조각 하나를 끄집어냈다.

"이게 발을 내려놓지 않았던 이유죠. 상처 부위를 소독하고 감염되지 않도록 감싸 둘게요."

치료가 끝나자 수의사와 아빠는 다음 단계를 논의했다. 수의사는 구청에 전화해 개를 데려가게 했다. 근처 동물 보호소에 맡겨 주인이 찾아갈 수 있도록 한다는 것이었다.

"우리가 돌봐 줄 수도 있잖아요. 안 그래요?"

내 말에 수의사는 고개를 저었다.

"절차상 그렇게는 안 된단다. 네가 만약 이 친구를 입양하고 싶다면 동물 보호소에 희망서를 제출할 수 있어. 그러면 그쪽에서 너희 집에 방문해 개를 보호할 준비가 되었는지 확인할 거야. 만약 그때까지 주인이 찾아가지 않았다면 네가 이 친구를 데려갈 수 있을 거다."

그 말에 가슴이 벌렁거렸다. 내 반려견이라니!

수의사는 치료비가 무료라고 했다. 그래서 아빠는 나가는 길에 접수대 위의 자선 모금함에 돈을 좀 넣었다.

"너무 기대하지는 마, 맥스웰. 주인이 찾아가지 않더라도 엄마에게 허락을 받아야 하니까. 너도 알잖아. 네 엄마가 가끔 다 된 죽에 코 푸는 거."

나는 대꾸하지 않았다. 우리 부모님 중 하나가 다른 하나를 깎아내리는 게 싫었다.

집에 도착하자마자 엄마에게 어쩌면 우리가 개를 기를 수도 있다고 얘기했다. 놀랍게도 엄마는 반대하지 않았다. 아빠가 틀렸다는 걸 증명하기 위해서였던 것 같지만, 어쨌든 둘 다 허락한 셈이었다.

내가 학교에 있는 동안 동물 보호소에서 한 여자가 우리 집을 살펴보려고 들렀다. 여자는 주인이 찾아가지만 않는다면 우리가 몬스터를 입양할 수 있을 거라고 했다. 엄마는 나에게 너무 앞서 나가지 말라고 했지만 나는 흥분하지 않을 수 없었다.

며칠 뒤 우리는 동물 보호소에 몬스터를 보러 방문했다. 케이지에 붙은 '예약' 스티커는 주인이 나타나지 않으면 우리가 데려갈 거라는 표식이었다. 엄마는 과연 누가 냄새나고 늙은 비글을 원하겠느냐며 코웃음 쳤다. 몬스터는 그저 해맑은 표정으로 우릴 향해 꼬리를 흔들었다.

2주 뒤에도 주인이 나타나지 않았다. 결국 몬스터는 우리 가족이 되었다.

대박! 정말로 나에게 반려견이 생긴 것이다! 다른 개도 아니고 내가 살린 개가!

나는 아빠와 함께 동물 보호소로 녀석을 데리러 갔다. 그리고 녀석을 소중히 안고 돌아와서 현관문을 넘을 때까지 제 발로 걷게 하지 않았다. 그때쯤엔 발이 거의 다 나았지만 말이다.

엄마는 녀석을 위해 부엌 한구석 쓰레기통 옆에 작은 잠자리를 마련해 주고 근처에 물그릇을 두었다. 아빠는 개를 거기서 재우면 문틈으로 한기가 들어와 탈이 날 거라고 어깃장을 놓았지만 엄마는 오히려 개가 과열된 체온을 식힐 수 있으니 안성맞춤이라고 응수했다. 옥신각신하는 엄마 아빠를 따라 몬스터의 고개가 좌우로 왔다 갔다 했다.

"그냥 무시해. 저러다가 언젠가 멈추거든."

나는 녀석을 잠자리에 내려놓으며 귀에 대고 속삭였다. 엄마 아빠는 거실로 싸움터를 옮겼다. 이제 두 사람은 개에 대한 언쟁을 끝내고 돈 문제로 넘어갔다. 내 문제 다음으로 둘이 가장 좋아하는 대결 종목이었다.

“당신이 스키 여행에서 돈을 그렇게 펑펑 쓰지 않았다면 아파트 임대 자금을 마련할 수 있었을 거야. 그런 생각은 아예 안 해 봤어?”

엄마가 소리 질렀다.

“좋아, 어맨다. 그럼 지난 1년간 당신이 미용실에 퍼부은 돈을 전부 합산해 볼까, 응?”

나는 냉장고 문을 열고 햄을 꺼냈다. 어맨다라고 적힌 포스트잇을 떼어 내고 몬스터 옆에 앉았다. 햄을 손으로 떼어 몬스터에게 먹여 주었다.

얼마 지나지 않아 두 사람의 고함은 그저 백색 소음처럼 딱히 내 귀에 거슬리지도 않았다.

4장
찰리

"찰리! 야! 찰리! 같이 가!"

학교에 걸어가는데 50미터쯤 앞에 찰리 각이 보였다. 나는 어디서나 찰리를 걸음걸이로 알아볼 수 있다. 걸음이라기보다는 비틀거림에 가까워서 당장이라도 넘어질 것 같지만.

"찰리!"

나는 찰리를 따라잡자마자 팔뚝을 퍽 치며 말했다.

"내 말 못 들었어? 뒤에서 한참 불렀다고."

그제야 찰리의 귀에 꽂힌 하얀 이어폰이 눈에 들어왔다.

"맥스웰!"

찰리가 이어폰을 빼며 말했다.

"너도 이거 들어봐야 해."

찰리가 이어폰을 내 귀에 꽂으려고 애쓰길래 그냥 내가 빼앗아 귀에 직접 꽂았다.

우리는 그 자리에 잠시 멈춰 섰다. 내가 그걸 듣는 동안 찰리는 함박웃음을 지었다. 이어폰에서는 꼭 세탁기 돌아가는 소리가 들렸다

"잘 들었어. 그래서 이게 뭐라고? 잠깐, 내가 맞혀 볼게. 이거……. 이거 대왕고래의 장운동 소리지?"

내 말에 찰리가 날 빤히 바라보며 물었나.

"그 소리도 구할 수 있어?"

나는 눈알을 위로 굴렸다.

"나도 몰라, 찰리. 안다면 네가 더 잘 알겠지."

찰리는 눈을 가늘게 뜨고 잠시 생각에 잠겼다가 퍼뜩 현실로 돌아왔다.

"친구, 이건 말이야."

찰리가 과장스럽게 한 호흡 끊고 말을 이었다.

"바로…… 태양의 소리야."

웃겼다.

"그게 무슨 뜻이야, 태양이라니?"

우리는 이어폰을 하나씩 나눠 끼고 나란히 교정에 들어섰다.

"과학자들이 태양의 외기권에서 자기장이 만들어 내는 소리를 녹음했어. 바로 이게 태양이 내는 소리라는 거지. 끝내주지 않아?"

찰리가 반짝이는 눈으로 날 쳐다봤다. 사실 나에게는 아무 감흥 없는 잡음에 불과했다.

"몇 분짜린데?"

내가 물었다.

찰리가 휴대폰을 내려다봤다.

"내가 두 시간 반복 재생으로 설정해 놨어."

재생 버튼을 누르며 씩 웃던 찰리의 얼굴이, 갑자기 누가 들이박기라도 한 듯 뒤로 확 꺾였다. 이어폰이 우리 귀에서 툭 튕겨 나갔다.

"어이쿠, 미안! 거기 있는 줄 몰랐어, 찰리 각."

마커스 그런디가 우릴 지나치며 말했다. 입꼬리를 가식적으로 끌어올린 티가 났다.

"괜찮아, 마커스. 아무렇지 않아."

찰리가 목덜미를 문지르며 말하는 사이 마커스는 인파 속으로 사라졌다.

"왜 그렇게 말해? 일부러 친 거잖아!"

내가 말했다.

찰리가 날 향해 눈을 느리게 끔뻑이더니 이어폰을 도로 제 귀에 가져갔다.

"설마, 맥스웰."

찰리가 이어폰을 귀에 꽉 박아 넣으며 말을 이었다.

"내가 재 앞을 막고 있었잖아."

찰리는 그 멍청한 태양 소리에 묻혀 제 목소리도 잘 들리지 않는지 우렁차게 말했다. 몇몇 애들이 수상하게 쳐다보길래 이제 슬슬 갈라지려 했는데, 찰리가 내 어깨를 붙들었다.

"오늘 오후에 모임 올 거지, 맥스웰? 온다고 했잖아?"

나는 목소리를 좀 낮추라고 다급히 손짓했다. 하필 그때 벡스 누나의 동급생 클라우디아 브래드웰이 건들대며 다가왔다.

"아…… 너도 네 괴짜 친구를 따라 과학 모임에 낄 모양이구나, 맥스웰? 네 따분한 누나처럼 범생이가 되려고?"

내가 뭐라고 대꾸하기도 전에 클라우디아는 다시 건들거리며 가 버렸다. 같이 노는 패거리가 그 뒤를 따라 휴대폰 화면을 스크롤하며 지나갔다. 나는 클라우디아 브래드웰만 보면 이가 갈렸다. 한때 클라우디아는 우리 누나를 아주 못살게 굴었다.

찰리는 평소처럼 분위기 파악을 전혀 못 하고 있었다. 심지어 가끔 날 웃기려고 짓는 멍청한 오리 표정까지 지어 보였다.

내가 웃지 않자 녀석은 시무룩해졌다.

"오는 거지? 약속했잖아!"

지난주에 찰리는 그 과학 모임이 생각보다 재밌을 거라며 날 설득했다. 폭발 실험처럼 멋진 걸 할 수도 있다고. 하지만 방금 가고 싶은 마음이 싹 사라졌다.

그냥 무시하고 걸어가는데 뒤에서 비틀대며 따라오는 발소리가 들렸다. 어릴 때부터 친하긴 했지만 찰리는 전교생이 다 아는 쪼다다. 우선 찰리 긱은 본명이 아니다. 진짜 이름은 찰리 카푸어다. 찰리 긱은 내가 지어 준 별명인데 그야 너무…… 괴짜geek 같아서다. 심지어 몇몇 선생님도 그렇게 부르는데 찰리는 짜증을 내기는커녕 무슨 칭찬이라도 들은 듯 웃고 만다. 사람들이 자기를 비웃는 것도 모르는 바보다.

"자, 자. 얼른 자리에들 앉아라, 8A반. 너희들 오늘따라 왜 이렇게 정신없어?"

학생들이 엎치락뒤치락하며 교실로 몰려들자 하워드 선생님이 말했다.

"어서! 엉덩이 제자리에. 맥스웰 베케트, 너 말이다, 너……."

내 뒤에 있던 찰리는 누가 내 옆자리를 선점할까 봐 냉큼 뛰어들었다. 쓸데없는 걱정이었다. 하지만 나는 찰리에게 눈길도 주지 않았다.

“좋아. 다들 알다시피 내일은 그 뭐냐, 개교 100주년 기념 무도회가 있는 날이다.”

하워드 선생님 말에 아이들이 “와아!” 하고 함성을 질렀다.

“그래, 그래. 안다. 흥분할 만하지.”

교실이 떠들썩해지자 하워드 선생님이 양미간을 찌푸리며 말을 이었다.

“8A반, 내 얘기 좀 들어보렴. 선생님도 무척 기대하고 있거든. 정말로…….”

내가 손을 들었다. 학교 행사라면 일단 피하고 보는 나도 이번만큼은 흥분을 감출 수 없었다.

“선생님, 선생님, 선생님!”

하워드 선생님은 내 옆에 있는 본인의 책상 가장자리에 걸터앉았다. 나를 교실 맨 앞에 앉힌 이유는 내 일거수일투족을 감시하기 위해서였다.

“그래, 맥스웰?”

“헉슬리 선생님을 데려가실 건가요? 데이트 상대로요?”

뒷줄에서 누군가가 휘파람을 불자 선생님 얼굴이 빨개졌다. 하워드 선생님이 스페인어 선생님과 사귄 지는 벌써 1년이 다 되어 갔다. 나는 선생님의 얼굴색이 변하는 걸 보고 싶어서 기회가 생길 때마다 언급한다.

"그래, 맥스웰. 고맙다. 헉슬리 선생님도 올 거다. 다른 모든 교직원처럼."

나는 씩 웃으며 의자 등받이에 몸을 기댔다. '하워드X헉슬리 로맨스'는 모두 내 덕이다. 내 도움이 없었다면 둘은 진작 헤어졌을 테니까. 하워드 선생님은 서서히 평소의 그늘진 얼굴로 돌아왔다.

나는 다시 번쩍 손을 들었다.

"선생님, 선생님, 선생님!"

하워드 선생님이 한숨을 쉬었다.

"또 뭐니, 맥스웰?"

"혹시 그게 사실인가요? 내일……."

나는 극적인 효과를 위해 잠시 말을 멈췄다.

"우리 학교에서 〈제드와 바즈의 로드쇼〉를 촬영한다는 게?"

별안간 반 아이들이 비명을 내지르는 바람에 나는 움찔했다. 하워드 선생님이 눈을 부릅떴다.

"뭐…… 어떻게? 어떻게 알았어? 그건 기밀 사항인데!"

이로써 내가 지어낸 얘기가 아니라는 사실이 드러나자 곳곳에서 한층 거센 비명이 터져 나왔다.

사실 나는 2주 전부터 알고 있었다. 로이드 교장 선생님의 이메일을 통해서였다.

그날 나는 프랑스어 선생님에게 버릇없이 굴어서 교장실에 불려갔는데, 교장 선생님은 접수처에 잠깐 볼일을 봐야 한다며 그동안 나더러 안에서 기다리라고 했다. 그렇게 기다리던 중, 선생님이 깜빡하고 잠금 해제를 해 둔 컴퓨터 모니터를 슬쩍 엿봤다. 이메일 한 통이 열려 있었는데 제목은 다음과 같았다.

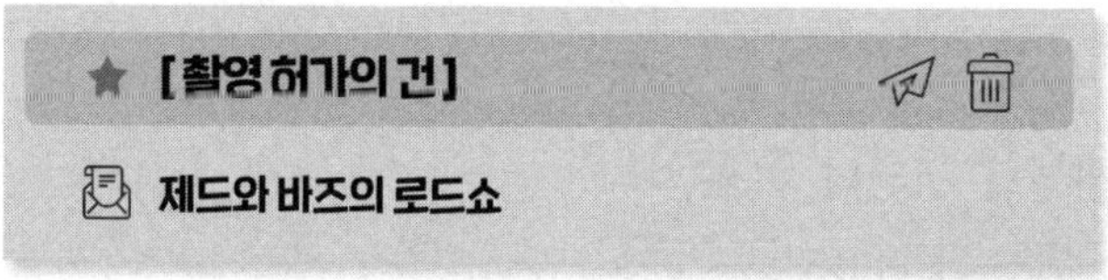

나는 그 이메일을 최대한 빠르게 읽어 내려갔다. 가슴이 벌렁벌렁했다. 제드와 바즈가 개교 100주년 무도회의 밤에 우리 학교에 찾아온다니! 우리 학교 강당에서 쇼 전체를 찍을 거라니! 믿을 수 없었다.

제드와 바즈는 대박이었다. 두 사람의 로드쇼는 요즘 제일 잘 나가는 예능 프로그램이었다. 매번 누군가의 집이나 해변이나 놀이공원 등 엉뚱한 장소에서 촬영했으며 다음에는 어디서 나타날지 아무도 모른다는 점이 인기의 가장 큰 비결이었다. 두 사람은 완전 웃긴 데다가 라이브 공연도 하면서 여행 상품권이나 자동차 따위를 걸고 기막힌 승부를 벌이는 코너도 진행했다.

그런 그들이 우리 학교에 온다니!!!

나는 교장 선생님이 들어오기 직전에 다시 제자리에 앉았고, 훈계를 듣는 내내 올라가는 입꼬리를 애써 끌어내렸다. 그날 교장실을 나선 뒤로 지금까지 쭉 그 소식을 혼자 간직했다. 그리고 지금 교실 안의 광경이 바로 내가 바라던 반응이다.

대혼란.

하워드 선생님이 양손을 위아래로 휘저으며 교실 안을 돌아다녔다. "쉿!" 하고 어찌나 힘주어 내뱉는지 지나갈 때마다 침이 튀겼다.

"자, 자! 8A반, 진정 좀 하자, 응? 그래……. 그럼 내일 밤에 특별한 계획이 있다는 걸 다들 알았겠구나. 깜짝 파티는 완전히 글렀네. 안 그러니, 맥스웰?"

나는 어깨를 으쓱했다. 다들 너무 흥분해서 선생님 말을 듣지 않았다.

"지금까지 극비였던 정보를 어떻게 알아냈는지는 모르겠지만, 더는 퍼뜨리지 말아라. 알겠니? 넌 이번 달에만 누적 벌점이 29점이고 방과 후 남기 벌도 여러 번 받았지. 내가 알기로는 벌점을 1점만 더 받으면 내일 무도회에 참석 못 할 텐데, 맞지?"

내 옆에서 찰리가 헉, 하고 숨을 들이켰다. 나는 고개를 끄덕였다.

"좋아. 그럼 되도록 사고 치지 말아라. 할 수 있겠니?"

하워드 선생님은 내 대답을 기다리지 않고 돌아섰다.

괜한 으름장이 아니었다. 이미 우리 부모님은 내가 벌점 30점을 채우면 내일 밤 무도회에 참석할 수 없다는 통지를 받았다.

"조심해, 맥스웰. 자칫하면 제드와 바즈도 못 보고 티브이에 나올 기회도 날릴 수 있으니까."

찰리가 속삭였다. 나는 코웃음을 쳤다.

"안 날려. 게다가 내가 이 학교에 해 준 게 얼만 데 설마 막기야 하겠어."

우리 학교는 내가 7학년 때 어떤 대회에서 대상을 탄 덕분에 내게 크게 신세를 졌다.

내가 느긋하게 가슴 앞으로 팔짱을 끼자 찰리가 얼굴을 찌푸렸다. 아무래도 찜찜한 눈치였다.

5장

테니스

종이 울리자 찰리와 나는 자리에서 일어나 다음 수업 장소로 향했다. 내가 제일 좋아하는 과목이자 찰리가 제일 싫어하는 과목인 체육 시간이었다. 이번 학기는 벌 받느라 수업을 많이 놓쳤지만 2주 전부터 다시 참여할 수 있었다.

앨런 선생님이 다용도 코트에서 테니스공 치는 법을 설명했고 우리는 선생님 주위에 라켓을 들고 모여 있었다. 나는 라켓 머리를 바닥에 대고 빙빙 돌리다가 선생님이 엄한 눈으로 쏘아봐서 멈췄다.

"지난주에 우리가 뭘 배웠지, 8A반? 라켓을 쥘 때는 누군가와 악수하는 느낌으로 쥐라고 했지? 이제 둘씩 짝을 짓고 파트너에게 라켓을 내밀어 바르게 쥐어 보도록 하자."

나를 향해 다가오는 찰리가 보였다. 우리는 체육 시간에 늘 한 쌍이다. 아무도 우리 둘 중 한 명과 짝이 되고 싶어 하지 않기 때문이다. 나는 장난을 너무 많이 치고 찰리는 그냥 쓸모가 없었다. 공 하나 제대로 잡지 못했다.

찰리는 나를 보고 빙긋 웃으며 내가 '악수'할 수 있도록 라켓을 손잡이 쪽으로 내밀었다. 나는 찰리하고만 붙어 있는 상황에 점점 싫증이 나고 있었다. 찰리는 너무 둔했다. 나는 찰리의 손에서 라켓을 확 낚아챘다.

"오우, 살살해, 맥스웰. 이제 네가 내밀어."

찰리가 손바닥을 문지르며 말했다.

나는 코로 한숨을 쉬며 라켓 손잡이를 내밀었다. 다만 찰리가 잡으려고 할 때마다 라켓을 슬쩍 옆으로 치웠다. 찰리는 반사 신경이 너무 느려서 자꾸만 손잡이를 놓쳤다.

"아, 좀……. 어서 줘, 맥스웰."

찰리가 실없이 웃으며 말했다. 나는 계속 찰리가 잡지 못하도록 라켓을 요리조리 움직였다. 찰리는 양미간을 찌푸린 채 손잡이의 진로를 예측했지만 시도는 번번이 빗나갔다.

"찰리, 너 지금 계산하고 있는 거야?"

나는 라켓을 좌우로 흔들면서 말했다.

"자, 네 똑똑한 머리로 계산할 수 있는 어떤 공식 같은 게 있을 거야."

찰리는 더 이상 웃지 않았다. 이마에 땀이 쏟아지고 있었지만, 눈은 라켓 손잡이에 고정한 채 콧김을 뿜어 댔다.

"적당히 해라, 맥스웰."

앨런 선생님이 코트 저편에서 소리쳤다. 나는 잠시 멈췄다가 선생님이 등을 돌리자마자 다시 시작했다.

"어서, 찰리. 넌 할 수 있어!"

에이미 브랜퍼드가 말했다. 다른 아이들도 무슨 일인가 해서 우리 주변에 모여들었다. 나는 계속해서 라켓을 좌우로 흔들고 찰리는 매번 손잡이를 놓쳤다.

"집중해! 집중해서 어디로 움직일지 파악해."

마커스 그런디가 말했다.

찰리는 우뚝 멈춰 마커스를 쳐다봤다. 마커스 그런디가 찰리에게 조언을 해? 나도 믿기지 않았다.

"계속해!"

마커스가 손톱 주위의 살을 물어뜯으며 재촉했다.

찰리가 불쑥 손을 뻗자 나는 냉큼 라켓을 치웠다.

"오오오, 거의 잡았는데!"

타비사 라이트가 소리 질렀다.

모두가 지켜보고 있었다. 앨런 선생님은 테니스공 바구니를 코트 반대쪽 끝으로 옮기느라 바빴다. 누군가를 시작으로 다들 천천히 손뼉을 치기 시작했다.

"차알리! 차알리! 차알리!"

점점 커지는 소리에 앨런 선생님이 뒤를 돌아보고는 허리춤에 양손을 짚고 다가왔다.

"어서, 할 수 있어!"

"그냥 잡아, 찰리!"

"녀석에게 당하지 마!"

말도 안 돼. 다들 찰리의 편이라니!

"무슨 일이야?"

앨런 선생님이 다그치자 찰리를 연호하던 목소리가 수그러들었다.

내가 한눈을 판 사이, 찰리가 내 손에서 라켓을 낚아챘다. 아이들이 손뼉 치며 환호했다.

"아니……. 내가 멈췄어! 공정하게 가져간 게 아니라 그저 내가 멈췄을 때 잡은 거라고!"

내가 소리 질렀다.

"인정해, 맥스웰. 너는 패배자야."

마커스가 내 얼굴에 대고 이죽거렸다.

"맞아. 찰리는 정정당당하게 이겼어."

산지브 하우가 맞장구쳤다.

몇몇 아이들이 나를 향해 엄지를 아래로 내려 보였다. 다들 찰리에게 박수를 보내거나 등을 두드렸다. 찰리는 라켓을 품에 안고 히죽 웃었다.

"이건 무효라고!"

내가 다시 소리쳤다.

찰리에게 다가가 라켓을 빼앗으려고 했지만, 찰리는 그것이 소중한 곰 인형이라도 되는 양 꽉 끌어안았다.

"줘 봐, 찰리. 다시 한번 하자. 삼세 판 맞지?"

나는 굴욕을 당하고 싶지 않았다. 특히 찰리에게는.

"그쯤 해 둬라."

앨런 선생님이 꾸짖었지만 나는 그 말을 무시하고 찰리에게 달라붙었다.

"그쯤 하랬지! 다들 각자 파트너한테 돌아가!"

찰리가 라켓 테두리를 틀어쥐고 놓지 않아서 나는 찰리의 손가락을 하나씩 떼어내려고 했다.

"놔!"

찰리가 소리쳤다.

"맥스웰 베케트, 당장 찰리를 놓아 주지 않으면 어마어마한 벌점을 줄 거야!"

나는 앨런 선생님을 돌아보았다. 선생님은 두 눈을 부라리고 콧구멍을 벌렁거렸다. 내가 어떻게 나올지 궁금해서 다들 숨죽이고 지켜보았다.

찰리가 내 뒤에서 코를 훌쩍였다. 앨런 선생님이 찰리에게 다가가 어깨에 손을 올렸다.

"이리 오렴, 찰리. 다른 사람이랑 짝지어 주마. 괜찮지?"

이럴 수가. 찰리마저 잃다니.

다들 싸늘한 눈초리로 날 흘겨보았다. 앨런 선생님은 찰리를 켈리 매터슨과 타비사 라이트에게 붙여 주었다. 켈리가 찰리의 등에 손을 두르며 뭐라고 속삭이자 찰리가 히죽 웃었다. 나는 아무렇지 않은 척했지만 이제 나와 짝을 할 사람이 없다는 것은 분명했다.

다들 라켓으로 악수하기로 돌아갔다. 나는 철제 테니스공 바구니로 걸어가 그것을 힘껏 걷어찼다. 바구니 다리가 쓰러지며 노란 테니스공 수십 개가 와르르 쏟아져 나와 코트에 나뒹굴었다.

"맥스웰 베케트! 그것들 모조리 주워! 당장!"

앨런 선생님이 고함을 질렀다.

나는 한숨을 쉬며 굴러다니는 공들을 향해 느릿느릿 움직였다. 어쨌든 파트너도 없는 마당에 뭐라도 할 일이 생기긴 했다.

"좋아. 다들 이제 공 하나씩 잡고 라켓 위에서 튕겨 보자. 이렇게……."

앨런 선생님이 먼저 시범을 보이자 다들 바닥에서 공을 하나씩 주워들었다.

나는 찰리를 보았다. 찰리는 공을 튕기기는커녕 평평한 라켓에 올려놓지도 못했다. 내 파트너였다면 나는 진작 좌절해 제대로 좀 하라고 윽박질렀을 것이다. 이제 찰리는 갑자기 자기를 좋게 보는 반 아이들에 둘러싸여 즐거운 시간을 보내고 있는 것처럼 보였다.

"맥스웰, 빠릿빠릿 움직여라. 그 공들이 저절로 바구니 안에 들어가겠니?"

선생님이 멍하니 서서 아이들을 바라보는 나를 다그쳤다.

찰리가 또다시 공을 떨어뜨리고는 웃으며 그 공을 뒤쫓았다. 나는 몸을 돌렸다.

그때 공 하나가 내 발치로 굴러와서 주우려고 허리를 숙였다. 공을 주워 일어서는 순간.

퍽!

내 머리가 뭔가 부드러운 물체를 들이받았다. 고개를 드니 찰리의 얼굴이 보였다. 더 정확히는, 두 손으로 감싼 찰리의 얼굴이.

"오오오오오!!! 내 코! 내 코!"

찰리가 울부짖었다.

나는 찰리의 어깨를 잡았다.

"미안! 못 봤어. 공 주우려던 거야!"

찰리의 손 너머로 두 눈이 빼꼼 보였다. 코에서 피가 뿜어져 나와 손목을 타고 흘렀다.

"선생님! 선생님! 맥스웰이 찰리에게 박치기했어요!"

누군가의 외침에 앨런 선생님이 부리나케 달려왔다.

"아니에요! 일부러 그런 거 아니에요! 그냥 동시에 공을 주우려다가 그랬어요!"

홱 돌아보니 찰리는 손 너머로 나를 보고 있었다.

"찰리! 사고였다고 말해. 말하라고!"

찰리가 얼굴에서 손을 치웠다. 두 팔이 피로 시뻘겋게 물들어 있었다. 두 눈동자가 뒤로 까무룩 넘어가더니 찰리는 그대로 바닥에 쿵 쓰러졌다.

6장
피

코피가 겉보기엔 심각해도 큰 문제가 되는 경우는 거의 없다. 하지만 내 생각과 달리 반 아이들은 모두 기겁했다.

앨런 선생님은 아델 반스에게 교무실로 가서 도움을 청하라고 지시했다. 아델은 고개를 끄덕이고 두 팔을 걷어붙이더니 자기가 세상을 구할 슈퍼히어로라도 되는 양 쏜살같이 달려 나갔다.

찰리는 의식을 잃은 채 바닥에 누워 있었다. 마치 즙 많은 체리를 우걱우걱 먹은 것처럼 턱 주변이 빨갛게 물들어 있었다. 앨런 선생님은 찰리를 옆으로 눕혀 빨리 회복할 수 있게 자세를 고쳐 주었다.

솔직히 내 생각에는 좀 지나친 것 같았다. 누군가는 울먹이기까지 했다. 그때 마커스가 입을 열었다.

“죽었나요, 선생님?”

앨런 선생님이 일어섰다.

“아니, 마커스. 바보 같은 소리 하지 마라. 잠시 기절한 것뿐이야. 자, 다들 제자리로 돌아가라. 찰리는 좀 쉬고 나면 괜찮아질 거야…….”

산지브가 헛구역질을 하자 켈리가 산지브의 등을 쓸어 주었다.

“전 잘못한 거 없어요, 선생님. 진짜로요.”

내가 호소했다.

앨런 선생님이 뭐라고 말하려는 찰나 찰리가 끙, 하고 신음했다. 선생님은 몸을 숙여 찰리를 일으켜 앉혔다.

“괜찮아, 찰리. 그저 코를 세게 부딪혀서 잠깐 의식을 잃었던 것뿐이야. 금방 괜찮아질 거야.”

찰리는 앉아서 눈을 몇 번 끔뻑거렸다. 이제 코피는 얼추 멎어서 인중에 빨갛게 말라붙어 있었다.

“괜찮아, 찰리?”

내가 물었지만, 찰리는 그저 나를 멍하니 바라볼 뿐이었다.

멀리서 로이드 교장 선생님이 운동장을 가로질러 달려왔다. 그 뒤로 아델이 깡충깡충 뛰어왔다. 교장 선생님이 현장에 도착하자 다들 숨을 죽였다. 산지브도 헛구역질을 멈췄다.

교장 선생님은 자기 얼굴만 쳐다보는 아이들을 쓱 둘러보다가 검지를 뻗어 나를 가리켰다.

"맥스웰 베케트. 교장실로. 당장."

나는 엄마 아빠가 교장 선생님과 면담하는 동안 교장실 문 밖에 앉아 있었다. 보통 학생이 사고를 치면 방과 후에 학부모를 호출한다. 따라서 수업 시간에 우리 엄마 아빠를 불렀다는 것은 상황이 아주 안 좋다는 뜻이다. 하지만 일단 그게 내 잘못이 아니라는 점을 설명하기만 하면 분명 아무 문제 없을 것이다.

내가 앉아 있는 곳에서 접수처 안쪽이 보였다. 찰리는 거기서 코에 크고 파란 수건을 대고 있었다. 찰리가 수건을 확인하려고 잠깐 얼굴에서 뗄 때 보니 코피는 더 이상 흐르지 않았다. 내 생각에는 찰리가 필요 이상으로 요란을 떤 것 같았다.

"찰리! 야! 찰리! 사고였다고 말해."

내가 찰리를 향해 외쳤다.

나를 건너다보는 찰리의 얼굴이 무척 당혹스러워 보였다. 접수처 선생님이 나에게 조용히 하라고 경고했다.

그때, 찰리의 엄마가 커다란 유리문을 밀어젖히고 뛰어 들어왔다. 그리고 곧장 아들에게 가서 두 손으로 어깨를 부여잡고 얼굴을 꼼꼼히 살폈다. 아줌마는 혀를 차고서 찰리의 머리칼을 쓱쓱 쓸어내려 정돈했다.

"야, 찰리! 찰리! 적어도 오늘 조퇴할 수 있잖아, 안 그래?"

내가 양쪽 엄지를 쳐들며 소리쳤다.

아줌마가 나를 쏘아보더니 찰리의 등에 팔을 둘러 일으켜 세웠다.

"앞으로 내 아들 근처에 얼쩡거리지 않았으면 좋겠구나, 맥스웰 베케트."

나는 입을 벌렸으나 아무 말도 나오지 않았다.

"얼씬도 하지 마라, 알겠니?"

아줌마가 덧붙였다.

나는 돌처럼 굳었다.

"하, 하지만, 우린 절친인 걸요. 맞지, 찰리?"

내가 소리쳤다. 아줌마는 찰리의 외투 지퍼를 끌어 올렸다. 찰리는 나를 향해 고개를 절레절레 저었다.

"미안, 맥스웰."

말도 안 돼.

"그래! 어차피 네가 좋아서 같이 다닌 것도 아니야! 넌 그냥 찌질한…… 멍청이니까!"

내가 다시 의자에 털썩 앉자마자 교장실이 벌컥 열렸다.

"이게 대체 무슨 소란이야?"

교장 선생님이 윽박질렀다.

나는 눈을 내리깔고 카펫을 발로 문질렀다.

"그렇게 사고를 치고도 모자라니, 맥스웰? 자, 들어와라. 어서 이 일을 마무리 짓자."

나는 미적미적 일어나서 선생님을 따라 교장실로 들어갔다.

책상 앞 의자는 세 개였다. 엄마 아빠가 떨어져 앉았기에 나는 그 가운데 앉았다.

로이드 교장 선생님은 카디건의 양 소매를 걷어붙이고 책상에 팔꿈치를 괴었다. '이건 심각한 일입니다.'라는 뜻이었다. 여러 번 봐서 익숙했다.

"자, 맥스웰. 네가 여기 온 이유를 정확히 알겠지. 방금 너희 부모님과 유익한 대화를 나눴다. 우리는 네 행동에 처벌이 필요하다는 점에 모두 동의했다."

또 방과 후 남기라니, 젠장. 나는 의자 등받이에 몸을 풀썩 기댔다. 교장 선생님이 이어서 말했다.

"그래서…… 네가 내일 저녁 개교 100주년 무도회에 참석할 수 없다는 말을 전하게 되어 나도 무척 안타깝고 마음이 아프구나."

"뭐라고요?"

내가 튕겨 오르듯 허리를 세우며 외쳤다. 말도 안 돼! 목구멍이 부어오르는 느낌이 들어서 나는 마른침을 삼켰다.

"하, 하지만 제드와 바즈가 오잖아요! 티브이에 우리가 나올 거라고요!"

교장 선생님이 손을 휘휘 내저었다.

"안 그래도 그 얘기 하려고 했다. 오늘 아침에 하워드 선생님에게 들었는데, 네가 내일 행사에 깜짝 손님이 온다는 얘기를 퍼뜨렸다면서? 왜 그랬니, 맥스웰? 왜 모두 즐거워할 계획을 망친 거지?"

나는 뭐라고 대답해야 좋을지 몰랐다.

"저는…… 제 생각엔 그냥…… 저는……."

나는 말을 더듬었다.

"아무튼, 찰리와의 일은 완전히 사고였어요. 진짜로요!"

나는 엄마 아빠를 번갈아 쳐다봤지만 둘 다 바닥에 깔린 역겨운 베이지색 카펫을 내려다볼 뿐이었다.

"네가 찰리를 테니스 라켓으로 괴롭히고 나서 일부러 들이받는 것을 목격한 학생이 많다. 유감스럽게도 네 말은 목격자들의 증언과 일치하지 않는구나. 그리고 네가 그동안 얼마나 말썽을 부렸는지 따져 봤을 때 어느 쪽이 진실을 말하는지는 아주 명확한 것 같은데. 안 그러니?"

맥락을 조금 놓치긴 했지만 요점은 알아들었다. 나는 엄청난 곤경에 처했고 제드와 바즈를 보러 무도회에 갈 수 없다. 그곳에서 나는 환영받지 못한다. 선생님들도, 학생들도, 학부모들도 내가 참석하길 원치 않는다. 다들 나를 싫어하니까.

심장이 쿵쿵 뛰었다. 시간이 많지 않았다. 교장 선생님의 마음을 돌리기 위해 당장 뭐라도 해야 했다.

"하, 하지만…… 제가 그림 대회에서 대상을 탄 건요? 제가 아니었다면…… 제 그림 덕분에 학교가 보수 공사를 할 수 있었잖아요. 다 제 덕분이잖아요!"

교장 선생님은 한숨을 쉬고 책상에 두 손을 포갰다.

"우리는 언제까지나 네 공로를 고맙게 여길 거다, 맥스웰. 하지만 그건 1년도 넘은 일이잖니. 솔직히 말해서, 그 후로 너는 점점 더 말썽을 부리는 것 같구나. 한 번 큰 상을 탔다고 해서 이번 일을 그냥 넘어갈 수는 없어. 미안하지만, 100주년 행사에는 못 오는 걸로 알아라."

나는 아랫입술을 깨물고 주먹을 불끈 쥐었다. 믿을 수 없었다.

"오늘은 이만 부모님 따라 집에 돌아가거라."

교장 선생님은 종이 몇 장을 책상으로 옮기며 말했다.

"주말 동안, 네가 앞으로 이곳 그린 밀스 중등학교에서 어떻게 지내야 할지 진지하게 고민해 보길 바란다. 알았니? 네가 그동안 어떤 사람이었는지 돌아보고, 너라면 그 사람과 친해지고 싶은지 한번 생각해 보렴."

무슨 뜻으로 하는 말인지 잘 몰라서 나는 그저 내 발을 내려다보며 신발 안쪽에서 엄지발가락을 밀어 올렸다. 그러자 신발 앞코에 작은 혹이 생겼다. 교장 선생님이 내 침묵시위를 알아차릴 때까지 그 작은 혹을 계속 응시했다.

아빠가 목을 가다듬었다.

"흠흠, 걱정하지 마세요, 교장 선생님. 집에 돌아가서 같이 잘 얘기해 보겠습니다. 맥스웰도 오늘 일으킨 문제들에 대해 곰곰이 생각해 볼 거예요. 그렇지, 맥스웰?"

뒤이어 엄마도 거들었다.

"그리고 정학이 아닌 관대한 처분에 무척 감사드려요. 안 그러니, 맥스웰?"

나는 두 사람의 말을 무시했다. 다들 일어나서 악수했다.

그리고 우리는 교장실을 떠났다.

7장

레지 할아버지

집에 도착하자마자 곧장 부엌으로 갔다. 몬스터가 나를 보고 잠자리에서 일어나 꼬리를 흔들었다. 한쪽 입가에 삐문 혀가 달랑거렸다. 나는 플라스틱 통에서 뼈다귀 모양 비스킷을 꺼내 몬스터에게 주고 복도로 돌아갔다.

엄마 아빠는 거실에서 문을 닫고 얘기 중이었다. 나는 밖에 서서 귀를 기울였다.

"애가 우울해서 그러잖아, 에디. 딱 보면 모르겠어?"

"당연히 알지, 어맨다. 하지만 그래서 나보고 대체 어쩌라는 건데?"

"당신이 얘기 좀 해 보는 게 어때? 이럴 때 아빠가 필요한 거 아니겠어?"

"우리 둘 다 필요하겠지! 당신이 허구한 날 나한테 그렇게 잔소리만 늘어놓지 않았더라고 아마……."

"내가? 당신에게 잔소리를 해? 뭐, 그런 어이없는……."

나는 엄마 아빠가 또다시 싸우는 상황을 견딜 수 없었다.

"레지 할아버지 집에 다녀올게요!"

나는 대답을 듣기도 전에 밖으로 나가면서 현관문을 쾅 닫았다.

레지 할아버지는 뱅크스 부인네 옆 단층집에 산다. 내가 요즘 자주 가는 곳이다. 레지 할아버지 집에서는 말싸움은커녕 어떤 큰소리도 나지 않는다. 그저 할아버지가 차와 비스킷을 끊임없이 권할 뿐이다.

뱅크스 부인의 앞뜰을 지나는데 부인이 머리 없는 플라밍고 옆에 서 있었다. 나는 주머니에 손을 꽂아 넣고 시선을 아래로 떨구었다.

"네가 그랬지?"

내가 지나칠 때 뱅크스 부인이 소리쳤다.

"너 같은 애들의 문제는 집에서 너무 오냐오냐 한다는 거야. 넌 네 맘대로 실컷 설치고 다니지? 너한테 필요한 건 바로 고뻬야, 고뻬! 내 말 들리니?"

나는 서둘러 레지 할아버지네 출입로로 들어섰다. 평소라면 뭐라고 되받아칠 텐데 오늘은 그럴 마음이 들지 않았다. 집 모퉁이를 돌아 부엌문에 가볍게 노크하고 들어갔다. 부엌문은 늘 열려 있었다.

레지 할아버지는 나를 등진 채 싱크대 앞에서 설거지 중이었다.

"안녕하세요, 레지 할아버지. 차 한잔 하실래요?"

내가 찬장으로 가서 머그잔 두 개를 꺼내며 말했다.

그제야 나를 돌아본 할아버지가 눈을 크게 떴다. 손에서 세제 거품이 뚝뚝 떨어졌다.

"오, 미안한데 혹시 날 아니?"

할아버지가 당황한 얼굴로 말했다.

나는 한숨을 쉬었다.

"네, 할아버지. 저는 맥스웰이에요. 맥스웰 베케트. 기억하세요? 저 여기 거의 매일 오잖아요."

레지 할아버지가 마른행주에 손을 닦았다.

"맥스웰, 맥스웰이라…… 흠……."

할아버지가 중얼거렸다.

나는 전기 주전자의 스위치를 켜고 두 머그잔에 각각 티백을 넣은 다음 냉장고에서 우유를 꺼냈다. 우유는 얼마 없었다.

"우유가 다 떨어져 가네요, 할아버지. 제가 사다 드릴까요?"

나는 우유갑을 살짝 흔들어 보이며 말했다. 레지 할아버지가 내게서 우유를 가져갔다.

"그럴 수야 없지. 잘 아는 사이도 아닌데!"

할아버지가 어색하게 웃었다.

주전자 스위치가 딸깍 꺼지자 나는 머그잔에 뜨거운 물을 부었다.

"자, 제가 누군지 보여 드릴게요."

나는 주전자를 제자리에 놓고 나서 레지 할아버지의 팔꿈치를 잡고 거실로 이끌었다. 우리는 벽난로 앞에 나란히 섰다. 벽난로 위 선반에는 내가 전국 그림 대회에서 그려 대상을 탄 레지 할아버지의 초상화가 놓여 있었다. 나는 유리 액자에 담긴 그 그림을 집어 들었다.

"이 초상화, 제가 그렸어요. 혹시 기억나세요? 제가 이 그림으로 우리 학교에 막대한 상금을 안겨 줬거든요."

나는 할아버지에게 액자를 내밀었다.

"보세요, 여기 적혀 있죠? 〈레지 할아버지〉, 맥스웰 베케트 작. 이게 저예요. 제가 맥스웰이에요."

언젠가 레지 할아버지가 나를 한눈에 알아보는 날이 오기를 바란다. 일단 아직이다.

"맥스웰…… 아 그래. 안다, 알아……. 네가 누군지 안다. 물론이지."

하지만 얼굴을 보니 모르는 게 분명했다. 할아버지가 안락의자에 앉았다.

"부엌에서 비스킷 통 좀 가져다 주겠니, 맥스웰? 재미 다저스 쿠키 사이에 잼이 든 영국의 인기 비스킷 새것 한 통 있을 거다."

나는 부엌으로 가서 머그잔의 티백을 건어내고 찬장에서 비스킷 통을 꺼냈다. 그것들을 전부 쟁반에 담아 거실로 돌아와서는 소파 앞 작은 테이블에 올려놓았다. 할아버지에게 차를 건네고 나도 한 모금 마셨다.

나는 깔끔한 거실을 둘러보았다. 한쪽 구석에 문짝이 유리로 된 짙은 갈색 장이 있었다. 선반마다 오래된 물건이 가득했다. 언젠가 레지 할아버지가 그 물건들이 아주 귀중하다고 말한 적 있지만, 솔직히 내 눈에는 그냥 잡동사니처럼 보였다.

나는 비스킷 통 뚜껑을 열고 할아버지를 향해 내밀었다. 비스킷을 세 개 꺼낸 할아버지는 의자에 편안히 앉아 두 개를 가슴팍에 올려놓고 하나는 차에 담갔다.

"그래, 맥스웰. 요즘 어떠니?"

내가 누군지 파악하려는 레지 할아버지의 공식 질문이다.

“실은 별로예요, 할아버지. 오늘 일진이 사나웠거든요. 학교에서 또 사고를 쳤지 뭐예요. 내일 개교 100주년 기념 무도회에 연예인들이 깜짝 방문한다는 소식을 반 전체에 퍼뜨렸고요, 체육 시간에 장난치다가 찰리 긱을 머리로 들이받았죠. 찰리는 코피를 흘렸는데 완전 피바다가 됐어요. 찰리가 기절하자 다들 제가 일부러 그런 줄 알더라고요. 그런데 아니거든요! 전 진짜 안 그랬어요. 순전히 사고였다고요.”

할아버지는 고개를 주억거렸다.

“그래, 그렇구나……. 코가 무척 컸나 보지?”

“네?”

할아버지가 가슴팍에서 비스킷을 집어 차에 담갔다.

“그 찰리라는 친구 말이다.”

“음, 아니요. 딱히 그렇지는 않아요. 아무튼…… 그건 상관없어요. 중요한 건 제가 100주년 행사에 참석 못 한다는 거예요. 무려 제드와 바즈가 오는데도요! 〈제드와 바즈의 로드쇼〉를 우리 학교에서 촬영한단 말이에요! 그런데 이제…… 이제 저는 못 보게 생겼어요.”

나는 눈시울이 달아올라 입술을 깨물었다.

레지 할아버지는 고개를 몇 번 끄덕이고 비스킷을 마저 먹었다. 그러고서 스웨터에 묻은 부스러기를 손가락 끝으로 떼어

냈다. 나는 할아버지가 뭔가 말해 주길 기다렸다. 긴 침묵 끝에 할아버지가 입을 열었다.

"내가 인어 비늘 수집품 보여 준 적 있니?"

나는 한숨을 쉬었다. 어째서 할아버지가 뭔가 도움 되는 말을 해 주리라고 기대했을까? 할아버지는 자기 세계에 지나치게 빠져 산다.

할아버지를 향해 힘없이 웃었다.

"인어 비늘이요? 아니, 아니요. 그런 게 있을 리 없잖아요."

할아버지는 머그잔을 내려놓고 몸을 일으켰다.

"자, 보여 줄 테니 따라오렴."

할아버지가 빙긋 웃으며 유리장으로 향했다. 나는 머그잔을 내려놓고 뒤따랐다. 할아버지가 유리장 문을 열자 먼지와 함께 뭔가 역겨운 냄새가 코에 훅 끼쳤다. 그 안에서 뭔가 썩고 있는 듯했다. 낡은 가죽 구두처럼 생긴 것이 유리장 안쪽에 기대 세워져 있었는데 아마 그게 고약한 냄새의 원인인 것 같았다.

할아버지는 오래된 지구본을 한쪽으로 옮기고 플라스틱 통을 꺼내 뚜껑을 힘주어 열었다. 그러고는 나에게 내밀었다.

"여기 있다. 인어 비늘……."

통 안을 들여다봤다. 눈물방울 모양의 납작한 물체가 잔뜩 들어 있었다. 나는 하나를 집어 들고 거실 등에 비추어 보았다.

매끄럽고 반짝이며 플라스틱 같았다. 나는 그것들이 무엇인지 정확히 알았다.

"할아버지, 이건 기타 피크잖아요. 기타 칠 때 쓰는 거라고요. 기타 줄 튕길 때요. 인어 비늘이 아니에요."

할아버지는 이맛살을 찌푸리고 통 안을 뒤적거렸다.

"기타 피크라고? 내 조부는 살아생전 한 번도 기타를 쳐 본 적 없는 양반인데, 그런 걸 왜 모아 뒀겠니? 어디 보자……."

할아버지가 찌푸린 얼굴로 계속 뒤적였다.

"여기 어딘가에 분명 인어 비늘이 몇 개 있을 거다. 왜 안 보이지?"

할아버지가 통을 이리저리 흔들자 그 안에서 피크가 몇 개 튕겨 나와 바닥에 떨어졌다.

"괜찮아요, 할아버지. 인어 비늘은 다음에 찾기로 해요, 네?"

나는 피크들을 주워 통 안에 도로 넣었다.

할아버지는 당혹스러운 얼굴로 통 안을 들여다봤다.

"이건 뭐예요? 되게 멋있게 생겼는데요."

나는 납작한 가죽 신발 한 짝을 꺼내며 물었다.

레지 할아버지는 얼른 피크 통 뚜껑을 닫았다.

"아! 쪼그라든 두피를 찾았구나! 훌륭하다, 훌륭해."

"두피라고요?"

나는 그것을 바닥에 떨어뜨렸다.

"조심해라, 맥스웰! 귀중한 거야, 그거!"

할아버지는 허리를 숙여 그걸 집어 들고 감탄 섞인 눈으로 이리저리 살폈다.

"어디서 난 거예요?"

나는 바지 위에 손을 문질러 닦으며 말했다.

"내 조부가 아마존 깊은 숲에서 이 불쌍한 인간의 두피를 본인의 멀쩡한 부츠와 맞바꿨단다. 밀림에서 어느 식인 부족을 만나 목숨을 내놓게 생겼는데 결국 흥정에 성공해서 이 두피와 함께 도망칠 수 있었지. 사람 마음을 다루는 데 탁월한 재능이 있었어, 우리 조부는."

레지 할아버지는 쪼그라든 두피를 바라보며 껄껄 웃었다. 아무리 봐도 내 눈에는 낡아 비틀어진 가죽신으로밖에 안 보였다. 나는 레지 할아버지가 자기 할아버지의 닳아빠진 부츠를 가지고 없는 이야기를 지어낸 것이길 바랐다.

할아버지는 그걸 선반에 도로 넣은 다음 자기 손바닥만 한 타원형 목공예품을 꺼냈다. 나무로 된 달걀처럼 생겼는데 겉면에 정교하게 새긴 무늬가 있었다. 할아버지가 그것을 들어 올렸다.

"그게 뭐예요?"

할아버지가 고개를 비스듬히 기울였다.

"오르골. 뮤직 박스지."

나는 그 기묘한 나무알을 응시했다.

"뮤직 박스요? 박스처럼 생기진 않았는데요. 어떻게 열어요?"

할아버지는 대답이 없었다.

"좀 봐도 돼요?"

할아버지는 잠시 머뭇거리더니 그걸 나에게 건네주었다. 생각보다 묵직해서 두 손으로 받쳐 들어야 했다. 나는 그걸 살살 돌려 가며 작은 소용돌이무늬가 새겨진 표면을 살폈다.

"열 방법이 없는데요."

나는 그걸 살짝 흔들어 보았다. 안에서 뭔가가 달그락거렸다.

"안에 뭐가 들어 있어요?"

할아버지는 미간을 좁히고 나무알을 응시하며 눈썹을 문질렀다.

"글쎄……. 기억이 안 난다."

할아버지가 씁쓸하게 말했다. 마치 머릿속 어딘가에 해답이 있는데, 마지막 열쇠를 잃어버린 것 같았다.

"그 문제는 나중에 고민해요, 네? 할아버지."

나는 나무알을 다시 유리장 선반에 올려놓았다. 나무알은 옆으로 기우뚱 누워 검정 펠트 모자에 기댔다.

이번에는 구석에 처박힌 오래된 지구본을 집어 들었다. 표면이 너무 바래서 나라들을 구분하기 어렵고 여기저기 작은 구멍이 숭숭 뚫려 있었다.

"이 구멍들은 왜 뚫린 거예요?"

내가 물었다. 할아버지는 그저 멍한 표정이었다.

"나, 나도 모르겠다……."

할아버지가 민망해하는 눈치여서 나는 냉큼 지구본을 선반에 밀어 넣고 유리장 문을 닫았다.

"아! 비스킷 하나 더 드실래요?"

내 말에 할아버지의 얼굴이 확 밝아졌다.

"아주 좋은 생각이구나! 그러자."

할아버지가 안락의자로 돌아가 재미 다저스 통을 집어 들고 앉았다.

"그나저나 학교의 큰 행사에 참석할 수 없게 되어 무척 서운하겠구나. 분명 손꼽아 기다렸을 텐데."

아까 내 말을 듣긴 한 모양이었다. 왠지 배 속이 꼬여 드는 것 같았다. 할아버지 말이 맞다. 서운하고 억울했다.

"제가 학교에 얼마나 큰 공을 세웠는데 저를 못 오게 하다니 말도 안 돼요."

주먹을 꽉 쥐자 손톱이 손바닥을 파고들었다.

"어쩔 수 없지 뭐. 학교에서 그러라고 하면 그럴 수밖에. 규칙은 규칙이니까."

레지 할아버지는 말을 마치고 떨떠름한 표정을 지었다. 갑자기 내 얼굴에 환한 미소가 번졌기 때문이다.

"하지만 저는 '규칙' 따위 따르지 않거든요, 할아버지."

나는 눈썹을 치켜올려 꿈틀거렸다. 그리고 비스킷을 하나 집어 들고 소파에 기대앉았다. 작전을 떠올리자 가슴이 뛰었다.

"저 맥스웰 베케트는 학교에서 뭐라고 하든 무도회에 갈 거예요."

8장

무도회

벡스 누나는 준비하는 데 다섯 시간이 걸렸다. 무려 다섯 시간.

내가 화장실을 가려고 할 때마다 그 안에 누나가 있었다. 문 밑에서 김이 새어 나와 마치 안에서 이상한 실험을 하는 것 같았다. 누나가 어디를 가기 위해 그토록 오래 준비하는 건 처음 봤다.

샤워 타월을 둘러메고 화장실에서 나온 누나가 자기 방에 틀어박혀 한동안 나오지 않자 엄마는 방문을 두드리며 괜찮느냐고 물었다. 누나는 엄마를 방에 들이고 문을 닫았지만, 나는 벽을 통해 두 사람이 하는 말을 엿들을 수 있었다.

누나는 드레스가 영 이상하다며 다들 자기를 보고 웃을 것 같다고 투덜거렸다.

원래 벡스 누나는 자기 동급생들과 달리 옷차림에 딱히 신경 쓰지 않았다. 클라우디아 브래드웰은 몇 주 전부터 운동장에서 친구들에게 무도회 때 입을 드레스 사진을 보여 주며 자랑했는데, 그때마다 친구들은 '오오오', '와이아' 하며 근사하다고 종알거렸다.

지난 토요일에 누나는 엄마와 시내에 나가 온종일 쇼핑했다. 그리고 집에 돌아오자마자 커다란 은색 종이가방을 들고 위층으로 직행해 그걸 자기 방에 숨겨 놓았다. 아빠와 나는 누나가 어떤 드레스를 골랐는지 보지 못했지만, 지금 보니 누나는 후회하고 있는 게 분명했다.

어떤 상황인지 좀 더 엿들으려고 내 방 안에서 서성거리는데 마침내 누나 방의 문이 열리며 엄마가 나왔다. 엄마 얼굴은 어색한 미소를 머금고 있었다.

"아, 맥스웰. 네 누나가 얼마나 예쁜지 보렴. 정말 근사하지, 안 그래?"

엄마가 방문을 다시 활짝 열자 누나가 옅은 노란색 드레스를 입고 나타났다. 머리카락을 정수리까지 말아 올렸고 얼굴은 오렌지 빛이었다. 그리고 몸을 반으로 접으려는 듯 어깨가 안으로 잔뜩 굽어 있었다.

"맙소사, 누나. 이건…… 좀……."

누나가 날 향해 눈살을 찌푸렸다.

"아주 예쁘잖아. 그렇게 말하려던 거지, 맥스웰?"

엄마가 나에게 눈을 부라리며 말했다.

"음…… 사실 제가 하려던 말은……."

"맞다!"

엄마가 내 말을 끊었다.

"아빠한테도 보여 줘야지? 가자."

엄마가 누나의 어깨에 팔을 두르자 누나는 어깨를 흔들어 그 팔을 떨쳐냈다. 누나가 내 얼굴을 빤히 보길래 나도 누나를 마주 봤다.

누나가 엄마를 향해 말했다.

"갈아입을래요."

누나는 그대로 자기 방으로 뛰어 들어가 문을 쾅 닫았다. 엄마가 나를 노려보았다.

"대체 왜 그랬어?"

맙소사.

"제가 뭘요? 전 아무것도 안 했어요!"

엄마가 두 손으로 얼굴을 문질렀다.

“사랑스러워 보인다고 아주 어렵게 설득했단 말이야. 맥스웰, 넌 왜 항상 모든 걸 망치려고 하니? 왜?”

엄마의 두 눈에 눈물이 고였다.

“하, 하지만 저는 아무 말도 안 했잖아요!”

엄마는 내 호소를 무시하고 돌아서서 계단을 내려갔다.

몇 분 후, 방문을 열고 나온 누나는 검정 스키니진에 자기가 가장 아끼는 ‘역사는 죽지 않는다’라고 적힌 회색 티셔츠를 입고 있었다. 거기에 꾀죄죄한 운동화까지 신었다. 화장은 거의 다 지우고 머리를 땋아 한쪽으로 늘어뜨렸다. 그제야 좀 더 우리 누나다워 보였다.

나는 누나에게 미소 지었지만, 누나는 나를 본 척도 안 하고 아래층으로 내려갔다.

“벡스! 어디 보자.”

아빠가 초조한 목소리로 말하고서 누나의 옷차림을 훑었다.

“오, 무도회 안 가기로 했니?”

“아뇨. 갈 건데요.”

누나가 퉁명스럽게 대꾸했다.

아빠는 어색하게 고개를 끄덕였다.

“그렇구나……. 그래, 아주 잘됐네! 그러고 보니…… 색다르구나. 아주…… 어두워."

누나는 아빠의 말을 무시하고 창문에 바싹 붙어 자기 친구 매디를 기다렸다. 매디 누나의 삼촌이 결혼식에 가려고 고급 승용차를 빌린 김에 학교까지 태워다 준다고 했다. 사실 걸어서 가도 충분한 거리인데.

우리는 모두 잠자코 기다렸다. 내가 침묵을 깨려고 했지만, 엄마 아빠가 날카로운 눈빛을 쏘는 바람에 계속 입을 다물고 있었다.

7시가 되자 집 밖에 은색 차가 섰다. 다들 누나를 따라 현관문으로 나갔다. 매디 누나의 삼촌이 운전석에서 내려 뒷문을 열자 매디 누나가 금색 드레스를 바스락거리며 나왔다. 매디 누나는 벡스 누나를 보고 떨떠름한 표정을 지으며 물었다.

"너…… 바지 입고 가게?"

벡스 누나가 고개를 끄덕였다.

"응. 드레스는 내 스타일이 아니라서."

벡스 누나가 매디 누나 앞에서 한 바퀴 빙글 돌고서 한쪽 다리를 뒤로 빼고 무릎을 구부리며 인사하자 둘 다 낄낄 웃었다.

"아주 멋지구나, 매디. 빛이 난다!"

아빠가 외치자 엄마가 팔꿈치로 아빠 옆구리를 찔렀다.

매디 누나는 금빛 드레스를 내려다보며 억지로 입꼬리를 끌

어울렸다. 내가 보기에는 용감하게 바지를 택한 벡스 누나를 약간 질투하는 듯했다.

벡스 누나가 먼저 차 뒷좌석으로 뛰어들고 매디 누나가 뒤따랐다. 둘 다 푹신해 보이는 가죽 시트에 뒹굴며 키득거렸다. 매디 누나의 삼촌이 차 문을 닫자 우리는 손을 흔들어 배웅하고 다시 집 안으로 들어갔다.

아빠가 내 어깨에 손을 얹고 말했다.

“그나저나 맥스웰, 아주 의젓하구나. 오늘 밤에 혼자만 무도회 못 가게 되어서 무척 아쉬울 텐데. 그러니까, 음…… 정말 어른스럽게 대처했어.”

그러자 엄마가 한숨을 쉬었다.

“에디, 지금 맥스웰이 놓친 걸 꼭 그렇게 짚어 줘야겠어?”

아빠가 엄마를 마주 봤다.

“또 웬 시비야? 나는 그저 맥스웰이 얼마나 대견한지 말하려는 거야. 내 아들한테 그런 말도 못 해?”

엄마가 가슴 앞에 팔짱을 꼈다.

“굳이 혼자만 못 간다는 걸 되새겨 주면서? 그래, 참 좋은 화법이네. 아들이 참 기뻐하겠어. 안 그러니, 맥스웰?”

둘 다 나를 빤히 바라보았다. 자기편을 들라는 무언의 압박이었다. 내가 대꾸 없이 가만히 서 있자 아빠가 다시 시작했다.

"그러는 당신은 벡스가 옷을 갈아입은 걸 맥스웰 탓으로 돌렸지. 그건 아니야. 그건 진짜 아니라고."

"맥스웰 탓으로 돌리긴, 누가!"

엄마가 쏘아붙였다. 나는 언성이 곧 최대치로 높아질 낌새를 눈치채고 서둘러 부엌으로 피신했다.

"이게 다 당신 때문인 거 몰라?"

엄마가 소리 질렀다.

"나 때문이라고? 맙소사, 어맨다. 가끔 당신은 정말 말이 안 통해. 그러는 당신은 뭘 했는지 한번 따져 볼까?"

아빠가 받아쳤다.

나는 잠자리에서 코를 고는 몬스터 옆에 앉아 녀석의 귀를 쓰다듬었다. 몬스터는 움찔하며 잠시 나를 올려다보더니 긴 한숨을 내뱉고 입을 쩝쩝 다시며 눈을 감았다.

"그냥 나가지 그래, 에디? 여기가 그렇게 싫으면 그냥 짐 싸서 나가면 될 거 아니야?"

나는 숨을 멈췄다. 아빠가 엄마에게 조용히 뭐라고 말했지만 무슨 말인지 알아들을 수 없었다. 두 사람은 이제 속삭이듯 대화하고 있었다. 이럴 때가 더 안 좋다. 적어도 소리칠 때는 뭐라고 하는지 알 수 있으니까.

나는 몬스터의 정수리에 입 맞추고 일어나서 복도를 지나 현관문을 쾅 닫고 나갔다.

제드와 바즈는 저녁 7시 45분에 촬영을 시작할 예정이었다. 그때쯤이면 다들 강당에 모여 있을 테고 카메라에 얼굴을 비추려고 애쓰느라 내가 후문으로 몰래 들어가도 눈치채지 못할 것이다.

나는 뱅크스 부인의 앞뜰을 지나갔다. 머리 없는 플라밍고가 여전히 연못을 내려다보고 있었다. 머리가 없으니 '본다'고 표현하기는 좀 그렇지만.

레지 할아버지네 집의 열린 커튼 사이로 티브이 불빛이 깜빡거렸다. 나는 잠시 할아버지와 함께 자연 다큐멘터리를 시청할까 고민했다. 어차피 엄마 아빠는 내가 레지 할아버지 집에 갔겠거니 생각할 테고, 실제로 할아버지와 나란히 앉아 티브이를 보는 게 가장 바람직한 선택일 것이다.

하지만 내가 언제 바람직하게 행동한 적 있나? 그리고 우리 학교에 진짜가 있는데 뭣 하러 티브이 화면을 보고 있어? 무려 제드와 바즈가 거기 와 있다, 지금! 놓치기에는 너무 아쉬웠다. 게다가 나는 들킬 생각도 없었다.

학교에 도착하니 완전 북새통이어서 오히려 들키는 게 더 어려울 지경이었다. 교문 앞에 커다란 방송국 트럭이 세워져 있었다. 나는 그 뒤에 숨어 헤드셋을 쓴 제작진이 클립보드를 들고 바삐 오가는 모습을 지켜보았다.

9학년 여자 셋과 남자 넷이 하얗고 기다란 리무진에서 내렸다. 여자들은 발치에 질질 끌릴 정도로 길고 반짝이는 드레스 차림이고 남자들은 아빠 정장을 빌려 입은 것처럼 보였다. 카메라를 어깨에 짊어진 여자가 그들에게 다가갔다. 남자들이 카메라 앞에서 서로 밀고 밀치며 티격태격하자 여자들이 배를 잡고 웃었다. 카메라를 든 여자는 못마땅한 얼굴로 다른 사람들을 찍으러 갔다.

하워드 선생님과 헉슬리 선생님은 정문에서 사람들을 안으로 들여보내고 있었다. 빨간 나비넥타이를 한 하워드 선생님은 누군가가 입장권을 건넬 때마다 어떤 장치를 작동해 나비넥타이를 핑그르르 돌게 했다. 재미도 없고 유치하기만 했지만 다들 퍽 기분이 좋은지 웃음을 터뜨렸다. 그중에서도 헉슬리 선생님이 가장 크게 웃었고 하워드 선생님은 그 모습을 바라보며 흐뭇하게 미소 지었다. 나는 두 사람이 머지않아 결혼할 거라고 장담한다.

내가 걸리지 않고 정문을 통과할 수 없다는 점은 분명했다. 그래서 학교 뒤편으로 돌아가 체육복 탈의실을 통해 들어가기로 했다. 탈의실은 운동장과도 연결되지만 안쪽 문을 열면 강당 측면의 긴 복도로 이어진다. 거기서부터 눈에 띄지 않고 뒤쪽으로 잠입하면 된다.

일단 사람들이 전부 입장할 때까지 기다렸다. 제작진 몇 명만 트럭 주위에 남았다. 강당 안에서 화려한 조명이 새어 나왔다. 지금쯤 제드와 바즈가 무대 뒤에서 메이크업을 받고 있을 거라 생각하니 속이 벌렁거렸다. 오늘 밤은 정말 끝내줄 것이다.

나는 주머니에 손을 찔러 넣고 고개를 숙인 채 교정을 가로질렀다. 막 모퉁이를 돌 때쯤이었다.

"얘! 어디 가니?"

뒤를 돌아보니 헤드셋을 낀 남자 한 명이 나를 쳐다보고 있었다.

나는 손을 흔들어 보였다. 마치 '괜찮아요. 저 수상한 애 아니에요!'라고 말하듯이.

"저 친구 뭐 하려는 건지 누가 확인 좀 해 줄래요?"

그 남자가 주변을 둘러보며 말했지만, 곧 클립보드를 든 어떤 여자가 남자의 주의를 돌렸다.

강당 옆을 지나는데 로이드 교장 선생님이 마이크에 대고 말하는 소리가 들렸다.

"참석해 주신 여러분, 감사합니다. 곧 제드와 바즈가 무대 위로 올라와 촬영을 시작할 텐데요, 그 전에……."

강당 안에서 환호성이 울려 퍼졌다. 교장 선생님은 한동안 학생들을 진정시켜야 했다. 나는 서둘러 강당 뒤편을 돌았다. 아마 지금쯤 제드와 바즈는 무대 뒤에서 대기하고 있을 것이다. 두 사람이 이렇게 가까이 있다니! 지금 가장 인기 있는 엠시 두 명이!

무사히 탈의실 앞에 도착했는데 남자 탈의실 문이 잠겨 있었다. 여자 탈의실도 마찬가지였다. 그때 보일러실이 눈에 띄었다. 학생들뿐 아니라 교사들에게도 출입이 금지된 곳으로, 열쇠는 관리인 패로우 씨만 갖고 있다. 문에 나사로 박힌 작은 표지판에는 감전당하는 인간 그림과 함께 경고 문구가 새겨져 있었다.

평소에 딱히 눈여겨보지는 않았지만, 오늘은 뭔가가 달랐다. 열쇠 구멍에 열쇠가 꽂혀 있었다. 패로우 씨가 행사 준비로 정신이 없어서 열쇠를 꽂아 두고 떠난 모양이었다. 나는 주위를 휙휙 둘러보고 문을 연 다음 열쇠를 주머니에 넣었다.

문은 몹시 무거웠다. 아마도 화재 방지용인 듯했다. 등 뒤로 문이 닫히자 내부가 깜깜해졌다. 벽을 더듬어 전등 스위치를 찾아 누르니 머리 위 전구가 깜빡 켜졌다. 주위를 둘러봤다. 한쪽 벽에 두꺼비집과 까만 손잡이가 달린 철제 벽장이 수두룩했다. 그리고 계단식 사다리, 빗자루, 걸레, 양동이 따위를 모아 놓은 공간이 있었다.

그 너머로 강당 측면 복도로 통하는 문이 보였다. 나는 그 문 밖에도 사망 위험 표지판이 붙어 있다는 걸 알았다. 수업 때문에 수백 번 오가며 봤기 때문이다. 손잡이를 잡아 비틀어 보니 문은 잠겨 있었다. 하지만 주머니에 있던 열쇠를 꽂자 열쇠가 돌아갔다. 나는 살며시 문을 열고 고개를 빼꼼 내밀었다. 복도는 텅 비어 있고 강당 안에서 카운트다운을 외치고 있었다.

제드와 바즈는 정확히 20초 뒤에 무대로 뛰어오를 예정이었다. 속이 찌릿찌릿했다. 재빨리 복도로 나와 문을 닫았다.

"맥스웰! 너 여기서 뭐 해?"

나는 얼어붙었다. 너무나 익숙한 목소리였다.

"엄마 아빠가 알면 난리 칠 텐데!"

돌아보니 복도 끝 어두운 구석에 우리 누나가 있었다. 하필 검은 바지와 회색 티셔츠 차림이어서 존재감이 거의 없었다. 누나는 머리끝까지 화가 난 것처럼 보였다.

"너 아주 단단히 혼날 거야, 맥스웰 베케트. 두고 봐. 내가 엄마 아빠한테 이를 테니까."

누나가 다가오며 말했다.

나는 어깨를 으쓱했다.

"상관없어. 제드와 바즈를 볼 수 있다면 뭐든 할 거야."

나는 누나의 얼굴을 쳐다봤다.

"누나? 괜찮아?"

자세히 보니 울었던 티가 났다. 우리 누나는 집에서 아무리 큰 소란이 나도 절대 울지 않는다. 누나는 인상을 찡그리며 재빨리 뺨을 닦았다.

강당의 카운트다운이 끝나 가고 있었다.

"삼, 이, 일!"

제드와 바즈가 무대에 등장했는지 엄청난 함성이 터져 나왔다. 두 사람이 프로그램 주제곡을 연주하고 있었다! 강당 안은 열광 그 자체였다. 얼른 들어가서 구경하고 싶었지만, 차마 누나를 이대로 두고 갈 수는 없었다.

"무슨 일 있었어?"

내 물음에 누나가 코로 긴 한숨을 쉬었다.

"클라우디아한테 들었는데…… 제작진 중 한 명이 촬영 기사한테 나를 찍지 말라고 했대. 내가 너무 이상한 애처럼 보인다고."

나는 마른침을 삼켰다. 그건 좀 너무했다.

"그 말을 믿어, 누나? 딱 봐도 거짓말하는 거잖아. 클라우디아 브래드웰, 걔는 숨만 쉬고 있어도 산소가 아까워. 그 바보 같은 패거리 싹 다."

누나가 눈가를 훔치며 씩 웃었다.

"그렇게 생각해?"

누나가 물었다.

나는 얼른 고개를 끄덕이고 초조한 티를 내지 않으려고 애썼다. 강당에서 나는 소리에 귀청이 터질 것 같았다.

"나도 걔들이 날 어떻게 생각하는지 신경 쓰기 싫은데, 자꾸 신경 쓰게 돼. 다들 클라우디아 말만 듣고 나를 비웃어. 심지어 매디도! 아까 차 안에 있을 때만 해도 괜찮더니 여기 와서는 날 두고 사라져 버렸어. 같이 다니기에 내가 너무 쪽팔리나 봐."

나는 피식 웃으며 고개를 저었다.

"매디 누나? 사탕 껍데기랑 씨름하는 것처럼 보이던데!"

누나가 희미하게 웃으며 코밑을 훔쳤다.

"가끔은…… 가끔은 내가 걔들이랑 어울렸다면 학교생활이 좀 더 쉬웠을 거라는 생각이 들어. 차라리 걔들이랑 친구가 돼서 함께 다녔다면 나를 이렇게 못살게 굴지 않을 텐데."

나는 코웃음을 쳤다.

"누나, 학교 축제 때 기억 안 나?"

클라우디아가 우리 누나를 괴롭힌 건 어제오늘 일이 아니지만 작년 여름에는 유독 심했다. 학교 축제 때 누나가 추첨 경품으로 화장품과 향이 독한 목욕 용품을 한 바구니 탔는데, 갑자기 클라우디아가 코를 킁킁대며 다가와 친한 척을 했다. 클라우디아는 자기 패거리에 들어와도 된다고 누나를 꼬드겼지만, 누나는 클라우디아의 속셈을 간파하고 경품을 매디 누나와 엄마에게 나눠 주었다.

그 뒤로 클라우디아는 우리 누나의 학교생활을 아주 괴롭게 만들었다. 꼬박 3주 동안 아무도 누나에게 말을 걸지 않았다. 꼭 투명 인간 취급하듯이. 참다못한 엄마 아빠가 학교 측에 이야기했지만 그 후로 상황은 더 안 좋아지기만 했다. 나는 누나가 다시 그런 신세가 되길 바라지 않았다. 누나가 나를 얼마나 짜증나게 하는지와는 별개로.

제드와 바즈가 군중을 향해 기념 티셔츠를 발포하는 소리가 들렸다. 쇼의 고정 이벤트였다. 두 사람이 바주카포로 티셔츠를 쏘아 올리면 사람들은 티셔츠를 잡으려고 기를 쓰고 덤볐다. 그저 둘의 얼굴이 박힌 티셔츠 쪼가리일 뿐인데도 말이다.

나는 안절부절못했다. 당장 강당으로 달려가 티셔츠를 손에 넣고 싶은 마음이 굴뚝같았다.

"그나저나 아까 뭐라고 말하려던 거야, 맥스웰? 나 그 드레스 입었을 때? 뭐라고 말하려다가 엄마 때문에 멈췄잖아."

강당에서 들리는 함성이 너무 시끄러워서 나는 누나에게 소리를 질러야 했다.

"그냥 딴사람 같다고 말하려던 것뿐이었어. 우리 누나답지 않다고!"

누나가 나를 힐끗 보며 휴지로 코밑을 툭툭 찍었다.

"무례하게 굴려던 거 아니야. 엄마가 어떻게 생각하든, 이게 누나야."

나는 누나가 입은 '역사는 죽지 않는다' 티셔츠를 가리키며 말했다.

"누나가 클라우디아 마녀 집단과 달라서 다행이야. 나쁜 게 아니라고!"

누나는 코를 찡그리며 아까처럼 희미하게 웃었다.

"걔네가 누나를 싫어하는 건 누나가 역사광인 데다가 항상 숙제를 제때 해 가서 그래. 솔직히 그러면 진짜 밥맛이긴 한데……."

누나가 반박하려고 입을 열었다.

"하지만! 그건…… 그냥 누나의 뇌 구조가 그런 거야. 클라우디아의 뇌에 똥만 든 것처럼."

내 말에 누나가 피식 웃었다.

"난 그 드레스 입기 싫었어. 원래 이렇게 입고 싶었는데 그냥 엄마 기분에 맞춰 준 거야. 내가 그 드레스를 입은 걸 엄마가 너무 좋아하는 것 같아서. 너 요즘 엄마가 웃는 거 본 적 있어?"

나는 고개를 저으며 누나 말에 덧붙였다.

"아빠도."

나는 눈을 내리깔고 발끝으로 나무 바닥을 문질렀다.

"너 정말 여기 있으면 안 되는 거 알지. 걸리면 진짜 큰일 나."

"알아. 그냥 뒤쪽에서 조금만 구경하다가 집에 가려고 했어. 아무 짓도 안 할 거야."

내 말에 누나가 선선히 고개를 끄덕였다.

"알았어. 그럼 놓치기 전에 들어가 봐."

내가 활짝 웃자 누나도 마주 웃었다. 나는 쏜살같이 달렸다.

이때는 꿈에도 몰랐다.

다음에 누나를 만났을 때 누나가 날 못 알아볼 줄은.

9장
정전

제드와 바즈는 정말 대박이었다. 두 사람은 엄청 웃겼고 다들 열렬히 환호했다.

단체 게임에서 우승하면 큰 상품을 주는 쇼의 단골 코너도 진행됐다. 어떤 7학년 남자애는 '노래 조각상'‘무궁화 꽃이 피었습니다’와 흡사한 놀이 게임에서 이겨 엑스박스를 가져갔다. 미친! 평소 같았으면 곧장 맨 앞으로 달려가서 나를 뽑아 달라고 외쳤겠지만, 카메라에 한 번이라도 걸릴까 봐 몸을 사려야 했다. 들키면 끝장이니까.

제드가 마이크에 대고 다음 게임은 '당나귀 꼬리 달기'눈을 가린 뒤 꼬리 없는 당나귀 그림에 꼬리를 가장 잘 붙이는 사람이 이기는 놀이라고 외쳤다. 두 사람은 거대한 당나귀 그림을 펼쳐 들었다. 다만 머리 부분에 바즈의 장난스러운 얼굴이 박혀 있었다. 사람들은 모두 박장대소했다.

"여러분! 상품 가져갈 준비 됐습니까!"

제드가 외쳤다.

다들 "네!" 하고 우렁차게 외치며 두 손을 번쩍 들었다. 나도 마찬가지였다.

무대 옆쪽에 찰리 긱이 보였다. 얼굴에 뭔가 쓰고 있길래 웬 이상한 분장인 줄 알았는데 알고 보니 코 주변에 커다란 반창고를 붙인 것이었다. 찰리는 바지 안에 말벌이라도 든 것처럼 두 손을 위로 뻗고 몸을 흔들어 댔다.

"이번엔 만만치 않겠어, 제드."

바즈가 빽빽한 손들을 둘러보며 말했다.

"누구에게 도전 기회를 줘야 할까. 상품이 무려……."

드럼 소리가 울려 퍼졌다. 제드와 바즈가 어깨동무하고 동시에 외쳤다.

"플로리다 여행권인데!!!"

모두가 열광하는 가운데 제드와 바즈가 무대에서 풀쩍 뛰어내려 군중으로 다가갔다.

"좋아, 내가 먼저 첫 도전자를 뽑지."

바즈가 말했다. 다들 비명을 지르며 자기를 뽑아 달라고 바즈를 향해 두 손을 흔들었다. 바즈가 뒤를 돌자 찰리 긱이 그 앞에 서 있었다.

"멋진 코네!"

바즈가 말했다. 찰리가 눈을 휘둥그레 뜨고 특유의 덜떨어진 얼굴을 해 보였다. 그토록 커다란 반창고를 붙인 채로는 쉽지 않았을 텐데.

바즈는 장난스러운 얼굴로 찰리의 어깨를 두드렸다.

"첫 도전자는 너로 정했다!"

바즈가 말하자 다들 환호했다. 찰리는 스카이 콩콩이라도 올라탄 것처럼 펄쩍펄쩍 뛰었다. 그러고 나서 무대 옆 계단을 씩씩하게 올랐다.

"네 쪽은 어때, 제드?"

바즈가 외쳤다. 제드는 나와 고작 몇 미터 떨어진 곳에 있었다. 제드를 둘러싼 아이들이 서로 밀고 밀치며 뽑아 달라고 아우성쳤다.

"나는 좀 다른 방식으로 선택하려고!"

제드가 마이크에 대고 말했다.

"코끼리 코 돌기!"

다들 폴짝폴짝 뛰며 손뼉 치는 가운데 제드가 검지를 빼 들고 제자리에서 빙글빙글 돌며 속도를 올렸다. 제드는 매번 이렇게 하는데 가끔 너무 빨리 돌아서 넘어지기도 한다. 그가 몇 바퀴 돌고 나서 속도를 줄였다.

"내가 정한 사람은 바로…… 너!"

우뚝 멈춘 제드의 손가락이 가리킨 사람은 바로 나였다. 힐끔 머리 위를 보니 내 손은 허공에 뻗은 채였다.

군중이 웅성거렸다. 나는 그대로 굳어 입만 떡 벌렸다.

"자, 어서. 부끄러워하지 말고. 너도 여행권 타고 싶지?"

제드가 말했다. 그 뒤로 카메라맨이 카메라를 곧장 나에게 겨누었다. 내가 티브이에 나올 거라니! 뭔가 말하려고 입을 떼는 순간, 로이드 교장 선생님이 인파를 헤치고 나타났다.

"아니, 아니, 아니요. 그만 찍으세요! 그만! 얘는 여기 있으면 안 돼요."

교장 선생님이 허리춤에 양손을 짚고 내 앞에 섰다. 제드는 선생님과 나를 번갈아 보더니 자기 목에 대고 손날을 좌우로 흔들었다. 그러자 음악이 뚝 끊겼다.

제드 뒤로 하워드 선생님이 나타났다. 이제 나비넥타이는 돌아가지 않았다.

"맥스웰! 당장 집에 가거라. 소란 피우지 말고."

하워드 선생님이 이를 악물고 말했다. 카메라가 하워드 선생님을 비췄다. 카메라는 여전히 녹화 중이었다. 고요해진 강당 안에는 조명 돌아가는 소리만 울렸다.

나는 발을 떼지 않고 팔짱을 꼈다.

“안 가겠다면요?”

내 말에 제드가 피식했다. 내가 그를 향해 씩 웃자 제드는 인상을 찌푸렸다.

교장 선생님이 내 앞에 바짝 다가섰다.

“맥스웰 베케트, 당장 강당에서 나가거라.”

교장 선생님은 나직하게 말했다. 카메라가 다가오자 선생님은 발걸음을 돌리려고 했다.

“전 아무 데도 안 가요!”

내가 고래고래 외쳤다.

그러자 클립보드를 든 여자가 제드에게 다가왔다.

“5분만 쉬었다 갈까요, 제드?”

제드는 눈알을 위로 굴리며 땅이 꺼지게 한숨을 내쉬었다. 바즈가 그 옆에 나타났다.

“무슨 일이야? 계속해, 말아? 얘가 누군데?”

바즈가 턱짓으로 날 가리켰다. 내가 무슨 바닥에 뒹구는 먼지 쪼가리라도 되는 것처럼.

사람들이 모두 날 쳐다보고 있으니 왠지 눈이 따끔거렸다. 무대 위 당나귀 그림 옆에 선 찰리가 나를 향해 고개를 절레절레 흔들었다.

"맥스웰, 너는 지금 일을 키우고 있단다. 이제 현명하게 판단해 보고 어서 집에 돌아가거라."

교장 선생님이 엄한 목소리로 말했다. 하워드 선생님은 나를 안타깝게 바라보았다. 선생님이 교장 선생님에게 뭐라고 말하려는데 제드가 끼어들었다.

"저기, 얘, 네가 무슨 짓을 저질렀는지는 모르겠다만, 너 때문에 지금 나랑 바즈가 좀 곤란하거든."

나는 제드를 쳐다봤다. 이럴 수가. 제드가 날 미워하다니! 바즈도 그 옆에서 거들었다.

"그 말대로야. 이제 그만 여기서 나가 줘야 할 것 같은데. 안 그러니?"

제드가 바즈의 어깨 위에 손을 올렸다. 두 사람이 동시에 나를 쏘아봤다.

"어차피…… 두 사람은 형편없잖아요!"

내가 버럭 소리쳤다. 다들 일제히 헉하고 숨을 들이켰다. 나는 돌아서서 인파를 헤치고 강당에서 뛰쳐나갔다.

"맥스웰, 잠깐만!"

하워드 선생님이 다급히 외쳤지만 나는 이미 그 자리에 없는 사람이었다.

"자, 다들, 파티를 시작해 볼까요!"

바즈가 마이크에 대고 소리치자 군중이 일제히 환호했다. 나는 다시 복도로 돌아가 사망 위험 보일러실로 뛰어들고서 문을 잠갔다.

곧이어 누군가가 밖에서 문을 쾅쾅 두드렸다,

"맥스웰, 너 거기가 어디라고 들어가! 문 열고 얘기 좀 하자, 응?"

하워드 선생님이었다.

나는 젖은 눈으로 작은 공간을 휘휘 둘러보았다. 하워드 선생님이 다시 문을 두드렸다.

"맥스웰, 나와 보렴. 교장 선생님하고 잘 얘기해 보자. 내가 너 머물게 해 달라고 부탁드려 볼게. 어때?"

"그냥 가세요!"

설령 교장 선생님이 허락한대도 강당으로 돌아갈 마음은 없었다.

나는 대걸레와 빗자루를 지나 두꺼비집과 전기 설비로 향했다. 그리고 찾던 것을 발견했다.

새빨간 스위치였다. 그 아래 단어 하나가 선명했다.

메인 스위치

나는 양동이를 바닥에 뒤집어엎고 그 위에 올라선 다음, 손을 뻗어 엄지와 검지로 그 큼직한 스위치를 잡았다.

"싹 다 망했어……."

나는 혼잣말로 중얼거리고서 딸깍, 스위치를 내렸다. 그 순간 강당에서 흘러나오던 음악 소리도, 내 머리 위의 전구 불빛도 뚝 꺼졌다.

나는 양동이에서 내려와 깜깜한 벽을 더듬어 출구를 찾았다. 이윽고 밖으로 나가 다시 문을 잠그고 열쇠를 주머니 안에 넣었다.

그러고 나서 달렸다.

최대한 빠르게, 내 생애 최악의 날로부터.

10장
알

학교가 어둠에 묻히자 학생 수백 명이 운동장으로 쏟아져 나왔다. 몇몇은 서로 뭉쳐서 휴대폰을 횃불처럼 들고 있었다. 선생님들은 학생들을 진정시키며 강당 밖으로 이끌었다. 나는 강당 뒤 어둑한 구석에 서서 상황을 지켜보았다.

"선생님, 제드와 바즈가…… 남아서 쇼를 마무리할까요?"

어떤 7학년 여자애가 물었다. 체육 선생님인 앨런 선생님이 그 애 어깨에 손을 올렸다.

"지금 전력을 복구하려고 애쓰는 중인데, 만약 복구가 안 된다면…… 글쎄다, 어떻게 될지 모르겠구나."

나는 방송국 트럭 근처 나무 아래 서 있었다. 트럭 뒤 칸에서 제작진 한 명이 누군가에게 아직 발전기를 못 고쳤다고 외쳤다. 그때 트럭 뒤에 세워진 고급 검정 승용차 뒷문 창으로 얼핏 제드와 바즈가 보였다. 둘 다 야구 모자를 눌러 쓴 채 휴대폰에 귀를 대고 통화 중이었다.

곧 차가 천천히 출발했다.

"저기! 제드와 바즈야! 그냥 가나 봐!"

어떤 남자애가 외쳤다.

학생들이 비명을 질렀다. 몇몇은 울기 시작했다. 로이드 교장 선생님이 강당에서 나와 손뼉을 쳤다.

"여러분, 잘 들으세요! 주목!"

다들 조용해졌다.

"현재 정전으로 인해, 아쉽지만…… 오늘 무도회는 취소되었습니다……."

순식간에 운동장에 통곡 소리가 울려 퍼졌다.

"왜, 왜요?"

7학년 남자애가 물었다.

"전력 없이는 촬영도 못 하잖아."

11학년 여자가 대답했다.

통곡 소리는 점점 커져서 교장 선생님은 더 큰 소리로 외쳐야 했다.

"부모님께 문자 메시지 돌렸으니 최대한 빨리 데리러 오실 겁니다."

교장 선생님의 목소리가 조금 떨렸다. 찰리 긱이 강당 출입문 앞에 나타났다.

"그런데 왜 갑자기 정전된 거예요? 복구 안 돼요? 방송국 사람들은 발전기 없대요?"

교장 선생님이 고개를 끄덕였다.

"그래, 찰리. 보아하니 그쪽 발전기에도 문제가 있고 누가 우리 보일러실 메인 스위치를 내린 모양이야. 누군지 몰라도 일부러 문까지 잠그고 달아났는데 안타깝게도 비상 열쇠가 없어. 패로우 씨가 자물쇠 수리공을 찾고 있지만 어차피 너무 늦을 거다."

그때 마커스가 교장 선생님 옆에 나타나 휴대폰 불빛으로 얼굴을 밝히고 말했다.

"맥스웰 베케트가 한 짓이죠, 선생님? 걔가 강당에서 도망치고 나서 바로 전기가 나갔잖아요. 우연의 일치가 아니에요. 걔가 범인이라고요! 맥스웰 베케트는 모든 걸 망치니까요!"

어느새 통곡 소리는 멈추고 다들 분한 목소리로 쑥덕거리기 시작했다. 교장 선생님은 학생들을 진정시키려고 애썼다. 나는 마른침을 삼켰다. 목구멍에 딱딱한 혹이 느껴졌다.

"다들 그만!"

하워드 선생님이 나섰다.

"그만하라고 했다! 아직 어떻게 된 건지 확실히 밝혀지지 않았으니 다들 넘겨짚지 말자. 그건 너도 포함이다, 마커스."

담임 선생님이 나를 옹호해 주려고 애쓰는 것은 기뻤지만, 그다지 도움이 되지 않았다.

"걔는 퇴학시켜야 해요, 선생님! 찰리 코를 그렇게 만든 게 바로 어제잖아요!"

우리 반 아델이 소리쳤다.

"맞아요! 어차피 다들 걔를 안 좋아해요. 아쉬워할 사람도 없다고요."

9학년처럼 보이는 여자애가 말했다. 심지어 이름도 몰랐다. 이럴 수가. 정말로 모두가 나를 싫어하다니.

"꺼져, 맥스웰! 꺼져, 맥스웰!"

누군가가 연호하자 곧 다들 따라 외치기 시작했다. 불현듯 아빠가 즐겨 보던 중세 시대 배경의 흑백 영화가 떠올랐다.

어느 마을에 외지인이 들어왔는데 마을 사람들이 한패가 되어 그를 욕하고 따돌리다가 결국 마을에서 쫓아내는 내용이었다. 학교 애들이 머리 위로 횃불을 쳐들고 학교를 돌아다니며 나를 찾는 광경이 떠올랐다.

날 욕하는 함성이 점점 커지자 선생님들이 소란을 잠재우려고 애썼다. 나는 들키기 전에 서둘러 학교를 빠져나갔다.

집에 가기는 싫었다. 엄마 아빠는 지금쯤 말싸움을 멈췄겠지만, 방금 학교에서 무슨 일이 있었는지 알게 되면 또 시작할 것이다. 안 돼.

나는 그나마 가장 안전한 장소로 향했다.

레지 할아버지의 집.

부엌문을 벌컥 열고 들어갔다.

"레지 할아버지? 저예요. 저…… 여기 좀 있어도 돼요?"

레지 할아버지가 거실 문간에서 나타났다. 몹시 당황한 얼굴이었다.

"뭐라고? 넌 누구냐?"

할아버지가 문틀을 부여잡고 말했다.

"저예요, 할아버지. 맥스웰이요. 아시잖아요! 전 여기 거의 매일 와요. 믿어 주세요. 저는 지금……. 다시 처음부터 설명하기 힘들어요……."

내가 울고 있다는 걸 눈치챘는지 할아버지는 나를 지그시 바라보더니 부엌 안으로 들어왔다.

"편히 있으렴, 젊은 친구 맥스웰. 마실 거랑 비스킷 좀 내올 테니 같이 먹겠니?"

나는 안도의 한숨을 내쉬었다.

"고마워요, 할아버지. 그거 좋겠네요."

나는 거실로 들어가 소파에 털썩 주저앉았다. 기진맥진했다. 학교를 쑥대밭으로 만들어 놓고 온 걸 떠올렸다. 지금쯤 열 받은 학부모 수백 명이 학교에 도착해서 누가 자기 아이를 울렸느냐며 따지고 있을 게 뻔했다.

레지 할아버지가 비스킷 통과 오렌지 주스 두 잔을 쟁반에 담아 가져왔다. 탁자에 쟁반을 내려놓고 비스킷 통 뚜껑을 열어 나에게 내밀었다.

"이제 너에 대해 전부 알려 주렴. 뭔가 떠오를지도 모르니까."

나는 통 안에서 생강 비스킷을 집어 들었다.

"저는 맥스웰 베케트고요. 열두 살이에요. 그리고…… 모두가 저를 싫어해요."

할아버지는 오렌지 주스를 한 모금 마셨다.

"흠. 그건 가볍게 얘기할 일이 아닌 것 같구나, 맥스웰. 왜 모두가 널 싫어하니?"

나는 비스킷을 가장자리부터 조금씩 베어 물었다. 아직도 목구멍에 커다란 혹이 느껴져서 딱히 먹고 싶은 생각은 없었지만 마음을 진정시키려고 비스킷에 집중했다.

"그건 제가……. 저라서 그래요."

"네가 너라는 이유로 싫어할 수는 없지."

할아버지는 나처럼 비스킷을 가장자리부터 야금야금 먹었다.

"다들 절 싫어하는 건…… 제가 패배자에다가 사고뭉치이기 때문이에요. 제가 하는 건 다 엉망이 돼요. 전부 다."

나는 할아버지의 시선을 느끼면서 말을 이었다.

"제 절친도 절 싫어해요. 실은, 학교 사람 모두가 절 싫어해요……. 심지어 선생님들도요."

할아버지는 고개를 한쪽으로 기울였다.

"너희 가족은 어떠니? 분명 널 싫어하지 않을걸."

나는 할아버지를 마주 보고 눈물을 삼켰다.

"저희 부모님은 서로 미워하느라 바빠요. 하지만…… 저 때문에 그래요. 다 제 잘못이에요. 제가 그렇게 사고를 많이 치지 않았다면 둘은 싸울 일도 별로 없었을 거예요. 어쩌면 사이좋게 지냈을지도 몰라요."

할아버지가 입에 넣었던 비스킷을 도로 꺼냈다.

"흠, 나는 널 싫어하지 않는다, 맥스웰. 우선 저 훌륭한 그림을 그려 주지 않았니."

할아버지는 벽난로 선반에 놓인 액자를 가리켰다. 내가 그림 대회에 출품했던 그림이었다. 할아버지는 실로 오랜만에 뭔가를 기억해 냈다.

나는 할아버지의 초상화를 바라보았다. 내가 진정 자랑스러워하는 몇 안 되는 것 중 하나였다. 하지만 오늘 밤에 보니 그다지 훌륭해 보이지 않았다. 코는 삐뚤고 눈도 대칭이 맞지 않았다.

"저 그림은 쓰레기예요. 갖다 버리시는 게 나을 거예요."

내 말에 할아버지가 한숨을 쉬었다.

"젊은 친구 맥스웰, 내가 보기에는 그저 네가 오늘 유독 일진이 사나웠던 것 같구나. 다들 그럴 때가 있지. 내 인생에도 그런 날이 많았어, 정말로."

할아버지의 옅은 회색 눈이 잠시 벽을 향했다가 다시 나에게 돌아왔다.

"그렇지만 말이다. 오늘 일진이 사나웠다고 해서 내일도 마찬가지란 법은 없거든. 다음 날도, 그다음 날도."

할아버지는 다시 비스킷을 먹기 시작했다.

"할아버지는 몰라요. 저는 다른 사람 인생까지 망친다고요.

제가 아니었다면 제 절친 찰리 긱은 코를 다치지 않았을 테고, 티브이 쇼도 취소되지 않았을 테고…… 저희 부모님도 싸우지 않았을 거예요. 저는 재앙이에요. 제가 한 짓을 알면 이제 아무도 저한테 말을 걸지 않을걸요. 아무도요. 다들 절 끔찍이 싫어하니까요."

나는 눈을 질끈 감고 두 손으로 머리를 감싸 쥐었다. 잠시 정적이 흐르고 레지 할아버지가 크게 한숨을 쉬었다.

"내가 도도새 깃털 보여 준 적 있니?"

나는 두 손으로 얼굴을 문지르고 고개를 들었다. 할아버지는 스웨터에 묻은 비스킷 부스러기를 떨어냈다.

"도도새 깃털이요?"

내 물음에 할아버지가 미소 지었다.

"그래! 알지? 어리석어서 멸종된 그 새 말이다. 좀 가져다주겠니? 유리장 안에 있단다."

할아버지가 세 번째 비스킷을 집어 들었다.

"도도라고 적힌 판지 상자를 찾아보렴."

한숨이 나왔다. 이제 할아버지의 소름 끼치는 유리장까지 뒤져야 한다니.

나는 일어나서 유리장으로 걸어가 안을 들여다보았다. 쪼그라든 두피 혹은 신발은 여전히 한쪽에 기대 세워져 있고 할아버지가 인어 비늘이라고 착각했던 플라스틱 통은 뒤쪽에 있었다. 낡고 칙칙한, 구멍 송송 뚫린 지구본이 선반에 걸쳐져 있고 그 옆에 검정 모자, 열리지 않는 커다란 나무알 모양 뮤직 박스가 있었다.

나는 도도새 깃털을 찾아 잡동사니들을 뒤적거렸다. 선반 한 구석에 작은 판지 상자가 보였다. 그쪽으로 손을 뻗다가 그만 팔꿈치로 지구본을 치고 말았다. 지구본과 함께 검정 모자, 쪼그라든 두피, 인어 비늘 통, 나무알이 바닥에 우르르 떨어졌다.

"맥스웰! 무슨 일이냐? 조심해야지!"

할아버지가 안락의자에 앉은 채 소리쳤다.

"제가 뭐랬어요! 전 제대로 하는 게 아무것도 없다니까요."

나는 바닥을 내려보며 씩씩거렸다. 기타 피크가 통에서 쏟아져 나와 사방에 흩어져 있었다.

"모두 도로 제자리에 둬야 한다. 알겠니, 맥스웰?"

할아버지가 외쳤다.

나는 한숨을 내뱉고 나서 무릎을 꿇고 그 플라스틱 조각들을 작은 통에 주워 담기 시작했다. 너무 많아서 한참 걸렸다. 다 주운 뒤에 지구본을 집어 들고 쪼그리고 앉았다.

"그거 아세요? 전 가끔 이런 생각을 해요. 애초에 제가 없었다면 다들 더 잘살았을 거라고요."

나는 지구본을 손으로 굴려 가며 희미해진 나라 이름들을 바라봤다. 한숨을 내쉬고 일어났다. 지구본을 선반 위의 낡고 칙칙한 우산과 지저분한 화병 사이에 밀어 넣었다.

검정 모자를 선반에 도로 올려놓은 다음 쪼그라든 두피를 손끝으로 집어 올렸다. 할아버지가 안 보고 있다는 걸 확인하고 재빨리 그걸 선반 위로 던져 넣었다. 나무알은 소파 뒤까지 굴러가 있었다. 거기까지 가서 나무알을 주웠다.

"나는 왜 제대로 하는 게 아무것도 없을까?"

혼잣말하며 두 손 안에서 나무알을 이리저리 굴려보았다. 자세히 보니 윗부분에 나무로 된 작은 꼭지가 있었다. 그걸 잡고 오른쪽으로 몇 번 돌렸다. 낡은 시계태엽이 감기듯이 작게 똑딱거리는 소리가 들렸다.

"왜 그러니, 맥스웰?"

할아버지가 여전히 안락의자에 앉은 채 물었다.

"아니에요. 저는 그냥…… 시키신 대로 물건들 주워서 정리 중이에요."

나는 손바닥에 나무알을 올려놓고 손끝으로 무늬를 쓰다듬었다.

"나는 아무짝에도 쓸모없어, 안 그래?"

나직하게 중얼거렸다.

"그냥 아예…… 태어나지 말았으면 좋았을 텐데."

알을 살짝 흔들어 보았다.

띵, 똥, 땅!

소리가 나더니 멈췄다. 벡스 누나가 어릴 때 가지고 놀던 낡은 보석함이 떠올랐다. 뚜껑을 열면 플라스틱 발레리나 인형이 튀어나와 〈반짝반짝 작은 별〉 멜로디에 맞춰 뱅글뱅글 돌았다.

나는 한번 심호흡한 뒤 일어나서 알을 다시 선반 위 모자 옆에 올려놓고 유리장 문을 닫았다. 그제야 내가 도도새 깃털을 찾으려고 했던 게 기억났다.

"할아버지, 저 사실 지금 깃털 구경할 기분이 아닌데요. 괜찮아요?"

그렇게 말하고 돌아섰을 때, 할아버지는 고개를 젖힌 채로 입을 크게 벌리고 깊이 잠들어 있었다. 숨을 내쉴 때마다 코에서 휘파람 소리가 났다.

"그럼 그렇지."

나는 거실을 둘러보고서 다시 한숨을 내쉬었다. 달리 내가 할 수 있는 일이 없었다. 집에 돌아가서 학교에서 있었던 일을 자백해야 했다. 아마 지금쯤이면 로이드 교장 선생님이 우리 엄마 아빠에게 전화했을 테니 선택의 여지가 없었다.

난 이제 정말 큰일 났다.

11장

대문

일부러 으슥한 곳으로 걸어 집에 가고 있다. 이제 곧 학교 강당에서 징징대는 애들을 데리고 가는 학부모들의 차가 줄줄이 지나갈 테니까.

걸으면서 둘러보았는데 아직 도로는 한산했다.

뱅크스 부인의 집을 지나쳤다. 꽤 어두웠지만 연못을 내려다보는 플라스틱 플라밍고의 형태를 알아볼 수 있었다.

발이 우뚝 멈췄다.

뭔가 달라졌다. 플라밍고의 머리가 달려 있었다.

아까 무도회 가는 길에 봤을 때만 해도 분명 머리가 없었다.

틀림없이 머리 없는 플라밍고였다.

나는 눈을 가늘게 뜨고 뱅크스 부인네 거실 쪽을 살폈다. 살짝 벌어진 블라인드 사이로 소파에 앉아 있는 뱅크스 부인이 보였다. 그새 부인이 새 플라밍고를 사서 내가 강당에 가 있는 동안 교체한 걸까?

나는 플라스틱 플라밍고를 노려보다가 검은 눈과 마주쳤다. 또다시 벽돌을 던질까 잠시 고민했지만 이미 충분히 곤란한 내 처지가 떠올라서 참았다.

걸음을 옮기면서 한 번씩 뒤돌아 차가 오는지 살폈지만, 도로는 고요하기만 했다. 지금쯤이면 잔뜩 심통 난 애들을 집으로 실어 나르는 차가 100대쯤 지나갔어야 했다. 다들 어디로 간 걸까? 뭔가 느낌이 좋지 않았다. 그냥 빨리 집에 가고 싶었다. 나는 달리기 시작했다.

집에 가면 곧장 부엌으로 가서 몬스터를 힘껏 껴안아야지. 그래야 엄마 아빠와 대면할 마음의 준비가 될 테니까. 몬스터는 늘 내 마음을 달래 준다. 나는 히죽 웃었다. 하지만 집 앞에 도착한 순간 입꼬리가 싹 내려갔다.

뭔가 잘못되었다.

출입로 입구의 벽돌 기둥 사이에 검은색 철문이 있었다.

문제는…… 원래 우리 집 출입로에 대문이 없다는 것이다.

아니, 있기는 있었는데, 5년 전에 내가 부숴 먹었다. 삐걱대는 문짝 소리가 묘하게 좋아서, 엄마가 하지 말라 했는데도 툭하면 그 철문에 매달려 놀았다. 그러다 경첩이 휘어지는 바람에 결국 문짝이 떨어져 나가고 말았다.

나는 철문에 가까이 다가가 발로 슬쩍 밀어보았다. 예전처럼 낮은 소리로 그르렁거렸다. 아니, 예전 대문과 똑같아 보였다. 우리 엄마 아빠는 뭔가를 고치는 데 젬병이고, 돈 주고 수리 업자를 불렀을 가능성은 더더욱 없었다. 대문이 갑자기 어디서 난 거지?

바람이 한층 거세지자 등 뒤에서 사각거리는 소리가 났다. 돌아보니 컴컴하고 텅 빈 도로에 낙엽들만 굴러다녔다.

우리 집을 바라봤다. 불은 다 꺼져 있고 차고 안에 엄마의 자가용과 아빠의 영업용 밴이 보이지 않았다. 외출한다는 얘기는 없었는데. 혹시 누나를 데리러 학교에 간 걸까? 아니면 나를 찾고 있나? 하지만 내가 어디 있는지 걱정됐다면 진작 레지 할아버지 집으로 찾아왔었을 것이다. 나는 걸핏하면 거기 가 있으니까.

"희한하네."

현관문을 두드렸다. 하필 열쇠가 없었다.

집 안은 고요했다.

괜히 초인종을 한 번 눌러 봤다. 배터리가 다 된 지 한 달이 넘었지만.

찌르르르르르르르릉!

예상치 못한 벨 소리에 나는 펄쩍 뛰었다.

초인종이 집 안을 쩌렁쩌렁 울리고 침묵이 감돌자 가슴이 쿵쿵 뛰었다. 엄마 아빠가 배터리를 교체하고 나서 나한테 얘기해 주는 걸 깜빡한 걸까? 그럴싸했다.

나는 다시 한번 초인종을 눌렀다.

찌르르르르르르르릉!

벨 소리가 온 집 안을 요란하게 울렸다. 여전히 아무 응답이 없었다.

잠시 갈팡질팡하다가 문득 엄마가 만일의 경우를 대비해 집 뒤편에 숨겨 둔 여분의 열쇠가 생각났다. 내가 기억하기로는 뒷문 양옆에 놓인 두 개의 화분 중 왼쪽 화분 밑에 있었다. 하지만 뒷문 옆 화분들은 보이지 않았다.

나는 화분이 있던 자리를 멍하니 바라보았다.

"어디 갔지? 혹시 아빠가 옮겼나?"

문고리를 잡아 돌렸다. 뒷문은 잠겨 있었다.

나는 몇 걸음 물러났다.

"잠깐…… 생각을 하자. 뭔가 이유가……. 왁!"

난데없이 웬 커다란 점박이 고양이가 부엌문에 난 개구멍으로 튀어나왔다. 녀석은 나를 보고 눈을 두어 번 깜빡이더니 쏜살같이 마당으로 뛰어갔다.

"우리 집에 웬 고양이?"

내가 중얼거렸다. 게다가 개구멍은 오래전에 막아 놨었다. 툭하면 몬스터가 그 사이로 머리를 집어넣었다가 끼곤 했기 때문이다.

고양이는 수풀에 코를 킁킁거리다 이내 어둠 속으로 사라졌다.

머리가 어지럽고 속이 약간 메스꺼웠다. 심장이 미친 듯이 뛰었다. 테라스 유리문 근처에 화분 몇 개가 있길래 그리로 달려가 혹시 밑에 열쇠가 있나 하나씩 들춰 보았다.

없었다.

테라스 문을 열어 보았다.

잠겨 있었다.

머리가 핑핑 돌고 다리가 후들거리기 시작했다. 나는 차가운 시멘트 블록에 무릎을 꿇은 채 대체 무슨 일이 일어난 건지 파악하려고 애썼다. 그러다가 테라스 유리창에 이마를 대고 집 안을 들여다보았다.

"아니, 아니, 아니, 아니……. 이건 아니야. 진짜일 리 없어……."

12장
부엌

나는 우리 집 부엌을 바라보았다. 아니, 더 이상 우리 집 부엌이 아니었다.

찬장과 가스레인지, 싱크대는 그대로인데 그 외에는 전부 달랐다.

한쪽에 자리한 둥근 식탁의 정중앙에는 꽃이 담긴 화병이 놓여 있었다. 원래 우리 집 식탁은 직사각형 나무 식탁이고 식탁뿐 아니라 집 안 어디에도 꽃을 두지 않았다. 한쪽 벽을 차지한 나무 찬장에는 처음 보는 청백색 도자기 그릇들이 선반마다 가득했다. 전부 차곡차곡 가지런히 쌓여 있었다.

한 발짝 뒤로 물러서자 당황한 내 얼굴이 유리창에 비쳤다. 벌어진 입 사이로 한마디가 흘러나왔다.

"몬스터……."

나는 두 손을 동그랗게 말아 눈에 대고 부엌을 다시 샅샅이 살펴보았다. 쓰레기통은 제자리에 있었지만 늘 보던 은색이 아니라 검은색이었다. 그 옆이 허전했다. 몬스터의 잠자리가 없었다.

"몬스터, 집에 있니?"

나는 유리창을 두드리며 말했다. 혹시 찬장 뒤에서 흔들리는 꼬리라도 발견할까 싶어 눈동자를 최대한 왼쪽으로 굴렸다. 바닥에 물그릇이나 밥그릇이 있나 훑어보았지만 흔적도 보이지 않았다.

갑자기 부엌에 불이 켜지는 바람에 눈이 부셔서 눈을 깜빡였다. 웬 낯선 남자가 들어와 의자 등받이에 재킷을 걸쳤다. 그러고서 테라스로 다가오다가 유리창 너머로 집 안을 살피던 날 발견하고 화들짝 놀랐다. 부리나케 달려온 남자가 잠금장치를 풀고 테라스 문을 밀어젖혔다.

"대체 여기서 뭐 하는 짓이냐?"

남자가 다그쳤다.

"저는…… 어…… 누구를 찾고 있는데요."

남자의 얼굴이 벌겋게 달아올랐다.

"누구?"

남자가 고함쳤다.

나는 입을 뗐다가 도로 닫았다. 무슨 소리를 들을지 겁이 나서 차마 말이 안 나왔다.

"문을 따고 들어오려고 했니? 누구랑 같이 왔어?"

남자는 내 정수리 너머로 컴컴한 마당을 두리번거렸다. 나는 바닥에서 일어났다.

"문 따려던 거 아니거든요! 저는 베케트 가족을 찾고 있어요. 혹시 어맨다 베케트랑 에디 베케트 아세요? 벡스라는 여자애는요? 여기 사는 사람들이거든요. 개 한 마리도요. 몬스터라는 비글인데, 혹시 안에 있나요?"

남자는 내 말뜻을 이해했는지 어깨를 약간 누그러뜨렸다. 그와 함께 내 어깨도 살짝 내려갔다.

"아, 베케트 부부! 알지, 알지, 누군지……."

나는 안도의 한숨을 내쉬었다. 역시 별일 아니었다. 그저 일이 뭔가 엉뚱하게 꼬인 것이다.

나는 남자를 향해 미소 지었다.

"그럼 좀 불러주시겠어요?"

내가 안으로 들어가려고 하자 남자가 내 앞을 막아섰다.

"워워, 잠깐. 어딜 들어가려고."

남자가 가슴 앞으로 팔짱을 끼고 날 노려봤다.

"베케트 부부는 1년 전에 이사 갔어. 둘이 이혼한 뒤에 내가 이 집을 샀지. 지금 어디서 사는지는 모르겠지만, 여기 안 사는 건 확실해."

"이혼이라뇨……?"

남자는 고개를 비스듬히 기울이고서 눈으로 날 훑었다.

"잠깐……. 너 빈집털이범 아니야?"

귀가 먹먹했다. 이혼? 이사? 그게 다 무슨 소리야?

나는 뒷걸음질 쳤다.

"경찰 부르기 전에 내 땅에서 썩 나가라. 알아듣겠어?"

나는 더 이상 우리 부엌이 아닌 부엌에 서 있는 낯선 남자를 마주 봤다.

그리고 뒤돌아 달렸다.

13장
도망

나는 거리를 질주했다. 초인종 소리가 아직도 귓전에서 윙윙 울렸다.

대체 이 상황은 뭐지? 엄마, 아빠, 벡스 누나 그리고 몬스터는 어디 있지? 나한테 질려서 떠났나? 내가 학교에 가 있는 사이에? 그럴 리가.

하지만 우리 집 가구들이 사라졌다. 어떻게 내가 없는 동안 낯선 남자가 우리 집에 자기 살림을 차릴 수 있지? 게다가 그 남자는 우리 엄마 아빠가 이혼했다고 했다. 그건 결단코 일어나지 않은 일이다.

뱅크스 부인의 집 앞을 지났다. 그 이상한 플라밍고를 보고 싶지 않아서 고개를 푹 숙이고 달렸다. 그리고 레지 할아버지 집을 지나 찰리 긱네 집 쪽으로 향했다. 찰리는 내가 티브이 촬영을 다 망쳐서 무척 화가 났을 것이다. 그것도 대박 여행권을 탈 기회가 제 눈앞에 있었는데.

하지만 나는 달리 갈 곳이 없었다.

길모퉁이에 다다라 왼쪽으로 꺾어 찰리네 집이 있는 거리로 넘어갔다. 도로는 여전히 한산했다. 차를 한 대도 보지 못했다. 밤이 깊어지자 찬바람에 몸이 으슬으슬했다. 내 몸을 껴안듯이 두 손을 겨드랑이 밑에 끼우고 찰리네 집 앞에 도착했다. 이층집에 두 가정이 사는 다세대 주택이었다. 찰리는 엄마와 함께 현관문이 있는 아래층에 살고, 위층에 세 들어 사는 사람들은 옆문으로 드나들었다.

나는 현관문 앞으로 걸어가 잠시 망설였다. 일단 집 안에 불이 켜져 있으니 사람이 있는 모양이었다. 심호흡하고 초인종을 눌렀다. 잠시 후 문이 열리고 찰리의 엄마가 모습을 드러냈다. 나는 안도의 한숨을 내뱉었다.

"긱 아주머니! 반가워요. 찰리 안에 있나요?"

아줌마가 나를 보고 인상을 찌푸렸다. 그래서 최대한 밝게 웃었는데 아줌마는 표정을 풀지 않았다.

"집을 잘못 찾아온 것 같구나. 방금 뭐라고? 긱 아주머니?"

아! 찰리 긱이라고 부르는 게 너무 익숙해서 그게 찰리의 본명이라고 착각했다. 나는 아줌마에게 미소 지었다. 아줌마가 농담하는 게 분명했다.

"아니, 카푸어요. 안녕하세요, 카푸어 아주머니."

나는 다시 미소 지었지만 아줌마의 표정은 여전했다.

"찰리 안에 있나요?"

아줌마는 나를 위아래로 훑었다.

"잠깐 기다리렴."

아줌마가 집 안으로 들어갔다.

나는 문을 조금 밀어 열고 현관 복도를 살폈다. 한쪽 구석의 고리버들 우산꽂이에 플라스틱 광선검 두 개, 배드민턴 라켓, 긴 분홍 삽이 꽂혀 있었다. 그 옆에 찰리의 신발과 가방이 보였다. 나는 긴장을 약간 풀었다. 모든 게 그대로였다.

저녁 식탁에서 풍겨 오는 맛있는 냄새를 맡으며 슬쩍 올라가던 내 입꼬리는 찰리가 나타나자마자 싹 내려갔다.

"차, 찰리?"

내 앞에 서 있는 남자애는 찰리가 맞긴 맞는데, 무척…… 달라 보였다. 옆머리는 아주 짧게 깎고 윗머리는 왁스나 젤을 발라 세운 듯 삐죽삐죽 솟아 있었다. 코도 멀쩡해 보였다. 무도회

때 붙이고 있던 반창고는 온데간데없었다.

"그런데?"

찰리가 나를 쏘아보며 대꾸했다.

"안녕! 와, 네 코 이제 괜찮아 보인다. 내가 제대로 사과했었나? 그러니까…… 미안해. 정말로. 그런데 그 붕대 같은 거 벌써 떼어낸 거 보니 그렇게 많이 다치지는 않았나 보다."

나는 동의를 구하듯 고갯짓하며 미소 지었다. 찰리는 인상을 쓰며 자기 콧잔등을 더듬었다. 그러고는 다시 나를 멀뚱히 바라봤다. 내가 목을 가다듬었다.

"흠흠, 그리고 아까 무도회에서 정전된 일 말이야……. 그건 또 다른 문제인데……."

나는 작게 헛기침하고 화제를 돌렸다.

"아무튼, 머리 멋지다. 언제 잘랐어?"

찰리 긱은 한 손으로 자기 머리를 만지더니 미간을 찌푸렸다.

"근데, 넌 누구야?"

나는 다리가 휘청거리는 바람에 손을 뻗어 벽을 짚었다.

"장난치지 마, 찰리."

내가 힘없이 웃으며 이어서 말했다.

"나야! 맥스웰. 맥스웰 베케트. 네 절친. 적어도 내가 네 코

들이받기 전까지는 우리 둘이 제일 친했잖아. 그건 너도 알다시피 사고였고."

찰리는 잠시 바닥을 응시하다가 다시 고개를 들어 나를 봤다. 화가 났을 때처럼 콧잔등을 일그러뜨리더니 와락 웃음을 터뜨렸다. 다만 약간 제정신이 아닌 것 같은 웃음이었다.

"하! 그래, 알았다. 마커스가 시킨 일이지? 하! 그 녀석 맞지? 흠, 걔한테 내일 두고 보라고 전해 줘. 알았어?"

내가 한 걸음 다가서며 입을 떼는 순간, 쾅! 하고 문이 닫혔다.

가슴이 철렁했다. 찰리 걔이 날 모른다니! 실제로 찰리는 조금도 나를 알아보지 못했다. 그리고 코가 너무나 멀쩡했다. 다친 흔적이 전혀 없었다.

나는 터덜터덜 거리로 나가 왼쪽으로 꺾었다.

무서웠다.

뭔가 잘못되었다.

심하게 잘못되었다.

14장

소파

달리 갈 곳이 없었다. 레지 할아버지의 집 말고는.

부엌 불이 켜져 있었다. 문을 두드렸다. 평소라면 그냥 들어갔을 텐데 이번에는 밖에서 기다렸다.

레지 할아버지가 부엌문을 열고 나왔다.

"넌 누구니?"

예상했던 반응이었다. 할아버지가 어리둥절한 표정을 지었다. 하긴 할아버지의 표정은 늘 한결같다.

"저예요, 맥스웰. 맥스웰 베케트. 기억나세요?"

할아버지는 미소 지었지만 고개를 저었다.

"저는 거의 매일 여기 와요. 할아버지랑 거실에서 차를 마시고 비스킷을 먹죠. 우리는…… 우리는 친구거든요."

할아버지가 내 얼굴을 지그시 바라봤다.

"차랑 비스킷? 그렇다면 내 친구가 맞겠구나. 맥스웰 베케트라고 했지?"

나는 할아버지를 따라 미소 지었다.

"저…… 이렇게 늦게 찾아와서 죄송한데, 안에 들어가도 되나요?"

바람이 한층 거세지자 할아버지는 입고 있던 카디건을 여미고서 문을 활짝 열었다.

"핫초코 한 잔 마시겠니? 물 끓이마."

레지 할아버지가 핫초코를 휘젓는 동안 나는 내가 지금 얼마나 당황스러운지 설명하려고 애썼다. 곧 할아버지는 주전자에 남은 물을 낡은 파란색 보온 주머니에 따라 넣었다. 잠자리에 들 준비를 하려는 것 같았다.

"모든 게 달라졌다고?"

할아버지가 물었다.

"네. 저도 이해할 수 없어요. 우리 가족이…… 우리 집에 없어요. 웬 낯선 남자가 우리 집에 자기 물건을 채우고 살아요. 그리고…… 뱅크스 부인의 플라밍고도 머리가 도로 붙어 있고……."

나는 머그잔을 들고 할아버지와 함께 거실로 이동했다.

"그리고 찰리는…… 찰리 긱은 제가 누군지도 몰라요! 그리고 제 개……. 몬스터도 어디 있는지 모르겠어요. 무슨 일이 생겼을까 봐 걱정돼요."

할아버지가 눈을 크게 떴다.

"그것 참 큰 곤란하게 되었구나, 안 그러니? 이를 어쩐담."

나는 레지 할아버지를 좋아하지만, 그다지 든든하지는 않았다. 할아버지는 안락의자에 앉아 부드러운 회색 눈동자로 나를 물끄러미 봤다.

"그럼 지금까지는 아무 문제 없었니? 수상한 일이 벌어지는 낌새는 없었어?"

할아버지가 보온 주머니를 끌어안으며 말했다.

"네. 그냥 최악의 한 주를 보냈을 뿐이에요. 그러니까, 진심 최악이었어요. 학교에서 대형 사고를 쳤거든요. 실수로 제 절친한테 박치기를 하고, 또…… 학교 무도회에 연예인들이 와서 촬영하는데 제가 망쳐 버렸어요. 저 때문에 촬영이 아예 취소

되었죠."

나는 핫초코를 홀짝였다.

"다들 절 싫어해요."

할아버지의 눈꺼풀이 점점 처졌다.

"그럼 네가 마지막으로 기억하는 게 뭐니? 모든 게 달라지기 전에?"

나는 내 왼쪽을 흘깃 보았다. 할아버지의 골동품들이 담긴 유리장이 여전히 그 자리에 있었다.

"글쎄요. 전부 망치고 무도회에서 도망쳤는데, 엄마 아빠가 싸우는 소리를 듣기 싫어서…… 곧장 집에 가지 않고 여기 왔었어요."

할아버지가 하품을 했다.

"그래, 그렇구나."

할아버지가 눈을 비비며 말했다.

"그럼, 일단 이렇게 하자꾸나. 집으로 돌아가서 한숨 자고 내일 다시 계획을 세워 보는 거야. 어때?"

나는 돌아갈 집이 없다는 사실을 다시 알려 주려다가 입을 다물었다.

"알았어요, 할아버지. 먼저 주무세요. 저는 알아서 돌아갈게요."

"그래, 그러려무나."

할아버지는 또 한 번 하품하고서 안락의자에서 일어나 복도와 침실로 이어지는 문으로 향했다.

"잘 자렴, 맥스웰 베케트."

할아버지가 문을 닫았다.

내가 앉은 소파를 둘러봤다.

일단 오늘 밤은 여기서 잘 생각이었다. 집에 가서 내 침대에 눕고 싶었지만 별 도리가 없었다. 이곳이 내가 머물 수 있는 유일한 장소였다.

남은 핫초코를 다 마시고 빈 머그잔을 테이블에 내려놓았다. 안락의자 등받이에 회색 모직 담요가 있었다. 그걸 가져다가 다리 위에 최대한 잘 덮었다. 그리고 빨간 쿠션을 두드려 부풀린 다음 머리에 베고 누웠다. 나는 몸을 뒤척이며 잠이 오기를 기다렸다.

레지 할아버지 말이 맞다. 내일 아침이면 별거 아닌 일로 드러날 것이다.

이런 일이 벌어진 타당한 이유가 있을 거다. 아마 우리 부모님과 학교 측이 내 버르장머리를 고치려고 아주 치밀하게 세운 작전일 것이다.

그래, 틀림없어! 흠, 그렇다면 나도 당할 수만은 없지.

더는 그들이 원하는 대로 당황하거나 무서워하지 않을 것이다.

나를 속일 수 있다고 생각했다면 오산이다.

15장

아침

날카로운 비명에 눈이 떠졌다.

"넌 누구냐? 내 소파에서 뭐 하는 거야?"

레지 할아버지가 보온 주머니를 웬 무기처럼 들고 소파 옆에 서 있었다. 나는 부스스 일어나 앉았다.

"저예요, 레지 할아버지! 맥스웰이요! 어젯밤에 여기서 자라고 하셨잖아요. 기억 안 나세요? 그러니까 어제 제가…… 무슨 안 좋은 일이 있어서 찾아왔는데, 할아버지가 여기 머물러도 된다고 하셨어요."

거짓말을 해서 찜찜하지만 뭐라도 변명을 해야 했다.

"내가?"

할아버지가 씁쓸한 얼굴로 보온 주머니를 내려놓았다.

"전혀 기억 안 나는구나. 보다시피 내가 기억력이 별로 좋지 않아. 문제가 좀 있지."

나는 눈을 비벼 잠기운을 떨쳐냈다.

"괜찮아요, 할아버지. 제가 다 기억하니까요."

할아버지가 무척 무안해하는 기색이라서 나는 화제를 돌렸다.

"이 소파 아주 편안하던데요."

내가 엉덩이를 들썩이며 덧붙였다.

"덕분에 꿀잠 잤어요!"

할아버지는 미소 지으며 고개를 끄덕였다.

"다행이구나, 다행이야. 자, 그럼 아침으로 먹을 만한 게 뭐가 있나 좀 볼까?"

할아버지가 부엌으로 떠났다.

문득 우리 집을 떠올리자 속이 울렁거렸다. 그곳에는 엄마도, 아빠도, 벡스 누나도, 몬스터도 없었다. 아무리 생각해도 무슨 속임수 같다.

다들 내가 하도 말썽을 부리니까 단단히 혼내 주려고 꾸민 짓이다. 아마 학교 측도 개입했을 것이다. 그 배후에 악마 같은 로이드 교장 선생님이 있겠지!

"토스트 괜찮지, 맥스웰?"

할아버지가 부엌에서 외쳤다. 그러고 보니 어제 오후부터 아무것도 먹지 못해서 몹시 배가 고팠다.

"네, 부탁해요, 할아버지."

내가 소리쳐 대답했다. 부엌에서 라디오를 켜는 소리가 들렸다.

잠자리에서 먹는 아침 식사라니! 썩 나쁘지만은 않은데? 우리 집에서는 어림도 없는 일이었다. 나는 누운 채로 기지개를 켜고서 두 팔을 베고 거실을 둘러보았다.

모든 게 그대로였다. 앞마당 쪽으로 난 창문에는 여전히 베이지색 커튼이 달려 있고, 복도로 이어지는 문 옆에는 오래된 벽시계가 똑딱거렸다. 잡동사니로 가득 찬 낡은 유리장이 여전히 한구석을 차지하고 있었다.

그런데, 벽난로 위가 허전했다.

그 빈자리를 보고 있자 배 속이 뒤틀리더니 매듭처럼 꼬여들었다.

나는 담요를 밀어내고 일어났다.

부엌에 들어서니 할아버지가 토스터기 앞에 서 있었다.

"할아버지, 제 그림 어디 있어요?"

토스터기에서 빵이 튀어나왔다. 할아버지는 접시 하나에 한 조각씩 담았다.

"그림? 무슨 그림 말하는 거냐?"

할아버지에게 한 걸음 다가섰다.

"제가 그린 할아버지 초상화요. 어디 있는지 아세요? 저희 엄마가 유리 액자에 끼워 준 걸 할아버지가 저 선반 위에 두셨잖아요. 바로 저기에다가요."

나는 손가락으로 거실 안쪽을 가리키며 말했다.

할아버지가 떨떠름한 얼굴로 날 바라봤다. 심장이 쿵쿵 뛰기 시작했다. 모든 게 다시 무서워지고 있었다.

"초상화라니……. 아니, 아니. 전혀 기억 안 나는걸."

할아버지가 빵에 버터를 바르기 시작했다. 나는 그 팔을 덥석 붙잡았다.

"기억해 보세요! 제발요, 할아버지. 진짜 중요한 거예요. 제가 할아버지를 그렸어요. 큰 대회가 있었거든요? 우리 동네에서 제일 자랑스러운 걸 그리는 게 주제였는데, 저는 할아버지를 그렸어요! 그리고 대상을 탔어요! 그래서 우리 학교가…… 학교가 엄청난 상금을 받아서 대대적으로 보수 공사를 했다고요. 레지 할아버지, 기억난다고 해 주세요, 제발!"

할아버지는 내 기세에 몰려 조리대에 바짝 기대섰다. 얼굴에 다시 수심이 드리웠다. 무언가를 기억해 낼 수 없을 때 짓는 표정이었다.

"정말 미안하구나, 맥스웰. 하지만 나는 그림에 대해선 아는 게 없다."

나는 할아버지의 팔을 놓고 거실로 달려가 주변을 샅샅이 뒤졌다. 쿠션 뒤, 소파 밑, 텔레비전 뒤. 이어서 유리장을 열고 안에 든 것들을 전부 꺼냈다. 할아버지가 나타나 두 팔을 휘저었다.

"아, 아니, 안 돼, 안 돼! 내…… 내 물건들! 그만! 당장 멈춰라!"

할아버지는 기겁한 얼굴로 날 말렸다.

"내 물건들 그렇게 함부로 헤집으면 안 된다!"

나는 손을 멈추고 바닥을 내려다봤다. 쪼그라든 두피, 칙칙한 지구본, 먼지투성이 헌책들과 너덜너덜한 판지 상자들이 카펫 위에 어지럽게 널려 있었다. 나무알은 박살이 난 채였다. 순 쓰레기더미였다.

"대체 어디 있냐고요? 제 그림이요!"

할아버지는 날 망연히 바라보며 고개를 저었다.

"미안하다, 맥스웰. 나는 정말 모르겠구나."

나는 소파 위에서 내 스웨터를 집어 들고 운동화에 발을 구겨 넣었다.

"아니, 어디 가니? 토스트는 어쩌고?"

할아버지가 당황한 얼굴로 물었다.

"확인할 게 있어요."

나는 그대로 뒤돌아 부엌문을 뛰쳐나갔다.

쌀쌀한 가을바람이 불어닥쳤다.

대체 무슨 일이 벌어지고 있는지, 이 기묘한 일이 그저 우리 가족이 날 단단히 혼내려고 벌인 일인지 확인할 방법은 하나뿐이었다.

이번에는 어디로 가야 할지 정확히 알았다.

16장
조사

사라진 초상화를 포함해 달라진 것들을 떠올릴수록 속이 메슥거렸다. 그 이유를 내가 합리적으로 설명할 수만 있다면 기분이 한결 나아질 터였다. 나는 학교로 걸어가면서 곰곰이 되짚어 봤다.

☑ 첫 번째: 뱅크스 부인의 앞뜰에 있는 새 플라밍고.

내가 무도회에 가 있는 동안 뱅크스 부인이 머리 없는 플라밍고를 새것으로 교체한 것은 놀랍긴 해도 아예 불가능한 일은 아니다. 역시 그랬다. 어제저녁에 뱅크스 부인이 플라밍고를 바꿔 놓은 것이다. 우리 부모님과 학교가 내 버릇을 고치려고 꾸민 일과는 상관없는 일이다. 새 플라밍고는 단지 우연의 일치다.

☑ 두 번째: 우리 집 마당 대문.

마당 대문은 내가 몇 년 전에 망가뜨린 것과 똑같이 생겼다. 분명 아빠가 경첩을 바꾸고 다시 벽돌 기둥에 달아 놓았을 것이다. 아빠는 마당에서 많은 시간을 보내는데 그때마다 뭐 하는지 내가 딱히 눈여겨본 적 없으니 고친 대문도 못 보고 지나친 게 틀림없다. 어쩌면 고친 지 몇 주는 되었을지도 모른다!

☑ 세 번째: 엄마, 아빠, 벡스 누나, 몬스터, 화분 밑 열쇠, 가구들이 몽땅 사라진 것. 낯선 남자가 우리 집에 사는 것. 그리고 고양이.

이 문제는 좀 난해하다. 엄마 아빠가 나를 단단히 혼내려고 꾸민 일이라고밖에는 설명할 수 없다. 우리 집에 있던 남자는 아마 이 장난질에 가담한 아빠 친구일 것이다. 일부러 열쇠를 치우고 원래 가구들을 다른 방에 옮겨 놓은 뒤 '가짜' 가구들을 배치해서 세트를 꾸몄으리라. 내가 테라스 문 너머에서 충격에 빠진 얼굴로 집 안을 들여다보는 동안 우리 가족은 몬스터를 데리고 부엌문 뒤에 숨어서 낄낄거리고 있었을 거다. 개구멍에서 튀어나온 고양이? 아마 다른 데서 잠시 데려왔겠지. 우리 동네는 길고양이가 흔하고 개구멍도 원래 부엌문에 달려 있었으니 딱히 어려운 일도 아니다.

☑ 네 번째: 찰리 킹이 딴사람처럼 변하고 나를 못 알아본 것.

만약 세 번째 가설이 사실이라면 이것도 어렵지 않다. 엄마 아빠가 찰리와 아줌마에게 작전을 설명하고 나를 모르는 척해 달라고 부탁했을 거다. 찰리야 날 미워하니 당연히 동조했겠지! 머리카락은 아마 100주년 무도회를 위해 잘랐을 테고, 반창고는 집에 돌아와서 떼어냈을 것이다. 코의 부기는 아주아주 빠르게 가라앉은 게 분명했다.

☑ 다섯 번째: 사라진 레지 할아버지의 초상화.

레지 할아버지는 기억상실증을 앓는 노인이다. 날마다 내가 누군지도 기억 못 하는 분이니 그림을 다른 곳에 옮겨 놓고 까맣게 잊어버렸을 가능성이 크다. 간단하다.

입꼬리가 씩 올라갔다. 벌써 기분이 훨씬 나아졌다.

우리 가족은 절대로 나를 속일 수 없어.

길모퉁이에 다다라 오른쪽으로 꺾어 학교 쪽으로 넘어갔다. 일요일이라 그쪽으로 가는 차는 세 대밖에 보지 못했다. 나는 학교 앞에 서 있는 두 그루의 아름드리나무를 지나쳤다. 나무는 언제나처럼 검은색 교문 앞 풀밭에 서 있었다. 어젯밤 방송국 트럭이 세워져 있던 자리였다. 주황색 낙엽 더미를 발로 차니 낙엽들이 보도 위로 산산이 흩날렸다.

나는 고개를 들었다. 그 순간 두 팔이 확 무거워졌다. 배 속의 모든 장기가 땅으로 곤두박질치는 것 같았다.

나는 우뚝 선 채로 우리 학교를 바라보았다. 머릿속이 쿵쿵 울렸다.

말도 안 돼. 어떻게? 어떻게 학교가 이런 모습이지?

분명 작년에 내가 대회에서 우승하고 나서 모든 게 싹 바뀌었다. 하지만 지금은…… 지금은 그저 모든 게 잘못되었다.

"오…… 안 돼……."

혼잣말을 내뱉자 목구멍이 조여들었다.

"이건 해도 해도 너무하잖아."

17장

대회

몬스터와 한 가족이 되었을 때를 제외하면 그림 대회는 내 인생 최고의 사건이었다. 대형 마트 본사가 주최한 대회로, 전국의 모든 학교 학생이 참가할 수 있었다. 종합 우승자에게는 막대한 상금을 수여했다. 다만 학생이 아니라 학교에.

규칙은 간단했다. 자기 동네에서 가장 자랑스럽게 생각하는 대상을 자유롭게 그리는 것이었다. 우리 학교는 총 스무 점을 제출했다.

나는 내 그림에 꽤 만족했지만, 솔직히 4개월 뒤에 하워드 선생님이 얼떨떨한 얼굴로 내가 본선 10위 안에 들었다고 말할 때까지만 해도 그 그림을 까맣게 잊고 있었다. 나는 우리 지역 10위를 의미하는 줄 알았는데 알고 보니 전국 10위였다.

시상식이 크게 열린다고 해서 나는 하워드 선생님, 엄마, 아빠, 벡스 누나와 함께 기차를 타고 런던의 어느 미술관을 찾아갔다. 도착하자마자 억지로 미술관 관람을 해야 했는데 무척 지루했다.

우리를 안내한 남자는 그림 앞에 설 때마다 '빛'이니, '깊이'니, '상징성'이니 하는 단어를 주절주절 늘어놓았다. 게다가 그림들도 썩 훌륭하지 않았다. 솔직히 말하면, 졸작들이었다. 심지어 양말 한 짝을 그려놓은 것도 있었다! 멋진 양말도 아니고, 구멍이 숭숭 뚫리고 개털이 덕지덕지 묻은 듯한 양말이었다.

남자가 그 그림의 제목, 〈양말〉의 숨은 뜻을 설명하는 동안 나는 하워드 선생님을 쿡 찌르며 속삭였다.

"저라면 제목을 '악취'로 지었을 텐데요……."

내가 웃음을 터뜨리자 하워드 선생님은 눈알을 굴렸다. 선생님은 아침부터 기분이 저조했고 틈만 나면 휴대폰을 들여다보았다. 기차 안에서 슬쩍 엿보니 휴대폰 화면에 '클레어 H'로부터 온 문자 메시지가 가득했다. 나는 그게 누군지 딱 알았다. 우리 학교 스페인어 선생님인 헉슬리 선생님이었다. 두 사람이 서로 좋아하는 건 분명하지만 헉슬리 선생님은 다음 주면 호주로 전근 갈 예정이었다.

지루한 관람이 끝나자 우리는 무대가 있는 넓은 회장으로 옮겨가 좌석 두 번째 줄에 각자 이름이 붙은 의자를 찾아 앉았다. 한 남자가 마이크에 대고 대회에 관해 이야기하며 팔을 열정적으로 휘둘렀다. 셔츠 목 부분이 죄어 무척 갑갑해 보였다. 나는 남자가 떠드는 동안 그 셔츠에 눈을 고정하고 맨 윗 단추가 터져 나가길 기다렸지만, 그런 일은 일어나지 않았다.

본선에 오른 그림 열 점이 각각 커다란 이젤 위에 놓여 있었다. 엄마가 내 팔을 두드리며 내 작품을 가리켰다. 설마 내가 그린 것도 못 알아볼까 봐.

무대 위 남자는 계속 떠들어 댔다.

학교에서의 미술 교육이 어쩌고저쩌고, 이 대회로 인해 정말 재능 있는 아이들이 어쩌고저쩌고, 창작의 중요성이 어쩌고저쩌고.

그리고 "다들 정말 잘하지 않았습니까?"라고 말을 마친 남자가 대형 마트에서 나왔다는 여자에게 마이크를 넘겨주었다. 여자는 계산원 유니폼이 아닌 회색 정장에 밝은 분홍색 하이힐 차림이었다.

여자는 두툼한 인덱스카드 한 묶음을 한 장씩 넘기며 지겨운 연설을 이어나갔다. 자기네 마트가 얼마나 훌륭한지, 지역사회에 얼마나 이바지하는지 이러쿵저러쿵 장황하게 늘어놓았다. 내가 연신 하품을 하자 아빠가 팔꿈치로 내 옆구리를 찔렀다.

마침내 마지막 인덱스카드에 다다른 여자가 이제 우승자를 발표하겠다며 후보자들은 모두 단상 위로 올라오라고 했다. 나는 다른 아이들을 따라갔고 각자 자기 그림 옆에 섰다. 후보들의 그림을 가까이서 보니 정말 잘 그린 것들도 있었다. 한 여자애는 자기 동네의 전쟁 추모 동상을 그렸고, 어떤 남자애는 런던에 사는지 세인트 폴 대성당을 조감도로 그렸다. 헬리콥터에서 내려다보며 그린 게 아닌 이상 어딘가에서 베껴 그린 게 분명했다.

마트 여자가 다시 마이크를 들었다.

"자, 그럼 영광의 3위를 발표하겠습니다. 교내 미술 교구를 타게 된 주인공은…… 바로…… 데번의 〈시민 농원〉을 그린 이소벨 스틸 양입니다!"

이소벨이 앞으로 나서자 우리는 모두 손뼉을 쳤다. 이소벨은 마트 여자와 악수하고 봉투 하나를 받아 들더니 훌쩍거리기 시작했다. 감격해서 우는 건지 1위를 못 해서 우는 건지 알 수 없었다.

"다음으로, 교내 미술 교구 및 체육 교구를 차지한 영광의 2

위는…… 바로…… 〈낫게 해 줘〉를 그린 벤저민 더럴 군입니다."

벤저민은 허공에 주먹을 내지르면서 "이얏호!"이라고 한 번 외친 뒤 상을 받으러 나갔다.

나는 예의상 손뼉을 치면서 그 애 그림을 곁눈질로 훑어보았다. 병원 응급실을 배경으로 피투성이 사람들이 있었다. 심각한 사고 직후의 풍경이었다. 팔을 잃은 한 남자가 어깨를 감싸 쥔 채 바닥에 피를 뿜어대고 있었다. 벤저민은 컴퓨터 게임에 상당히 과몰입한 아이인 듯했다.

나는 엄마 아빠와 벡스 누나, 하워드 선생님을 바라보았다. 다들 희미하게 미소 지었다. 그야 내가 〈세인트 폴 대성당〉을 상대로 이길 가능성은 전혀 없으니까. 하지만 나는 학교에 가지 않은 것만으로도 기분이 썩 괜찮았다.

"자, 이제 대망의 1위를 발표할 차례입니다."

마트 여자가 말했다.

"모든 후보자가 정말 뛰어난 작품을 그렸고, 자신이 사는 동네가 자랑스러운 이유를 잘 보여 주었습니다. 하지만 이 학생의 작품은 아주 독창적이면서 놀라운 빛과 깊이와 상징성을 지니고 있기에 만장일치로 1위로 뽑혔습니다."

회장 전체가 조용해졌다.

"종합 우승의 영예와 더불어 10만 파운드 상당의 학교 전면 보수 공사를 따낸 주인공은 바로…… 제목부터 멋진, 〈레지 할아버지〉를 그린 맥스웰 베케트 군입니다."

나는 침을 꿀꺽 삼켰다.

내가 우승이라고? 정말로?

사람들이 박수를 보내고 엄마, 아빠, 하워드 선생님, 벡스 누나는 자리에서 벌떡 일어나 환호했다. 얼떨떨한 상태로 마트 여자에게 걸어가 악수를 하자 여자는 나에게 봉투 하나를 건네주었다. 몇 번인가 카메라 플래시가 터졌다. 내가 열광적인 박수 소리에 파묻힌 사이 누군가가 내 그림을 무대 앞쪽으로 옮겨 왔다.

이윽고 박수가 잦아들자 마트 여자가 다시 마이크에 대고 말했다.

"맥스웰. 이 테마를 선택한 이유가 궁금하구나. 그림 속 대상이 어떻게 너희 동네를 자랑스럽게 하는지 물어봐도 되겠니?"

여자가 나를 향해 마이크를 내밀었다.

나는 어깨를 으쓱했다.

"글쎄요. 저는 레지 할아버지를 좋아하고, 할아버지는 우리 동네에 사니까요……. 그래서 뭔가 자랑스러운 것 같기도 했나 봐요."

여자는 내 대답에 살짝 인상을 찌푸렸다가 재빨리 활짝 웃으며 손뼉을 쳤다. 그러자 다른 사람들도 다시 박수를 보냈다.

나는 단상을 뛰어 내려가 엄마, 아빠, 벡스 누나, 하워드 선생님과 합류했다. 다들 내 등을 두드렸고 엄마 아빠는 나를 꽉 껴안아 주었다. 기분이 끝내줬다.

미술관에서 나왔을 때 아빠가 고급 버거 전문점에 가자고 제안했다. 플라스틱 쟁반이 아닌 나무판 위에 음식이 나오는 곳이었다.

하워드 선생님도 함께했다. 평소라면 아주 어색한 상황이었을 텐데 이번만큼은 괜찮은 분위기였다.

"아주 대견하구나, 맥스웰. 네가 미술에 탁월한 재능이 있는 모양이야. 그림을 계속 그려야겠다."

아빠가 말하고서 치킨버거를 입에 밀어 넣었다. 나는 히죽 웃으며 초콜릿 밀크셰이크를 빨대로 빨아들였다.

"그래, 정말 잘했어, 맥스."

벡스 누나가 내 팔을 가볍게 치며 말했다.

"아까 학교에 전화해 보고했더니 로이드 교장 선생님이 당장 내일 조례 때 발표한다고 하시네요. 상금은 한 푼도 허투루 쓰이지 않을 겁니다. 몇몇 보수 작업이 절실한 상황이거든요."

하워드 선생님이 말했다.

맞는 말이었다. 운동장은 군데군데 움푹 파였고 강당 천장에서는 물이 새며 교실들은 칙칙하고 허름했다. 어쩌다 한 번씩 구청에서 사람을 보내 벽에 페인트칠을 했지만 큰 차이는 없었다. 하지만 이제 학교는 눈에 띄게 멀끔해질 테고 그건 모두 내 덕이다.

엄마 아빠가 돌아가는 기차 시간을 따지는 사이 하워드 선생님은 다시 휴대폰을 꺼냈다. 어깨너머로 슬쩍 엿보니 클레어, 즉 헉슬리 선생님에게서 세 통의 문자 메시지가 와 있었다. 다 읽지는 못했지만 마지막 한 줄은 포착했다.

'……당신 마음이 어떤지 말해 줄 순 없어?!!?'

나는 하워드 선생님과 헉슬리 선생님이 학교 안, 때로는 운동장, 때로는 주차장에서 함께 있는 모습을 봤다. 둘은 묘한 자력을 띤 사람들처럼 서로의 주위를 맴돌았다. 하지만 한 달 전쯤부터 두 사람은 갑자기 거리를 두기 시작했고 어느 날 헉슬리 선생님은 스페인어 수업이 끝날 때쯤 호주로 전근 간다는 소식을 전했다.

엄청난 일 같은데 선생님은 별로 기뻐 보이지 않았다. 나는 헉슬리 선생님의 전근이 하워드 선생님이 요즘 까칠해진 원인이라고 짐작했다.

하워드 선생님은 긴 한숨을 쉬며 휴대폰을 테이블에 내려놓고 반쯤 먹은 베지버거를 접시 위에 올려놓았다.

"하워드 선생님?"

선생님은 냅킨으로 입가를 닦고 나를 돌아봤다.

"그래, 맥스웰."

나도 버거를 내려놓았다.

"그분에게 진심을 얘기하세요."

하워드 선생님은 주위를 살피며 콜라를 한 모금 마셨다.

"무슨 말이니?"

선생님은 우리 가족에게 안 들릴 정도로 작게 말했다.

"헉슬리 선생님이요. 곧 호주에 가시잖아요. 맞죠?"

선생님이 이맛살을 찌푸리며 고개를 끄덕였다.

"그냥 그분이 선생님에게 어떤 존재인지 말해 주라고요. 떠나기 전에."

하워드 선생님은 고개를 절레절레 저었다.

"내가 너랑 내 사생활을 논할 필요는 없을 것 같은데. 안 그러니, 맥스웰?"

우리는 한동안 말없이 앉아 있었다. 선생님이 유리잔에 든 빨대로 얼음덩어리를 빙글빙글 돌렸다.

"어쨌든, 그 사람은 이미 준비를 끝냈어. 비행기 티켓도 끊고 일자리도 구했다고. 다 예정된 일이야. 무려 호주를 가겠다는

데 내가 감히 어떻게 막겠어. 무슨 수로 잡아?"

나는 선생님이 그렇게 말해서 조금 놀랐다. 내가 알기로 하워드 선생님은 정말 괜찮은 사람이었다.

"그건 저도 잘 모르겠지만, 선생님들은 항상 우리에게 정직이 최선책이라고 하잖아요……. 그러니까 선생님도 그냥 솔직하게 얘기하세요. 그분도 진실을 알아야 결단을 내리죠."

하워드 선생님은 조금 고민하다가 고개를 끄덕이더니 휴대폰을 집어 들고 일어섰다.

"실례지만, 잠시 통화 좀 하고 오겠습니다."

결과가 어떻게 되었는지는 물어볼 필요도 없었다. 하워드 선생님은 돌아가는 기차 안에서 내내 창밖을 내다보며 바보처럼 히죽거렸다.

그로부터 며칠 후 학교 측은 결국 헉슬리 선생님이 그린 밀스 중등학교에 남기로 했다고 발표했다. 그리고 맥스웰 베케트 덕분에 주요 자금을 마련했으니 곧 중요한 보수 공사를 시작할 거라는 공지도 있었다.

공사가 마무리되기까지는 열 달 정도가 걸렸다.

낡고 허름했던 학교는 내가 탄 상금 덕에 깨끗하고 반짝반짝한 현대식 건물로 재탄생했다.

이 모든 걸 회상하는 동안 나는 학교를 둘러싼 차가운 철제 울타리를 움켜쥐고 서 있었다. 턱이 벌어진 채여서 입안이 바싹 말랐다.

아무리 눈을 깜빡여도 눈앞의 광경은 그대로였다.

말도 안 돼.

모든 것이 예전으로 돌아간 상태였다.

18장
학교

나는 차가운 검정 창살에 이마를 대고 학교를 바라보았다.

중앙 현관의 거대한 두 짝짜리 유리문 너머에는 접수처가 자리했다. 요전 날 내가 교장실 밖에 앉아 있는 동안 찰리가 코 때문에 야단법석을 떨었던 곳이다. 그 너머로 교무실, 사물함 공간, 그리고 대강당이 이어진다.

그런데 접수처가…… 정상이 아니었다…….

유리문 한 짝은 깨져서 낡은 나무판자가 덧대어 있고 창틀의 페인트칠이 완전히 벗겨진 상태였다.

문 옆 간판에는 원래 다음과 같이 적혀 있어야 했다.

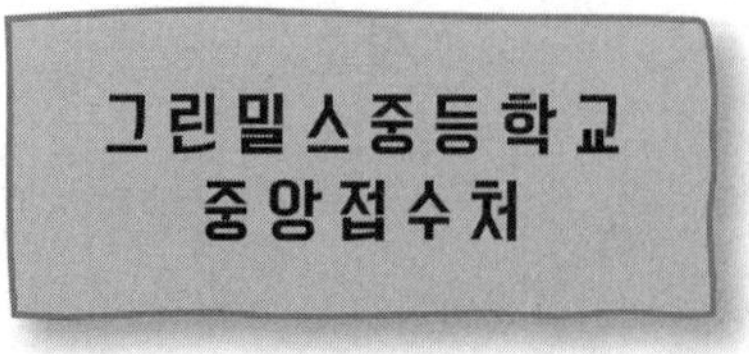

하지만 실제로는 이랬다.

내가 탄 상금으로 학교에서 가장 먼저 정비한 곳이 중앙 현관이었다. 접수처가 학생과 교직원, 방문객들을 맞이하는 밝고 깨끗한 공간이 되었으면 한다는 게 그 이유였다.

따라서 창유리를 갈고, 문을 교체하고, 반짝이는 새 학교 간판을 벽에 달았다.

하지만 지금은…… 예전 모습 그대로였다.

깨지지 않은 유리 문짝에는 포스터가 붙어 있었다.

나는 그 포스터를 세 번 읽었다.

경품 추첨 행사라니? 우리 학교는 개교 100주년을 기념하기 위해 무도회를 열고 연예인들을 불렀지, 지루한 경품 추첨 따위는 하지 않았다!

교문이 열려 있었다. 나는 교정 안으로 걸어 들어갔다. 본관 옆을 지나 강당 벽에 난 커다란 유리창으로 향했다. 어젯밤 이 강당 안에서 제드와 바즈가 로드쇼의 막을 열었다. 내가 전교생 앞에서 망신을 당하고 쇼를 망치기 전에.

보수 자금 대부분이 이곳에 쓰였다. 강당이 제구실을 거의 못 했기 때문이다. 비가 오면 바닥 곳곳에 주황색 양동이를 깔아 지붕에서 샌 물을 받아내느라 출입을 아예 막았었다.

나는 내 키보다 큰 창문에 다가가 두 손을 동그랗게 말아 눈에 대고 안을 들여다보았다.

헉.

바닥에 주황색 양동이가 늘어서 있었다. 수백 개는 되어 보였다. 모두 지붕을 뚫고 들어올 빗방울을 받아내려고 깔아 둔 것이었다.

어제 찰리 긱이 제드와 바즈의 '당나귀 꼬리 달기' 게임을 하려고 서 있던 무대는 예전에는 접근 제한 구역이었다. 나는 무대를 살펴보았다. 앞쪽에 밧줄이 길게 치져 있었는데 가운데 걸린 표지판 안에 이렇게 적혀 있었다.

무단출입 엄금

나는 뒷걸음질 쳤다. 보수된 곳이 하나도 없었다. 심장이 쿵쿵 뛰었다. 다시 교문을 향해 발걸음을 옮겼다. 무섭고 혼란스러워서 더는 둘러보고 싶지 않았다.

"어이, 거기 너! 뭐 하는 거야?"

고개를 들었다. 교직원 전용 주차 구역에 서 있던 차 안에서 한 남자가 소리치고 있었다. 나는 얼어붙었다.

"일요일에는 학교 부지에 들어오면 안 된다."

남자가 다시 소리쳤다. 자세히 보니 하워드 선생님이었다.

한 손에 샌드위치를 들고 있었다.

나는 잠시 그 자리에 서서 선생님을 마주 보았다.

나를 알아보았나? 그런데 선생님은 일요일에 여기서 뭐 하는 거지? 차 안에서 샌드위치를 먹으면서?

"죄송합니다."

나는 고개를 숙이고 다시 발을 뗐다. 하지만 몇 걸음 가다가 우뚝 멈추고 발걸음을 돌려 하워드 선생님의 차로 직행했다. 지금 무슨 일이 벌어지고 있는지 뭐라도 알아내야 했다.

나는 조수석 창문 앞에 섰다. 내 담임 선생님이 눈을 크게 뜨고 날 쳐다보았다. 샌드위치를 먹다가 흘린 치즈 조각들이 무릎 위에 떨어져 있었다. 머리카락이 사방팔방 뻗치고 셔츠에는 커피 얼룩 같은 게 묻어 있었다. 하워드 선생님은 평소처럼 말쑥해 보이지 않았다. 날 쏘아보던 선생님이 창유리를 내렸다.

"나한테 볼 일 있니?"

"학교 부지 안에 멋대로 들어와서 죄송해요, 하워드 선생님. 뭔가 확인할 게 있었거든요. 정말 중요한 일이라서요."

하워드 선생님은 내 얼굴을 유심히 살폈다.

"그렇구나. 무슨 일인데?"

선생님은 대시보드 위의 일회용 컵을 들어 뭔가를 마셨다.

"그게, 강당 안을 좀 보려고 했어요. 오늘 밤 내릴 비에 대비해 양동이들이 제대로 준비되어 있나 해서요."

선생님이 고개를 끄덕였다.

"오늘 밤에 비가 온대니?"

나는 어깨를 으쓱했다.

"글쎄요. 그래도 확인하고 싶었어요. 그러니까, 혹시나 해서요."

나는 말을 하면서 선생님이 나를 좀 더 잘 볼 수 있도록 얼굴을 바짝 들이댔다. 하지만 그래서 더 수상해 보인 듯했다.

"흠, 확인 다 끝났으면 얼른 집에 가거라."

선생님이 미간을 좁혔다. 나는 선생님이 날 기억해 내려고 애쓰고 있다는 걸 알았다. 그냥 느낌으로 알았다.

"일요일인데 선생님은 왜 여기 계세요?"

하워드 선생님은 샌드위치를 한 입 크게 베어 물려다가 멈칫했다.

"딱히 할 게 없어서……. 그냥 밀린 일이나 좀 처리하려던 참이야."

나는 얼굴을 찌푸렸다.

"차 안에서요?"

선생님이 나를 보고 눈을 깜빡거렸다.

"교무실은 너무…… 적적해서."

선생님은 눈시울을 붉히는가 싶더니 이내 도리질 쳤다.

"어쨌든, 너랑은 상관없는 일이다. 어, 음, 그러니까……."

나는 선생님을 향해 눈을 깜빡였다.

말해요! 맥스웰이라고! 어서 말해요! 교실에서 매일 보는 얼굴이잖아요! 제발 말해요!

선생님은 나를 뜯어보면서 샌드위치를 크게 베어 물었다.

"그런데 어느 반 학생이지?"

선생님은 샌드위치를 우적거리며 말했다.

가슴이 쪼그라들어 도토리만 해졌다. 하워드 선생님이 나를 모른다. 내 담임 선생님이 내가 누군지 전혀 모른다.

"저, 저는 이만 가 볼게요."

나는 뒤돌아 주차장을 뛰쳐나갔다.

그 뒤로 계속 걸었다. 걷고 또 걸었다. 모든 걸 보고 싶었다.

내가 남긴 모든 흔적을 확인하고 싶었다. 우선 가장 먼저 확인한 곳은 수영장이었다.

19장

수영장

내가 어렸을 때 우리 엄마 아빠는 매주 일요일 아침마다 벡스 누나와 나를 '즐거운 가족 수영장'에 데리고 갔다.

'즐거운 가족 수영장'은 색색의 고무 놀이 기구와 커다란 에어 매트들로 새롭게 단장한 동네 수영장이었다. 우리는 다른 가족들과 어울려 수영장 안에 뛰어들어 놀았다.

어느 날 아빠는 굶주린 식인 상어인 척하고 우리를 쫓아오는 놀이를 고안해 냈다. 수영장 가장자리에서 엄마와 누나와 내가 먼저 출발하면 아빠가 열을 세고 추격했다. 우리는 아빠가 발목을 잡기 전에 서둘러 헤엄쳐서 반대편 끝에 있는 에어

매트 위에 올라타야 했다.

엄마는 헤엄이 느려서 누나와 내가 먼저 매트 위로 기어오른 뒤 엄마에게 빨리 오라고 꽥꽥 소리 질렀다. 뒤늦게 도착한 엄마는 웃느라 진이 빠져 매트 위로 올라오지 못했다. 아빠는 한 손을 머리 위에 세우고 상어 지느러미를 흉내 내며 엄마 뒤로 바짝 따라붙었다.

"흐으음, 아주 군침 도는 인간이로군……. 얌, 얌, 얌!"

아빠가 엄마 어깨를 와작와작 깨무는 시늉을 했다.

"그만 웃겨, 에디! 나 좀 올라가게! 얘들아, 올려 줘!"

누나와 나는 손을 뻗어 엄마를 매트 위로 끌어 올렸다. 그러면 아빠는 잠수해서 매트 바닥에 머리를 쿵 부딪히곤 했다. 우리는 또 한바탕 자지러졌다.

좋은 추억이다. 실은, 최고의 추억 중 하나다.

그때 나는 고작 일곱 살인가 그랬을 거다. 엄마 아빠가 눈만 마주치면 말다툼하고 자기 음식에 바보 같은 포스트잇을 붙이기 전, 서로를 좋아했던 시절이다.

언제부터 모든 게 변했는지 기억도 안 난다. 두 사람은 걸핏하면 서로 으르렁대느라 바빴고 둘 사이는 조금도 나아지지 않았다.

몇 년 만에 찾은 수영장 주차장은 몹시 붐볐다. 작은 배낭을 멘 꼬마들이 신이 나서 돌아다녔다. 한 여자아이는 이미 물안경을 쓰고 있었다. 나도 어릴 때 수영장 가는 차 안에서 그랬는데, 날 보고 다들 웃음을 터뜨리곤 했다.

어느 날 즐거운 가족 수영을 마치고 엄마가 카페에서 밀크셰이크를 사 올 동안 아빠와 누나와 나는 수영장 밖에서 엄마를 기다렸다. 햇볕이 쨍쨍한 날이었다. 차 안에 있기에는 너무 더워서 우리 셋은 주차장을 둘러싼 낮고 붉은 벽돌담에 걸터앉아 있었다.

기다리는 동안 아빠는 휴대폰을 확인하고 누나는 젖은 머리를 양 갈래로 땋았다. 지루해진 나는 담 위에 올라서서 걷기 시작했다. 아빠가 나를 힐끗 올려다보고 한마디 했다.

"조심해라, 맥스웰."

아빠는 다시 휴대폰으로 눈길을 돌렸다.

나는 양팔을 뻗어 균형을 잡고 걸었다. 그때만 해도 돌담이 꽤 높게 느껴져서 한 발 한 발 조심스럽게 내디뎠다. 벽돌 윗부분에는 갈색 사각형 타일이 깔려 있었다. 이윽고 모퉁이에 다다라 뒤로 돌아서는데 발밑의 타일 하나가 불안하게 흔들거리더니 콘크리트 바닥에 툭 떨어졌다. 타일은 다섯 조각으로 깨져 있었다. 아빠의 호통이 날아들기를 기다렸지만 아빠는 여전히 손가락으로 휴대폰 화면을 스크롤하느라 바빴고 누나도 머리 땋는 데 열중한 상태였다.

둘 다 아무 소리도 듣지 못한 듯했다. 나는 야단맞을까 봐 얼른 깨진 조각들을 주워 덤불 아래 숨겼다. 막 일어서는데 주차장 저편에서 카랑카랑한 목소리가 나를 불렀다.

"맥스웰! 밀크셰이크!"

엄마가 아빠와 누나 옆에 서서 나를 향해 분홍색 컵을 흔들었다. 나는 우리 가족에게 달려갔다. 타일 얘기는 입 밖에 꺼내지도 않았다.

그 후로도 한동안 우리 가족은 일요일마다 수영장에 갔고, 그때마다 나는 한 번씩 돌담 위를 잰걸음으로 걸어 깨진 타일이 교체되었는지 확인하곤 했다. 늘 빈자리 그대로였다. 사실 아무도 타일 하나가 빠진 것을 눈치채지 못한 듯했다.

이제 또 한 번 확인할 때가 왔다.

나는 수영장 자동문이 저절로 열리지 않을 만큼만 떨어져서 누군가를 기다리는 척 서성였다. 손목시계를 확인하는 시늉을 하고서 슬그머니 돌담 위에 올라서서 걷기 시작했다. 몇 년 만에 올라선 돌담은 기억보다 훨씬 낮아서 굳이 양팔을 뻗어 중심 잡을 필요도 없었다.

근처에서 한 엄마가 우는 아기를 카시트에서 꺼내 안아 들었다. 조금 떨어진 곳에서는 어깨가 떡 벌어진 한 남자가 자전거 자물쇠를 채우고 있었다. 나는 발치를 응시하며 나직하게 중얼거렸다.

"제발 없어라. 제발 없어라."

돌담 끝자락에 다다르자 나는 심호흡하고 발아래를 살폈다.

숨이 턱 막혔다. 타일이 그 자리에 있었다.

내가 떨어뜨려 다섯 조각으로 부서졌던 마지막 타일이 아주 멀쩡하게 도로 붙어 있었다. 애초에 깨뜨린 적도 없던 것처럼.

나는 돌담에서 펄쩍 뛰어내려 손으로 타일을 만져 봤다. 내가 우연히 떨어뜨렸을 때처럼 흔들거렸다. 나는 깨진 타일을 숨겼던 덤불 근처에 엎드려 그 밑을 샅샅이 살폈다.

혹시 빈자리는 새 타일로 교체된 거고 깨진 타일 조각들은 여전히 덤불 아래 있지 않을까?

하지만 내가 발견한 것은 빈 음료수 캔 세 개와 바람 빠진 완장형 튜브 하나뿐이었다. 깨진 타일의 흔적은 어디에도 없었다.

돌담에 걸터앉아 차분히 생각하려고 했지만 머릿속이 어지러웠다.

내가 과거에 한 모든 일이…… 없던 일이 되었다. 우리 집 대문, 학교, 그리고 이 타일. 나는 일어나 무작정 걷기 시작했다. 어떻게 해야 할지, 어디로 가야 할지 몰라서 그저 내가 잘 아는 길을 돌아다녔다.

어느새 아카시아 드라이브에 다다랐다. 2년 전쯤 구청에서 이 길모퉁이에 작은 나무를 한 그루 심었는데, 일주일도 안 되어서 내가 자전거로 들이받아 두 동강이 났다. 부러진 나무는 몇 달에 걸쳐 서서히 썩어 들어갔고 마침내 구청 직원이 와서 뿌리를 뽑아낸 뒤 그 구멍을 시멘트로 메웠다.

하지만 지금 그 자리에 내가 부러뜨린 나무가 버젓이 서 있었다. 내 키보다 세 배는 크게 자라서 주위에 붉은 낙엽을 흩뿌리고 있었다. 나는 우뚝 멈춰 나무를 잠시 바라보다가 발걸음을 옮겼다.

내가 다닌 초등학교에서 멀지 않은 곳에 어떤 집이 있는데 적갈색 울타리가 앞뜰을 둘러싸고 있었다. 나무판자가 촘촘히 맞물려서 안을 들여다볼 수 없는 그런 울타리였다.

어느 날 학교 끝나고 엄마와 함께 집에 가는 길에 엄마 친구 킴벌리 아줌마와 마주쳤다. 두 사람은 끝도 없이 수다를 떨었다. 내가 아무리 엄마 코트 자락을 잡아당기며 빨리 가자고 신호를 줘도 소용없었다. 기다리다 지친 나는 그 적갈색 울타리를 손으로 쓸다가 나무 옹이 하나를 발견했다. 생긴 게 꼭 나를 노려보는 커다란 눈 같았다. 그 동그란 옹이를 힘주어 꾹 누르자 그 부분이 쑥 밀려들어가 뜰 안으로 떨어졌다. 엄마가 안 보는 틈에 냉큼 그 구멍에 눈을 대고 안을 들여다봤다. 뜰 안은 뒤죽박죽 난장판이었다.

그 후로 한동안 등하굣길에 한 번씩 그 구멍을 들여다보곤 했다. 몇 년이 지난 지금 그 적갈색 울타리를 지나면서 보니 그 나무옹이가 제자리에 멀쩡히 박혀 있었다.

나는 양손을 바지 주머니에 찌르고 걸었다. 문득 손에 만져져야 할 물건이 떠올랐다. 무도회 날 밤에 잠그고 나온 학교 보일러실 열쇠. 주머니는 텅 비어 있었다.

정처 없이 걷다 보니 어느새 해가 뉘엿뉘엿 지고 있었다. 다리가 쿡쿡 쑤셔서 한 걸음 떼기도 버거웠다. 나는 다시 레지 할아버지 집으로 발길을 돌렸다.

모든 상황을 이해하려고 애썼다. 왜 이런 일이 일어났는지 합리적인 설명을 찾으려고. 하지만 내가 틀렸다는 게 너무나 분명했다. 속임수가 아니다. 우리 가족이 내 버릇을 고치려고 교묘하게 꾸민 일이 아니다.

뭔가 훨씬 심각한 일이 벌어졌다.

나, 맥스웰 베케트가 지워진 것이다.

20장
수프

레지 할아버지 집에 도착했을 때 할아버지는 토마토 수프 캔을 따고 있었다.

"안녕, 혹시 내 손님이니?"

내가 부엌문을 열고 들어서자 할아버지가 말했다.

이번만큼은 레지 할아버지가 날 잊어버려서 다행이었다. 내가 유리장을 뒤집어엎고 나간 뒤로 나를 줄곧 기억하고 있었다면 아마 이렇게 친절하게 맞아 주지 않았겠지.

내가 친구라고 간단히 설명하자 할아버지는 저녁을 함께 먹자고 권했다. 속이 울렁거려서 배고픔조차 느껴지지 않았지만 그래도 뭔가 먹긴 해야 했다.

할아버지는 요리하는 동안 나보고 거실에 가서 앉아 있으라고 했다.

거실에 들어서자마자 나는 유리장 앞으로 직행했다. 모든 물건이 선반 위 제자리에 놓여 있었다. 갑자기 팔뚝의 털들이 곤두섰다. 왠지 유리장이 좀 섬뜩했다.

이 안에 있는 무언가가 날 지워지게 한 것 아닐까?

조심스럽게 문을 열고 안을 들여다봤다. 내가 떨어뜨려 조각난 줄 알았던 나무알이 원상태로 선반 위 검은 모자 옆에 놓여 있었다. 나는 그것을 집어 들었다. 어젯밤에 손바닥 안에서 이리저리 돌려보다가 그게 무슨 소리를 냈던 기억이 났다. 나무알을 살짝 흔들자 안에서 달그락거렸다.

그러고 보니 알 윗부분에 작은 꼭지가 있었다. 꼭지를 잡고 좌우로 비틀어 보았다. 꼭지가 돌아가긴 했지만 그뿐이었다. 이번에는 꾹 눌러보았다. 작게 딸깍 소리가 나더니 갑자기 알이 꽃잎처럼 네 조각으로 확 벌어졌다.

"이게 무슨……?"

나는 그 안을 들여다봤다. 안에 들어 있던 물건들이 바닥에 떨어졌다. 그것들은 잠시 내버려 두고 꽃잎처럼 벌어진 나무알 안쪽을 살폈다. 꽃잎마다 어떤 단어가 새겨져 있었다. 나무알을 살짝씩 돌려 가며 네 단어를 읽어보았다.

"M. 셀레스트, 아문센, 루이 르 프린스, 에어하트……. 무슨 뜻이지?

나는 무릎을 꿇고 바닥에 떨어진 것들을 살폈다. 사각형의 빳빳하고 더러운 흰색 천 조각, 은색 단추, 모직물 조각, 그리고 접힌 손수건이었다.

손수건을 펼쳐보니 한구석에 'A.E.'라고 수가 놓여 있었다.

"수프 마실 준비됐니, 맥스웰?"

레지 할아버지가 부엌에서 외쳤다.

"네, 할아버지."

나는 떨어진 것들을 모두 주워서 나무알 한가운데 그러담고 벌어진 꽃잎을 모아 닫았다. 딸깍하며 닫히자 다시 매끈한 알이 되었다. 나는 그것을 선반에 올려놓고 소파로 걸어갔다.

"자, 받으렴."

할아버지가 거실에 들어와 내 무릎 위에 쟁반을 내려놓았다.

"그런데 저 알은 어디서 나셨어요? 뮤직 박스라고 하셨던 저 나무알이요."

나는 수프를 후후 불고 후루룩 마시며 물었다.

"오, 저 골동품! 내 조부가 베트남에서 카드 게임으로 딴 거다. 늘 이런저런 일에 스스로 휘말리는 재주가 있었지. 내 조부가 세계 일주를 세 번이나 했다는 얘기 들었니?"

할아버지는 껄껄 웃더니 다시 부엌으로 가 두껍게 썬 빵 두 조각과 버터를 들고 돌아왔다. 나는 몹시 피곤했다. 너무 오래 걸어 다녀서 발이 욱신거렸다.

"레지 할아버지, 혹시 할아버지가 더 이상 이 세상에 존재하지 않는다면 어떻게 하실 거예요?"

나는 내 빵을 수프에 담그며 물었다.

할아버지가 나를 지그시 바라봤다.

"수수께끼냐?"

"아니요, 수수께끼가 아니고요. 그냥 만약 그렇게 된다면 어떻게 하실지 궁금해서요."

할아버지는 잠시 고민했다.

"글쎄다. 아무것도 안 하겠지. 애초에 존재하지 않는데 뭘 할 수 있겠니?"

나는 얼굴을 찡그렸다.

"아니, 제 말은…… 존재했었는데 뭔가, 뭔가 마법 같은 일이 생겨서 이 세상에서 지워져 버렸다면요? 할아버지는 아직 살아 계시고, 여태 살던 동네에서 멀쩡히 걷고, 말하고, 숨 쉬는데…… 아예 태어난 적 없는 존재가 된 거예요. 할아버지를 알았던 사람들 모두가 이제 할아버지를 몰라봐요. 마치 처음 보는 사람처럼."

할아버지는 김이 모락모락 나는 수프를 한술 뜬 채로 굳었다. 진지하게 고민하는 것처럼 보였다. 그러고는 수프를 살살 불어 식혔다.

"만약 그런 일이 벌어진다면, 그러니까 나는 여전히 나인데, 내가 아는 누구도 날 몰라본다면……. 글쎄다, 나는 조금 재미를 볼 것 같은데."

할아버지의 얼굴에 웃음이 번졌다.

"재미요?"

나는 이 상황이 재미있다는 생각은 눈곱만큼도 하지 않았다. 할아버지는 수프를 홀짝거렸다.

"그래! 투명 인간이 되는 것과 비슷하지 않니? 넌 네 주변 사람들의 습관이나 비밀을 다 알지만 그들은 네가 누군지 전혀 모르잖아."

할아버지는 수프를 후룩 빨았다.

"아무도 네가 한 실수나 잘못을 기억하지 못할 거 아니냐. 네가 되고 싶은 사람이 될 기회로구나."

나는 소파에 푹 기대앉았다. 피곤해서 두 눈이 무거웠다. 몹시 지쳤지만 지붕 아래 따뜻한 공간에서 배까지 채운 덕인지 조금 차분해졌다. 어쩌면 레지 할아버지의 말도 일리가 있을지 모른다.

지워진 존재가 된 게 그렇게 나쁜 것만이 아니라면? 이제껏 나는 사고뭉치로 살았고 많은 사람을 괴롭게 만들었다. 내가 이 세계에서 더 운이 좋다면? 여기선 아무도 날 싫어하거나 문제아나 패배자 취급하지 않는다. 나는 아직 어떤 실수도 하지 않았다. 우리 가족은 어딘가에 있을 테니 그저 그들의 삶에 돌아갈 방법을 찾으면 된다.

나는 소파의 푹신한 쿠션에 등을 기댄 채 잠시 눈을 감았다. 찰리 긱도 이 세계에 있으니 분명 다시 친구가 될 수 있을 것이다. 이번에는 좀 더 좋은 친구. 그건 자신 있다.

내가 긴장을 푸는 사이 할아버지가 내 무릎 위에서 쟁반을 가져가 부엌으로 향했다.

슬며시 입꼬리가 올라갔다.

어쩌면 이 세계의 맥스웰 베케트는 좀 더 괜찮게 살 수 있을지도 모른다.

21장
기차역

다음 날 아침, 눈을 뜨니 몸이 놀랍도록 편했다. 잠들기 전에 레지 할아버지가 담요를 덮어 주고 히터를 약하게 켜 둔 모양이었다. 파란색 줄무늬 잠옷 차림으로 막 거실에 들어선 할아버지가 나를 보고 화들짝 놀랐다.

"넌 누군데 내 소파에 있는 거냐?"

우리는 늘 하던 문답을 주고받았다. 나를 마지막으로 본 지 얼마 안 되어서인지 할아버지는 내 설명에 좀 더 빨리 수긍했다. 다만 이번에 나는 우리 부모님이 할아버지의 친구고 일하러 간 동안 나를 좀 맡아 주기를 부탁했다고 말했다.

“엄마 아빠가 아주 간곡히 부탁했어요. 기억 안 나세요, 레지 할아버지?”

또다시 거짓말을 해서 죄책감이 들었다. 할아버지는 약간 당황한 기색으로 기억나는 척하며 이 집에 머물러도 좋다고 말했다.

내가 담요 아래 누워 있는 동안 할아버지는 부엌에 가서 토스트 네 장과 잼을 접시에 담아 돌아왔다.

“고마워요, 레지 할아버지.”

썩 나쁘지 않은 기분이었다. 평소에 나는 정원사로 일하는 아빠가 출근하고 나서야 침대에서 나온다. 엄마 아빠 둘 중 한 명이 자리를 비우면 큰소리가 나지 않으니까.

“그런데 학교는 몇 시부터 시작이니, 젊은 친구 맥스웰?”

할아버지는 안락의자에 앉아 흰 그릇을 배 위에 올려놓으며 물었다. 그릇에는 콘플레이크가 수북이 남겨 있었다.

“어, 그게…… 이번 주는 수업이 없어요, 할아버지. 짧은 방학이거든요. 저희 엄마가 어제 말씀드렸잖아요.”

할아버지는 약간 민망한 얼굴로 고개를 끄덕이며 미소 지었다.

“오, 그렇지. 너희 부모님이……. 그럼 너는 얼마간 여기 머물겠구나. 그렇지?”

나는 찜찜함을 숨기고 마주 웃었다. 방학이 아니라는 사실을 할아버지가 알아낼 리도 없고 선의의 거짓말을 좀 해도 나쁘지 않을 것 같았다. 게다가 진실을 말하자면 일이 훨씬 복잡해진다.

토스트를 우물거리면서 하루 계획을 세웠다. 내가 할 일은 명확했다. 오늘 나는 내 가족과 몬스터를 되찾을 것이다.

우유가 다 떨어졌으니 내가 사 오겠다며 레지 할아버지 집을 나섰다.

가장 가까운 가게는 1킬로미터쯤 떨어진 기차역 옆 슈퍼마켓이었다. 맑고 상쾌한 가을 아침이었다. 뱅크스 부인이 뜰 안의 디딤돌을 밟고 쓰레기통을 옮기고 있었다. 몬스터가 코를 처박고 킁킁대기 좋아했던 바로 그 쓰레기통.

몬스터를 생각하니 가슴이 술렁였다. 얼른 그 부드러운 귀에 입 맞추고 싶었다. 날 보면 프로펠러처럼 미친 듯이 꼬리를 흔들겠지! 틀림없이 몬스터는 내가 누군지 알아볼 것이다. 우리 사이에는 특별한 유대가 있으니까.

뱅크스 부인은 길가에 쓰레기통을 내려놓았다. 불현듯 뱅크스 부인이라면 몬스터가 어디 사는지 알지도 모른다는 생각이 들었다.

"저, 실례합니다."

뱅크스 부인은 덥수룩한 앞머리 사이로 날 쏘아보았다.

"혹시 이 근처에서 비글 한 마리 못 보셨어요? 항상 혀를 빼물고 다니는데요."

뭔가 조롱 섞인 대꾸가 날아들 줄 알았는데 부인은 정말로 곰곰이 생각해 보는 눈치였다.

"아무래도 못 본 것 같구나. 잃어버렸니?"

나는 고개를 끄덕였다.

"그런 셈이에요."

"저런, 안됐구나. 포스터를 붙여 널리 알리는 게 어떠니?"

세상에. 뱅크스 부인이 이렇게 상냥하게 굴다니.

"어, 음, 네……. 그게 좋겠네요."

나는 부인을 바라보며 얼떨떨하게 대답했다.

"원한다면 우리 집 대문에도 하나 붙이렴. 이 앞을 지나가다 멈춰서 내 뜰을 구경하는 사람들이 꽤 많거든."

부인이 자랑스럽게 말했다.

나는 이렇게 친절하게 말하는 뱅크스 부인을 한 번도 본 적 없다. 이상했다. 우리 둘은 잠시 우두커니 서서 뜰을 바라봤다.

"멋진 플라밍고네요."

내가 침묵을 깨고 말했다. 뱅크스 부인이 플라밍고를 흘긋 쳐다봤다. 밝은 태양 아래 녀석의 분홍색이 유독 선명했다.

"오, 고맙구나."

그 순간 부인의 입술이 이상하게 꿈틀거렸다. 입꼬리가 서서히 위로 말려 올라가더니 미소의 형태를 띠었다. 나는 뱅크스 부인의 미소를 처음 봤다. 너무 놀라서 그만 웃음을 터뜨리고 말았다. 부인이 입꼬리를 확 내리고 미간을 찌푸렸다. 부인은 팔짱을 끼고 날 쏘아봤다.

"너 지금 교복 입고 있어야 하지 않니?"

"쉬는 날이라서요."

나는 냉큼 발걸음을 돌렸다.

비록 몇 마디 안 했지만 뱅크스 부인과 처음으로 대화다운 대화를 나눴다. 부인은 나를 미워하지 않았다!

어쩌면 레지 할아버지 말이 맞을지도 모른다. 이 세계에서 나는 내가 되고 싶은 사람이 될 수 있다. 나를 싫어하는 사람도 없다.

슈퍼마켓 앞에 도착하니 출근하는 사람들 수백 명이 각자 기차표를 뒤지며 역 입구로 달려가고 있었다. 한 여자가 휴대폰으로 시끄럽게 통화하며 나를 밀치고 지나갔다.

"마드리드가 그 가격에 판다면 냉큼 두 손 내밀어야지, 안 그래, 데미안?"

마드리드가 뭘 판다는 걸까? 뭐든 간에 두 손으로 받으려면 꽤 큰 물건이겠지. 여자는 사람들과 부딪히지 않게 몸을 요리조리 피하며 매표소를 뚫고 지나갔다.

버스 한 대가 멈춰 서자 그 안에서 정장 차림의 사람들이 쏟아져 나와 역을 향해 돌진했다. 그 무리가 주차장 쪽에서 달려오는 무리와 한데 섞여들자, 감색 정장을 입은 한 남자가 비틀거리더니 손에 들고 있던 휴대폰을 휙 놓쳤다. 휴대폰은 길바닥을 빙빙 돌며 가로지르다가 내 발치에 멈췄다. 내가 휴대폰을 집어 들자 박살 난 액정 화면이 곧 꺼졌다. 나는 꺼진 화면을 멍하니 내려다봤다. 심장이 쿵쿵 뛰었다.

분명 내가 아는 사진이었다! 한 여자아이가 대관람차 꼭대기에서 솜사탕을 들고 있는 사진. 다만 내가 아는 장면과 조금 달랐다. 그 여자아이 옆에서 우스꽝스러운 표정을 지으며 사진 전체를 망치는 남자아이가 있었어야 했다. 심호흡하는 내 앞에 검고 매끈한 구두 한 쌍이 나타났다.

"내 휴대폰 돌려주겠니?"

나는 고개를 번쩍 들고 침을 꼴깍 삼켰다. 아빠였다. 우리 아빠가 내 눈앞에 서 있었다. 나는 아빠 얼굴을 뚫어지게 바라봤지만 아빠는 무표정했다. 나를 전혀 못 알아보는 것이다.

"저기…… 어어……."

내가 말을 더듬자, 아빠가 눈알을 굴리면서 손을 내밀었다.

“내 휴대폰 좀 돌려주겠니, 어서? 서둘러야 하거든.”

내가 휴대폰을 건네주자 아빠는 깨진 화면을 보고 어깨를 축 늘어뜨렸다.

“오, 훌륭하군. 타이어 펑크에 이어 이제 휴대폰까지. 오늘 일진이 이보다 더 사나워질 수 있을까? 응?”

아빠는 날 똑바로 보며 이맛살을 구겼다. 대답을 기다리는 눈치였다. 나는 어깨를 으쓱했다.

“글쎄요. 아마도?”

아빠는 한숨을 쉬고 손목시계를 힐끔 보더니 발걸음을 돌려 걷는 것도 아니고 뛰는 것도 아닌 이상한 동작으로 역 입구로 향했다.

아빠는 감색 정장을 입고 있었다. 저렇게 말쑥하게 차려입은 모습은 실로 오랜만이었다. 그러니까…… 런던의 바쁜 사무실에서 일할 때 이후로 처음이다. 내가 초등학생일 때 말이다. 그 직장 때문에 아빠는 호되게 앓았었다.

그 당시 우리 집은 잘살았다. 아니, 잘산다고까지는 할 수 없어도 내가 수학여행을 가야 한다거나 운동화가 너무 꽉 낀다고 말해서 엄마 얼굴에 먹구름이 끼는 일은 없었다.

우리 가족은 어렵지 않게 필요한 물건을 사들였고 그리스로 여름 휴가를 떠난 적도 두 번이나 있다. 아빠가 매년 회사에서 받는 막대한 보너스가 은행 계좌에 턱턱 꽂혔기 때문이었다.

그러다 갑자기 어느 날부터 아빠는 회사에 나가지 않았다. 마치 아침에 눈을 떴는데 도저히 침대 밖으로 나갈 기력이 없어서 그대로 머물기로 한 사람처럼, 그냥 그렇게.

엄마는 한참이나 전화기를 붙들고 누군가와 낮은 소리로 통화했고 아빠를 위해 병원 예약을 잡았다. 병원에서는 아빠에게 약을 처방하고 캐시라는 다른 의사를 소개해 주었다. 그 후로 아빠는 일주일에 한 번씩 캐시를 만나 '대화'를 했다. 두 사람이 무슨 대화를 하는지는 알 수 없었지만 몇 주 뒤 아빠는 드디어 침대를 벗어나 움직이기 시작했다.

특히 야외에서 흙 만지는 걸 좋아했다. 하루는 마당에 작은 채소밭을 일구는 걸 내가 도와주기도 했다. 그 말은 아빠가 일하는 동안 옆에서 말동무나 좀 해 줬다는 뜻이다. 어차피 겨우 여섯 살쯤이었으니 딱히 도움이 되지도 않았을 것이다.

나는 지렁이를 보고 아빠에게 어느 쪽이 머리이고 어느 쪽이 꼬리인지 물었다. 아빠가 웃으며 말했다.

"나도 모르겠다, 맥스웰. 네가 한번 살펴보렴."

아빠가 삽으로 땅을 찌르자 탁, 소리가 났다. 아빠는 허리를 굽혀 두 손으로 흙을 퍼내더니 그 안에서 빨간 벽돌 한 덩이를 집어 들었다. 그리고 벽돌에 묻은 흙을 털어냈다.

"있잖니, 맥스웰. 저번에 캐시가 한 말이 있거든."

아빠는 벽돌을 바라보며 말했다.

"사람은 걱정거리가 있거나 상실감을 느낄 때 주머니에 무거운 벽돌을 넣고 다니는 것과 마찬가지라고 하더구나."

아빠는 손에 든 벽돌을 보며 쪼그려 앉았다. 나는 말 없이 그 모습을 지켜봤다.

"그러다 보면 그 벽돌이 세상에서 가장 무거운 돌처럼 느껴져서 한 발짝도 움직이기 어렵대."

아빠는 벽돌에서 눈을 떼지 않고 일어섰다.

"그런데 또 어떤 날에는 걱정거리가 여전히 그 자리에 있는데 알아차리지 못할 수도 있다더라. 그저 주머니에 든 벽돌이 예전만큼 무겁게 느껴지지 않는 거지."

나는 얼굴을 찌푸렸다. 아빠에게는 그럴듯한 얘기일지도 모르지만 나에게는 수수께끼나 다름없었다. 아빠는 벽돌을 한쪽에 휙 던지고 삽질을 이어갔다.

나는 아빠를 지켜보며 잠시 생각에 잠겼다.

"아빠, 회사에는 언제 돌아갈 거예요?"

아빠가 땅파기를 멈추고 동상처럼 굳었다. 내가 뭔가 심한 말을 했나 싶었는데 아빠가 허리를 펴고 이마의 땀을 닦으며 대답했다.

"조만간. 아마 몇 주 후에."

아빠는 계속 땅을 팠다. 얼굴이 온통 일그러져 있었다. 나는 땅을 툭툭 차다가 큼직한 자갈을 발견했다. 아주 하얗고 매끄러웠다. 나는 자갈의 흙을 털어 내고 주머니에 넣었다.

아빠를 돌아봤다. 아빠는 두 뺨이 붉고 눈에 눈물이 그렁그렁했다.

"아빠, 아빠는 왜 좋아하지도 않는 일을 해요?"

아빠는 삽질을 멈추고 삽 손잡이에 두 손을 얹고 섰다. 이마를 훔치고 나를 뚫어져라 보더니 작게 미소 지었다.

"글쎄다, 맥스웰. 나도 잘 모르겠구나."

아빠는 한동안 멍하니 서 있었다. 아무것도 하지 않는 아빠를 보고 있자니 너무 지루해져서 나는 흰 조약돌을 내 방 책꽂이에 올려놓으러 달려갔다.

그 후 얼마 지나지 않아 아빠는 아예 회사로 돌아가지 않겠다고 선언했다. 좋아하지도 않는 일을 해서 뭐 하느냐는 것이었다. 그렇게 말하면서 나를 보고 활짝 웃었다. 그리고 곧바로 대학에서 원예술을 공부하기 시작했다. 식물을 다루는 기술이라고 했다. 아빠는 그 기술을 배워 정원사가 되고 싶다고 했다.

엄마는 앞으로 수입이 많이 줄겠지만 어른들도 자신이 즐기는 일을 하려고 노력할 필요가 있다고 했다. 인생의 많은 시간을 일터에서 보내는데 아빠의 예전 일터는 아빠를 아주 불행하게 만들었다는 것이었다.

아빠는 저녁마다 호프집에서 일하고 낮에는 아주 열심히 공부해서 모든 시험에 합격했다. 그리고 마침내 밴을 한 대 사서 자기만의 사업을 시작했다. 이름하여 '에디의 가드닝 서비스'. 아빠는 다시 행복해졌다.

나는 다른 버전의 아빠가 인파를 뚫고 멀어지는 모습을 지켜봤다. 이 세계에서 아빠는 여전히 런던의 스트레스 심한 사무직으로 일하는 듯했다.

그렇다면 다시 아프지 않았을까? 왜 원예술을 배우러 대학에 돌아가지 않았을까?

아빠의 뒤통수가 사람들 틈으로 사라졌다.

나는 우유를 사러 슈퍼마켓으로 향했다.

22장

기다림

레지 할아버지가 우유 사고 남은 돈은 가지라고 해서 나는 싸구려 칫솔을 하나 샀다. 현명하게도 당장 필요한 걸 고른 내가 기특했다. 만약 기존 세계였다면 망설임 없이 과자를 집었을 것이다.

일이 제법 잘 풀려가는 듯해서 나는 새로운 나를 계속 이어가기로 다짐하며 레지 할아버지 집으로 돌아갔다.

"여기 있는 동안 제가 도울 일 없어요, 할아버지?"

잠시 생각하던 할아버지가 두 눈을 반짝였다.

"실은, 있다!"

할아버지가 외쳤다.

나는 미소를 지어 보였지만 실은 할아버지가 없다고 하길 바랐다. 함께 소파에 드러누워 티브이나 보고 싶었다. 벡스 누나를 찾으러 학교에 가 볼 계획이었으나 수업이 끝나려면 몇 시간은 더 기다려야 했다.

할아버지는 거실 커튼을 빨아야 하니 떼어 내는 걸 도와 달라고 했다. 내가 의자에 올라 낑낑거리며 커튼을 떼어 내자 할아버지가 밑에서 두 팔 가득 받아 냈다.

그다음 나는 집 안을 돌며 청소기를 돌리고 할아버지는 노란색 먼지떨이로 먼지를 털어 냈다. 함께 점심을 먹고 나서 할아버지가 안락의자에 앉아서 뭐라고 떠드는 동안 나는 창문 안쪽을 닦았다.

"넌 아주 배려심 많은 아이구나, 맥스웰. 고맙다."

나는 창문에 무슨 스프레이를 뿌리고 헝겊으로 닦으며 씩 웃었다. 아무도 나에게 배려심이 많다고 말해 준 적 없다. 하지만 '착한 사람 되기'는 쉽지 않았다. 창문에 자꾸만 물 자국이 남아서 헝겊을 접고 또 접어 가며 몇 번이나 닦아야 했다.

겨우 창문 닦기를 끝내고 돌아섰더니 할아버지가 앉은 채로 졸고 있었다.

오후 3시가 막 넘은 시간이었다. 누나를 찾으러 갈 시각이었다.

3시 25분에 학교에 도착해 나무 뒤에 자리를 잡고 섰다. 정확히 3시 30분이 되자 학교 종이 울렸고, 5초 만에 정문이 벌컥 열리면서 감색 교복을 입은 학생 수백 명이 우르르 쏟아져 나왔다. 모든 얼굴을 빠짐없이 확인했지만 누나는 보이지 않았다.

나는 우리 반 애 몇 명을 알아봤다. 마커스 그런디도 있었다. 마커스는 한 남자애에게 헤드록을 걸어 겨드랑이 아래 가방처럼 끼고 걸었다. 주변에 선생님은 한 명도 보이지 않았다.

"놔, 마커스!"

남자애가 소리쳤다. 찰리 긱이었다. 마커스는 찰리의 비명이 어디서 나오는지 모르겠다는 듯이 능청스럽게 주변을 둘러봤다.

"마커스! 이거 놔!"

찰리가 다시 악을 썼다. 마커스가 어깨를 으쓱하자 주변 아이들이 웃기 시작했다.

"야, 너!"

내가 나무 뒤에서 나와 철제 울타리로 다가서며 외쳤다.

"걔한테서 떨어져, 이 머저리야!"

"누가 지껄이는 거?"

마커스가 날 향해 으르렁거렸다.

“나!”

내가 외쳤다. 다른 애들과 달리 나는 마커스 그런디가 무섭지 않았다. 처음부터 쭉.

녀석은 찰리를 옆구리에 낀 채 내 앞으로 몇 걸음 다가왔다. 구경꾼이 몇 명 모여들었다.

“네가 이쪽으로 와서 떨어뜨려 보지 그래?”

마커스가 말했다. 녀석 너머로 과학을 가르치는 타운센드 선생님이 정문을 나서는 게 보였다.

나는 울타리에 바짝 다가섰다.

“걔 안 놔 주면 네가 2학년 때 네 바지에다 한 짓을 폭로할 거야. 그 화분 기억하지, 마커스?”

주변에서 몇 명이 수군거리더니 웃기 시작했다.

“무슨 얘기야? 바지에다 무슨 짓을 했는데?”

찰리가 엉거주춤한 자세로 물었다. 마커스는 찰리를 옭아맨 팔에 더욱 힘을 주었지만 얼굴에는 핏기가 싹 가셨다.

“네, 네가 그걸 어떻게 알아?”

녀석이 이를 악물고 속삭였다. 나는 씩 웃으며 검지로 내 관자놀이를 톡톡 두드렸다.

우리가 초등학생 때 마커스의 엄마는 우리 엄마와 자주 커피를 마시곤 했다. 어느 날 저녁에 나는 엄마가 마커스의 엄마에게 들은 얘기를 아빠에게 하는 걸 엿들었다. 아무래도 마커스는 수업 시간에 제때 화장실에 못 가서 바지에 '실수'를 하고 선생님에게 자백하는 대신 그것을 용케 바지에서 꺼내 교실 구석에 있는 화분에 몰래 버리려고 한 모양이었다. 불행인지 다행인지 그 직전에 선생님에게 들켜서 화장실에 보내졌고, 그 사건은 학교 안팎으로 새어 나가지 않았다.

나는 꼬마 마커스의 '응가' 사건을 7년 내내 혼사 간직하고 있었다. 비상시를 대비해 뇌 한구석에 저장해 둔 것이다. 바로 지금 같은 순간에 써먹으려고.

"화분은 또 뭔데?"

산지브 하우가 물었다. 마커스가 찰리를 놔 주자 찰리는 천천히 허리를 펴고 목덜미를 문질렀다.

"그래, 처음부터 다 얘기해 봐! 궁금해 죽겠으니까."

에보니 갈란드가 코를 씨근거리며 부추겼다. 한때 마커스의 괴롭힘에 크게 시달렸던 에보니는 안절부절못하는 녀석의 모습에 유독 흥분했다.

그때 타운센드 선생님이 무슨 일인가 보려고 우리 쪽으로 걸어왔다. 나는 얼른 나무 뒤에 다시 숨었다.

"자, 찰리. 다친 데 없지? 그럼 내일 아침에 너희 집으로 갈

게."

마커스는 선생님이 나타나자 찰리의 어깨에 있지도 않은 먼지를 털며 말했다. 찰리가 고개를 끄덕였다.

"그래. 내일 봐, 마커스."

뭐야. 둘이 친구라고? 찰리와 마커스가? 말도 안 돼!

찰리는 머리를 매만지며 헤드록 때문에 눌린 부분을 다시 세우려고 했다. 이제 보니 찰리의 머리 모양은 마커스와 판박이였다. 친한 것도 모자라 마커스를 따라 하다니!

손목시계를 보니 3시 39분이었다. 재빨리 교정을 훑어보았지만 여전히 누나는 보이지 않았다. 혹시 이제 이 학교에 다니지 않는 걸까? 그럼 어떡하지? 누나 없이 어떻게 엄마와 몬스터를 찾지?

누나와 동급생인 여자애들이 눈에 들어왔다. 누나의 무도회 의상을 비열하게 놀린 클라우디아 브래드웰도 있었다.

다들 교문을 벗어나고 있었다. 어느새 운동장에는 돌을 차며 노는 남자애 둘만 남았고 한 선생님이 다가와 그만 집에 가라고 소리쳤다. 월요일은 방과 후 활동도 없는 날이다.

누나는 어디 있을까?

그때 등 뒤에서 들린 목소리에 나는 펄쩍 뛰었다.

"넌 누구야? 원하는 게 뭐야?"

나는 몸을 돌려 찰리 긱을 마주 봤다. 찰리는 두 손으로 가방 끈을 움켜쥐고 얼굴을 찌푸렸다. 특유의 '세 보이려고 애쓰는' 모습이었다.

"찰리! 안녕?"

나는 찰리의 머리 모양을 쳐다보지 않으려고 애쓰며 최대한 밝게 웃어 보였다. 찰리의 교복 재킷에 달린 학교 자수 패치가 바늘땀이 풀린 채 달랑거렸다. 꼭 마커스 것처럼.

"왜 날 따라다니는 거야? 우리 집도 모자라 학교까지 찾아왔잖아. 원하는 게 뭐야?"

찰리가 초조하게 서성거리며 덧붙였다.

"혹시 〈깜짝 놀랐지?〉에서 보낸 거야?"

〈깜짝 놀랐지?〉는 친구를 속여 바보로 만드는 티브이 리얼리티 프로그램이다.

어떤 에피소드에서는 남몰래 가수를 꿈꾸는 남자애기 나왔다. 그 애는 자기 방에 카메라가 설치된 줄도 모르고 거울 앞에서 빗을 마이크 삼아 노래를 불렀다. 다음 날 그 남자애가 친구들과 함께 영화관에 입장했을 때, 대형 스크린에서는 영화 대신 자기가 방에서 홀로 열창하는 모습이 흘러나왔다. 속인 친구들을 비롯해 영화관에 있던 사람들 모두 박장대소했다. 그 남자애도 따라 웃긴 했지만 자세히 보면 실은 울음을 참으려고 애쓰고 있다는 걸 알 수 있었다.

"대체 날 뭐로 보는 거야? 그 프로그램 아니거든! 나는 그딴 거 절대 안 해. 난 너만큼이나 그 프로그램 싫어한다고!"

내 대답에 찰리가 당황했다.

"아니……. 내가 〈깜짝 놀랐지?〉 싫어하는 걸 네가 어떻게 알아?"

"그야…… 그게……. 그딴 걸 누가 좋아하겠어, 안 그래?"

나는 떠듬떠듬 변명했다.

"대체 넌 누구야?"

찰리가 가슴 앞에 팔짱을 끼고 한 발짝 다가섰다. 별안간 좋은 생각이 떠올랐다.

"우리 같은 유치원 다녔잖아. 기억 안 나? 엄청 친해서 매일 같이 놀았잖아!"

사실 우리는 같은 유치원에 다니지 않았다. 내가 다닌 곳도 잘 기억 안 나는데 찰리가 어느 유치원을 나왔는지 알 리 없었다.

"그랬다고?"

찰리는 시선을 약간 왼쪽에 두고 나에 관한 기억을 더듬었다.

"거기서 우리가 뭐 했는데?"

나는 제자리에서 팔다리를 부산스럽게 움직였다.

"어, 그게, 점토 놀이도 하고, 또 음, 작은 나무 부엌이 있는 공간에서도 놀고……. 아! 그래! 그 발로 움직이는 커다란 플라스틱 장난감 차를 타고 막 돌아다니기도 했잖아."

찰리가 미소 지었다.

"그 차 엄청 좋아했어."

"그래, 나도!"

나는 찰리의 팔뚝을 때리며 맞장구쳤다.

"그래서 그…… 늙은 여자 선생님, 이름이 뭐였더라? 그분이 매번 우리를 쫓아왔잖아! 기억나?"

찰리는 긴가민가한 표정으로 고개를 끄덕였다.

"네 이름이 뭐라고?"

"맥스웰."

찰리가 손가락으로 자기 입술을 만지작거리며 생각에 잠겼다.

"아무튼, 그건 중요한 게 아니야. 어릴 때 절친이 돌아왔잖아! 물론 나만 널 기억하고 넌 날 까맣게 잊어버렸지만, 뭐, 그럴 수도 있지……."

나는 어깨를 으쓱하며 아랫입술을 삐죽 내밀었다. 역시 찰리는 몹시 불편한 기색이었다. 기분이 상한 척해서 찰리를 안절부절못하게 만드는 것은 내가 자주 쓰는 기술이다. 하지만 찰리는 여전히 미심쩍은 얼굴이었다.

"하, 하지만 나는 정말 기억이 안 나. 전혀."

살짝 시무룩해진 찰리에게 나는 일부러 환하게 웃어 주었다.

"괜찮아. 난 아무렇지도 않아!"

나는 다시 한번 찰리의 팔뚝을 툭 치며 말했다.

"저기, 너 혹시 10학년에 벡스라는 여자애 알아?"

내 말에 찰리가 픽 웃었다.

"벡스 베케트? 그럼 알다마다. 모르는 사람이 없지."

당연히 찰리도 알 것이다. 우리 누나는 전체 조회 시간마다 '최우수 역사 프로젝트'나 '전교 1등' 따위의 상을 타러 단상에 오르는 학생이니까.

"혹시 지금 어디 있는지 알아?"

"오, 아직 멀었을걸? 20분은 더 학교에 잡혀 있어야 하니까."

"뭐라고? 설마 방과 후 남기 벌?"

나는 숨이 턱 막혔다.

"벡스 베케트는 이번 학기에 매일 방과 후에 남아야 해. 학기 초에 미술실 쓰레기통에 불을 질렀거든. 그때 전교생이 피신하고 소방차 여섯 대가 왔어! 솔직히 나는 그 누나가 또다시 정학당하지 않은 게 놀라워."

"정학? 또다시?"

"어. 그 누나 패거리 요즘 완전 막 나가거든."

찰리는 눈알을 굴리며 말했다.

"친구 클라우디아 브래드웰도 그 누나 못지않아. 아무튼, 난 이만 가야 해. 다음에 보자."

찰리는 휙 뒤돌아 길을 따라 걸었고 내게서 점점 멀어졌다.

23장
벡스 누나

찰리의 말은 도무지 믿기 어려웠다.

벡스 누나가 클라우디아와 친구라니? 그렇게 당하고도?

그럴 리 없다. 찰리가 과장해서 말한 게 분명하다.

벡스 누나가 그렇게 분별없이 굴 리 없잖아, 안 그래?

내가 알기로 우리 누나는 그런 사람이 전혀 아니다.

나는 손목시계를 확인했다. 얼추 20분이 지났다. 곧 누나가 나올 것이다. 아무래도 누나를 몰래 따라가 어디 사는지 알아내는 게 최선일 듯했다. 엄마가 괜찮은지 확인한 다음 몬스터를 아주 꽉 안아 줘야지. 과연 계획대로 될지 모르겠지만 나는 정말, 정말 내 반려견이 보고 싶었다.

나무에 기댄 채 텅 빈 교정에 굴러다니는 과자 봉지에 시선을 고정했다. 봉지는 마치 어디로 가야 할지 모르겠다는 듯이 이리저리 부드럽게 뒹굴었다. 내 시선이 봉지를 따라 교문 쪽으로 향했다. 그 순간 갈색 구두를 신은 누군가의 발이 마치 나비를 짓밟듯이 과자 봉지를 탁 밟았다.

그 발이 누구 발인지 확인하자마자 내 입이 떡 벌어졌다.

벡스 누나였다. 긴 갈색 머리카락을 아주 높이 묶었는데 너무 세게 묶어서 두 눈이 놀란 것처럼 쫙 찢어져 보였다. 교복 타이는 배배 꼬아서 짧게 맸다. 그것만으로도 자동으로 방과 후에 남아야 한다. 하긴 이미 그 벌을 받고 있다면 별 차이 없겠지만. 게다가 학교 규정인 교복 바지 대신 검정 스키니진을 입고 있었다. 무엇보다 충격적인 건 오렌지 색으로 진하게 화장한 얼굴이었다.

나는 얼이 빠진 채 누나가 교문에서 왼쪽으로 꺾어 길을 나서는 모습을 지켜보았다. 곧 미행을 개시했다. 적당히 떨어져 걸을 필요도 없었다. 누나는 휴대폰에 고개를 처박고 스크롤하느라 바빠서 날 알아채지 못했다.

시내 중심가에 접어들어서 누나는 '캔디 래시'라는 가게에 들어갔다. 간판 아래 뚱뚱하고 밝은 보라색 글씨로 이렇게 적혀 있었다.

'인생을 꾸미세요.'

유리창 너머로 잡다한 물건들이 넘쳐났다. 빗, 머리끈, 머리핀, 남의 머리에서 싹둑 잘라 낸 듯한 머리카락들이 줄지어 있고 액세서리들이 잔뜩 깔려 있었다. 한쪽 벽에는 화장품이 가득했다.

나는 창밖에 우두커니 서 있었다. 원래 누나는 이런 가게에 발도 들이지 않을 텐데.

카운터의 여자 점원이 누나를 보고 살짝 미소 지은 뒤 응대를 이어갔다. 누나는 반짝이는 지갑 하나를 집어 들고 이리저리 살펴보았다. 누나가 점원을 힐끗 쳐다보고 지갑을 제자리에 내려놓자 나도 모르게 졸아들었던 가슴이 탁 풀렸다.

누나는 화장품 코너로 향했다. 나는 좀 더 잘 보려고 유리창 가장자리로 이동했다. 누나는 향수병을 집어 들어 손목에 칙 뿌리고 킁킁거리다가 다시 내려놓았다. 그다음에는 반짝이는 분홍색 매니큐어를 들고 병에 붙은 작은 라벨을 살폈다. 그대로 손을 들어 머리를 긁적이는가 싶더니 뿅, 마법처럼 매니큐어가 사라졌다.

"뭐야……."

나는 그게 어디로 사라졌나 해서 눈을 찡그리고 바닥을 살폈다.

누나는 이제 초록색 매니큐어를 집어 들었다. 가격을 확인하려는 듯이 이리저리 살피다가 가볍게 코를 긁었다. 그 순간 매니큐어가 아까 분홍색 매니큐어처럼 뿅, 사라졌다. 교복 소매 안으로 떨어뜨린 게 분명했다. 누나는 그것이 바닥에 떨어지지 않도록 손가락으로 소맷부리를 잡고 있었다. 이번에는 파란색을 집어 들었다. 수리 수리 마수리 뿅, 그것도 순식간에 사라졌다. 누나는 도둑질하는 마술사 같았다.

누나는 마지막으로 가게를 휙 둘러보고는 두 손을 교복 주머니에 쑤셔 넣고 서둘러 문으로 향했다. 나는 냉큼 몸을 돌렸다가 거리로 나서는 누나 뒤에 따라붙었다.

나의 범생이 누나가 도둑이라니! 이럴 수가!

길을 건너는 누나를 몇 걸음 뒤에서 따라갔다.

대체 무슨 생각으로 그랬지? 만약 들키면 뒷감당을 어떻게 하려고?

도서관 앞에서 누나가 별안간 우뚝 멈추고 돌아섰다.

"왜 따라오는 거야?"

누나는 코를 찡그리고 눈을 가늘게 떴다.

"벡스 누나!"

내가 떠듬거리며 외쳤다. 누나는 오렌지 같은 얼굴을 들이밀었다.

"내 이름을 어떻게 알아? 너 우리 학교 학생이야?"

나는 목을 가다듬었다.

"음…… 어."

누나는 눈이 거의 감기도록 찌푸렸다.

"그래서? 원하는 게 뭐야?"

누나가 말했다.

나는 몸이 저절로 들썩였다.

"나는 그냥, 어어…… 학교 숙제로…… 설문조사 같은 걸 하는데, 뭘 좀 물어보려고."

누나가 다시 나를 쏘아보았다.

"저기, 난 너랑 장난할 기분 아니야. 알겠어?"

누나는 한쪽 어깨를 떨구고 고개를 다른 쪽으로 기울인 채 홱 돌아섰다. 말총머리가 좌우로 흔들리며 멀어졌다.

"누나! 잠깐만!"

나는 얼른 누나를 뒤쫓았다. 누나는 뒤돌아서 한숨을 내쉬며 눈알을 굴렸다.

"하나만 대답해 주면 안 돼? 제발, 이 숙제 때문에 정말 곤란해서 그래."

누나가 콧방귀를 뀌며 시선을 내리깔았다.

"좋아. 그 멍청한 문제가 뭔데?"

"음. 그러니까, 그게…… 누나가 키우는 강아지가 무슨 종이야?"

누나가 미간을 찌푸렸다.

"그게 문제야?"

나는 심각한 표정을 지었다.

"그게, 무슨 숙제냐 하면 말이야. 지역사회 안의 개들을 조사하는 건데…… 지리학 숙제로."

누나는 또다시 눈알을 굴렸다. 아무래도 눈알 굴리기가 주특기인 것 같았다.

"난 개 안 키워. 지금까지 그랬고 앞으로도 그럴 거야. 대답했으니까 됐지? 자, 이제 가."

누나는 발걸음을 돌렸다. 나는 누나 옆에 딱 붙어서 보조를 맞췄다.

"비글 키우지 않아? 먹는 거 좋아하는 비글? 이 정도 크기인데."

나는 손을 무릎까지 낮춰 보이며 말했다.

"냄새가 좀 나. 특히 입 냄새. 몬스터라는 개야. 아니, 이름은 상관없어. 꼭 몬스터가 아니더라도 뭐, 아인슈타인이라든지, 넬슨이라든지, 누나가 좋아하는……."

누나는 날 흘깃 보고 떨떠름한 표정을 지었지만 아무 말도 하지 않았다. 그대로 말없이 걷다가 내가 끈질기게 따라붙자 누나가 걸음을 우뚝 멈추었다.

"야, 별종. 안 꺼질래?"

"내 질문에 제대로 대답 안 했잖아! 개에 대해서!"

누나가 가슴 앞에 팔짱을 꼈다.

"나한테 개가 있다면 내가 모르겠냐? 그보다 넌 대체 누구야? 변태나 뭐 그런 거야?"

나는 눈을 깜빡였다.

헐, 누나에게 개가 없다니.

끔찍한 현실이 내 머리를 강타했다.

왜 그 생각을 못 했을까? 애초에 내가 태어나지 않았다면 그날 몬스터를 구할 수도 없었을 것이다. 몬스터가 도로 한복판에 엎드려 있던 그날, 자동차는 그대로 몬스터를 치어 죽였을 것이다.

눈물이 핑 돌아서 얼른 문질러 닦았다. 누나가 얼굴을 찌푸렸다.

"너…… 울어?"

나는 누나를 쳐다봤다. 몇 년 전 엄마 아빠가 다투기 시작할 무렵 우리는 2층 계단참에 앉아 그 소리를 엿듣곤 했다. 누나는 내 어깨에 팔을 두르고 다 괜찮아질 거라고 속삭였다. 나는 누나가 지금 그렇게 해 줬으면 했다.

"아니, 안 울거든."

나는 눈살을 찌푸리며 대꾸했다. 누나는 어깨를 으쓱하고 발걸음을 돌렸다.

그래도 아직 희망이 있다. 내가 매달릴 만한 마지막 희망이. 혹시, 어쩌면, 그날 누군가가 몬스터를 구조하고 우리 아빠가 거두었을지도 모른다. 적어도 아빠는 내가 몬스터를 살리는 데 도움을 준 사람이다. 맨 처음 도로에서 발견한 사람은 나지만, 수의사에게 데려가 앞발을 고쳐 준 사람은 아빠다. 혹시 간신히 목숨을 구한 몬스터를 아빠가 데리고 있지 않을까?

별로 자신은 없지만 나는 몬스터가 괜찮다고 믿기로 했다. 다시 누나를 따라잡았다.

"누나네 아빠는? 개 안 키워?"

누나가 한숨을 쉬었다.

"아니. 우리 아빠는 개 싫어해!"

나는 헛웃음을 뱉으며 코밑을 훔쳤다.

"아닐걸. 그냥 엄마 성질 돋우려고 하는 말이지."

내가 중얼거리자 누나가 미간을 찌푸렸다.

"뭐라고?"

나는 고개를 숙인 채 발끝으로 땅을 긁었다.

"그냥, 사람들은 자기 생각보다 개를 좋아한다는 말이었어. 그뿐이야."

불쌍한 몬스터. 나는 울고 싶었다. 두 손에 얼굴을 파묻고 엉엉 울고 싶었다. 나를 쏘아보는 누나의 시선이 느껴졌다.

"별 한심한 숙제도 다 있네. 너 진짜 이상해."

"그러는 누나야말로 좀도둑이잖아."

내가 되받아쳤다.

누나의 얼굴이 굳었다.

"뭐?"

"그 가게에서 매니큐어 훔치는 거 다 봤어! 왜 그랬어? 그런 건 누나답지 않아, 전혀."

누나는 이제 단단히 화가 나 보였다. 내가 본 것 중 최고로 화난 얼굴로 나에게 바짝 다가섰다. 공공장소만 아니었다면 그대로 내 멱살을 틀어쥘 것 같았다.

"야. 네가 누군지, 나를 어떻게 아는지 모르겠지만, 어디 가서 매니큐어 얘기 흘리면 그날로 넌 죽은 목숨이야. 알겠어?"

누나의 얼굴이 닿을 듯이 가까웠다. 코 주변에 뭉친 화장품이 파이처럼 갈라져 있었다. 나는 한 발짝 뒤로 물러났다.

"하지만 원래 그런 짓 안 하잖아!"

나는 거의 악을 썼다.

"한 번도 말썽부린 적 없잖아. 그건 내 특기라고! 누나는 늘 착한 애였잖아! 정학당하거나 학교에서 불을 내거나, 또…… 물건을 훔치거나 한 적 없잖아. 누나는 조지 왕조 시대 같은 지루한 걸 재미있다며 조사하잖아!"

누나는 눈을 부라렸다.

"대체 뭔 소릴 하는 거야. 나는 그딴 데 관심 없거든."

"오, 그래?"

불현듯 레지 할아버지의 유리장 속 불가사의한 나무알이 떠올랐다.

"그럼 M. 셀레스트가 뭔지 모르겠네?"

누나는 말없이 눈만 깜빡였다.

"아니면…… 그 뭐냐, 아문…… 아문섬, 뭐 그런 것……. 아, 그리고 에어하트? 에어하트가 뭔지도 모르겠네, 안 그래?"

누나가 콧방귀를 뀌었다.

"에어하트가 뭔지가 아니라 누군지 물어봐야 하는 거 아니야?"

누나는 말을 뱉자마자 입술을 앙다물었다. 하! 역시 우리 누나는 어디 가지 않았다.

"그게 누군데? 알려 줄 수 있어?"

누나는 얼굴을 찡그렸다.

"구글이라고 들어본 적 없냐?"

누나가 말했다. 우리는 잠시 침묵했다.

"들어봤지! 근데 나는 지금 컴퓨터나 휴대폰이 없어서."

누나는 나를 외계인 보듯 위아래로 훑어봤다.

"네 이름 뭐야?"

"맥스웰. 맥스웰 베……. 그냥 맥스웰."

"좋아, 그냥 맥스웰. 네가 휴대폰이 있든 말든 그건 내 알 바 아니야."

누나는 걸음을 옮겼다. 더는 누나를 붙잡고 옥신각신할 기력이 없었다. 나는 돌아서서 레지 할아버지 집으로 향했다.

이 세계는 구리다. 우리 누나는 끔찍하다. 정말 정말 끔찍하다. 우리 아빠는 자기를 아프게 하는 회사에 다니고 찰리 긱은 딴사람처럼 군다. 애써 눈물을 삼키는데 속이 울렁거렸다.

무엇보다도 지독한 현실은 내 반려견에게 일어났을 일이다. 몬스터가 도로 한복판에 엎드려 있던 날 나는 그 자리에 없었다. 몬스터를 구하지 못했다.

나는 결국 볼을 타고 흐르는 눈물을 닦았다.

내 반려견, 나에게 일어난 최고의 사건이, 사라졌다.

몬스터는 죽었다.

24장

엄마

다음 날 아침, 잠에서 깨자마자 벌떡 일어났다. 심장이 낡아 빠진 기차처럼 요란하게 뛰었다. 곧 그 이유를 알았다.

나는 더 이상 존재하지 않는다.

나는 내가 애초에 태어나지 않았으면 했고, 설명할 수 없는 어떤 이유로 그 소망이 실현되었다.

고개를 들어 레지 할아버지의 이상한 유리장을 바라보았다. 분명 그 기묘한 나무알과 관련이 있는 듯했다. 나무알을 만지다가 뭔가 불가사의한 일이 일어났고, 눈 깜짝할 사이에 나, 맥스웰 베케트가 흔적도 없이 지워진 것이다.

그리고 몬스터는 죽었다.

나는 숨을 크게 들이켰다가 내뱉었다. 교실에서 화가 치밀어 오를 때 선생님이 곧잘 시키던 대로.

그러자 따발총 같던 심장 박동이 서서히 안정을 찾았다.

내가 할 일은 나무알이 어떤 묘술을 부렸는지 알아내고 모든 걸 원래대로 되돌리는 것이다. 지워지기 전으로 돌아가는 것이다. 그러면 내가 구한 몬스터가 여전히 살아 있을 테니까.

간단하다.

레지 할아버지가 부엌에서 분주히 돌아다니는 기척이 들렸다. 몸을 일으켜 유리장으로 다가가 나무알을 꺼내 들고 소파에 앉아 흔들어 보았다. 안에서 달그락거리는 소리가 났다.

"다시 존재하게 해 주세요."

두 눈을 감고 속삭였다. 눈을 뜨고 곧장 벽난로 위 선반을 보았다. 하지만 내가 그린 레지 할아버지의 초상화는 그 자리에 없었다. 원래 세계로 돌아가지 않은 것이다.

아무래도 소리 내어 소원을 말하는 것 말고 뭔가 더 있는 모양이었다. 작은 꼭지를 누르자 딸깍하며 나무알이 활짝 열렸다. 나는 그 안에서 손수건을 꺼내고 은색 단추를 자세히 살폈다. 요즘 옷에 달린 단추들보다 좀 더 화려했다. 단추를 손수건과 빳빳한 사각 천 조각 위에 내려놓고 모직물 조각을 집어 들었다. 짙은 회색의, 헌 옷 조각처럼 보였다.

"아, 아문센의 손가락을 찾았구나!"

할아버지가 콘플레이크 그릇 두 개를 들고 나타났다. 나는 손에 든 것을 떨어뜨리고 손가락을 바지에 문질러 닦았다.

"손가락이요?"

할아버지가 껄껄 웃었다.

"아, 실제 손가락이 아니라, 장갑의 한 조각이야. 그는 그러니까…… 음……. 이건 내가 분명 기억하는데……. 잠깐만. 잠시 생각 좀 해 보마."

할아버지는 그릇 두 개를 테이블에 올려놓고 미간을 찌푸리며 아문센이 누구인지 기억해 내려고 애썼다. 나는 물건들을 도로 나무알에 담고 딸깍 닫았다.

"괜찮아요, 레지 할아버지. 너무 애쓰실 필요 없어요."

나는 콘플레이크 그릇에 손을 뻗으며 말했다.

"혹시 컴퓨터나 태블릿 갖고 계시면 좀 빌릴 수 있을까요?"

할아버지는 콘플레이크 그릇을 집어 들고 날 멍하니 쳐다봤다.

"비뇨기 문제로 아침마다 먹는 태블릿'알약'이라는 뜻도 있다.이 있긴 한데, 네가 먹을 만한 건 아닌 것 같구나, 젊은 친구……그……."

할아버지는 내 이름을 기억해 내려고 애썼다. 나는 콘플레이크를 한 숟가락 크게 떠서 입에 넣고 우적우적 씹었다.

"아침 감사해요, 레지 할아버지. 안 그래도 저희 부모님이 집을 비운 동안 할아버지가 잘 돌봐 주실 거라고 했거든요. 아빠가 이렇게 말했어요. '오, 맥스웰, 레지 할아버지와 함께 지내서 참 좋겠구나.' 역시 아빠 말이 맞네요."

나는 할아버지에게 미소 지었다. 할아버지가 민망해하지 않게 내 이름을 넌지시 알려 주어서 퍽 뿌듯했다. 할아버지도 마주 웃었다.

"맥스웰! 물론이지, 맥스웰. 그래."

할아버지는 숟가락으로 그릇 안을 휘적였다. 우리는 말 없이 아침을 먹었다.

오늘 꼭 하고 싶은 일이 있었다. 엄마를 만나고 싶었다. 다만 엄마에게 말을 걸거나 겁을 주지 않고 몰래 집에 따라가서 몬스터가 정말로 없는지 확인부터 할 생각이었다. 끔찍한 우리 누나가 개를 키우지 않는다고 거짓말했을지도 모르는 일이니까.

엄마를 만나기 위한 최선의 방법은 엄마가 일하는 곳으로 가서 오후 2시에 교대 근무를 마치고 나올 때까지 밖에서 기다리는 것이었다.

"할아버지, 유리장 좀 들여다봐도 돼요?"

할아버지는 날 보고 미소 지었다.

"그럼 물론이지! 그 안에는 아주 신기한 것들이 있단다. 실로 놀라운 것들."

"혹시 나무알에 대해 뭔가 아시는 거 있어요? 안에 이런저런 것들이 담긴 나무알이요. 할아버지의 할아버지가 베트남에서 얻은 물건이라고 하셨는데."

할아버지는 콘플레이크를 우물거리며 생각에 잠겼다. 그러더니 어깨를 으쓱하고 말았다. 더는 뭔가를 기억해 낼 기미가 안 보였다.

아침 식사를 마친 뒤 할아버지가 부엌에서 설거지하는 동안 나는 유리장 선반을 훑어보았다. 내 눈에는 대부분 쓰레기처럼 보였다.

맨 아래 선반에는 책이 몇 권 있었는데 그중 한 제목이 눈에 띄었다.

『메리 셀레스트 호 미스터리』. 분명 나무알 안쪽에 새겨진 이름 가운데 하나다!

나는 유리장에서 책과 나무알을 꺼내 바닥에 앉았다. 꼭지를 눌러 나무알을 열고 물건들을 꺼낸 뒤 다시 안쪽에 새겨진 이름들을 확인했다.

M. 셀레스트.

맞다. 책 제목 속 이름!

책 표지에는 배 한 척이 그려져 있었다. 커다랗게 펄럭이는 돛이 달린 옛날식 배. 나는 책을 뒤집어 뒤표지의 소개 글을 읽었다.

'1872년 상선 메리 셀레스트 호가 대서양에서 표류하다가 발견되었다. 배 안에는 아무도 없었다. 선체는 멀쩡했고 싸움의 흔적도 없었다. 구명정은 사라졌지만 식량은 찬장에 그대로 보관되어 있었다. 항해 일지의 기록은 발견되기 열흘 전에 멈춰 있었다. 무슨 일이 일어났는지는 여전히 미스터리로 남아 있다…….'

목덜미가 쭈뼛했다.

배 안의 선원들은 어디로 사라졌을까? 다들 배 밖으로 뛰어내렸을까? 어떤 사건에 휘말린 걸까?

나는 나무알 안에 있던 잡동사니를 다시 살펴봤다. 단추, 모직 '손가락', 손수건, 그리고 천 조각. 하나씩 자세히 들여다보다가 책 표지의 배 그림에 천 조각을 대 보았다. 그 순간 배 속이 울렁거리고 두 팔이 부르르 떨렸다. 내 손에 들린 더러운 흰 천 조각은 배의 커다랗게 부푼 돛과 매우 비슷해 보였다.

설마 내가 메리 셀레스트 호의 한 조각을 들고 있는 건가?

오전 내내 책을 붙들고 있었지만 사건의 진상은 끝내 알 수 없었다. 책의 마지막 장은 이렇게 끝났다.

'메리 셀레트호 선원들의 실종 사건은 앞으로도 영영 풀리지 않을 것이다…….'

설마 나도 그렇게 되는 건가? 풀리지 않는 미스터리로 남는 걸까?

나는 책을 덮고 휙 치웠다. 왠지 오싹했다.

레지 할아버지와 나는 점심으로 토스트에 구운 콩을 얹어 먹었다. 슬슬 엄마를 만나러 가 볼 시간이 되었다. 나는 할아버지에게 잠시 볼일을 보고 돌아오겠다고 말했다.

엄마는 동네 변두리의 작은 병원에서 채혈사로, 주로 사람들의 피를 뽑는 일을 한다. 병원까지는 꽤 먼 거리였지만 난 걸으면서 생각할 시간을 가질 수 있었다.

초조했다. 엄마가 아직도 거기서 일하고 있을까? 자기 직업을 몹시 사랑하던 엄마였기에 다른 데서 일하는 모습은 상상할 수 없었다. 하지만 아빠가 정원사로 일하지 않는 걸 보면 엄마의 상황도 달라졌을지 모른다.

내 기억으로 엄마는 채혈사 말고는 다른 직업이 없었다. 내가 아주 어릴 때 장난감 의료 도구를 사 주고 피 뽑는 법을 가르쳐 주기도 했다. 물론 진짜 주사기는 아니었다. 바늘 따윈 없는 통통한 플라스틱 주사기였다. 엄마가 환자 역할을 하고 나는 채혈사 흉내를 냈다.

우선 엄마를 식탁 의자에 앉히고 이름과 나이, 주소를 물었다. 그때 나는 읽고 쓸 줄 몰라서 그냥 고개를 끄덕이며 종이에 대충 휘갈기는 척했다. 그러고 나서 엄마에게 옷소매를 걷고 팔을 내밀라고 했다. 엄마의 팔은 청록색 핏줄이 선명했지만 나는 언제나 손끝으로 두드려 가며 정맥을 찾는 시늉을 했다. 고무밴드로 팔꿈치 위를 묶고(정맥을 더 잘 보이게 하려고), 휴짓조각으로 주사 놓을 부위를 소독하는 척한 뒤 주삿바늘을 갖다 댔다.

"살짝 따가워요, 엄마. 아니, 베케트 부인."

내 말에 엄마는 킥킥 웃었다.

나는 피 뽑는 시늉을 하고 나서 엄마에게 솜 조각을 팔꿈치에 대고 잘 누르라고 했다. 그런 다음 가짜 주사 부위에 진짜 반창고를 붙였다. 내가 제일 좋아하는 대목이었다.

"아주 친절하고 노련한 채혈사이시군요."

엄마가 말했다.

"나는 최고의 '채혀싸'예요!"

내 어설픈 발음에 엄마는 웃음을 빵 터뜨렸다. 나는 엄마와 함께 하는 역할 놀이를 무척 좋아했다. 그 시절로 돌아가 전부 다시 하고 싶었다.

병원은 내 기억보다 더 멀었다. 오후 2시를 5분 남기고서부터는 달려야 했다.

문 앞에 도착했을 때 바침 엄마가 로비에 나타났다. 나는 씩 웃었다. 엄마는 변함없이 그대로였다! 가방을 어깨에 휙 둘러메고 짧은 갈색 머리카락을 귀 뒤로 넘기며 접수대를 지키고 있는 남자에게 가서 뭐라고 말했다. 두 사람은 정답게 웃었다. 곧 엄마는 문을 빠져나와 나를 스치고 지나갔다. 코트 주머니에 손을 넣은 채 주차장을 가로질렀다. 나는 재빨리 뒤따랐다.

막상 엄마를 보니 너무 반가워서 어떻게든 말을 걸고 싶었다.

그냥 아는 척하면 안 될까? 아니면 병원에 관해 물어볼까?

슬며시 웃으며 발걸음을 재촉하는데, 엄마가 주차장 입구에서 있는 한 남자에게 손을 흔들었다. 남자도 엄마를 향해 손을 들어 까딱였다. 나는 발걸음을 서서히 늦췄다. 처음 보는 사람이었다. 회색 스웨터에 초록색 패딩 조끼를 입고 있었다. 남자는 엄마를 보고 활짝 웃었다.

그 순간 끔찍한 일이 일어났다. 뭔가 메스꺼운 일이. 남자가 두 팔을 벌리자 엄마가 그 품에 뛰어들었다. 남자는 엄마를 아주 으스러지게 껴안았다. 엄마는 남자의 가슴팍에 얼굴을 묻었다. 그러고 나서, 아니 그것도 모자라 고개를 들어 남자와 키스했다.

'인사'의 의미로 뺨에 하는 키스가 아니었다. 입술에 하는 진짜 키스였다.

게다가 끝도 없이 이어졌다.

"뭐, 뭐 하는 거예요, 엄마?"

나는 숨죽여 중얼거렸다.

겨우 키스를 마치고 물러선 남자가 엄마를 바라보며 미소지었다. 마치 엄마가 인생 최고의 선물이라도 되는 것처럼. 두 사람은 팔짱을 끼고 거리로 나섰다.

나는 토하고 싶었다.

엄마에게 남자 친구가 생겼다고? 우리 엄마에게? 이럴 수가. 그래, 우리 엄마 아빠는 한동안 행복하지 않았고, 한 지붕 아래서 되도록 떨어져 지냈다. 하지만 둘 중 하나가 다른 사람을 만나리라는 건 상상도 못 했다. 단 한 번도.

나는 몇 걸음 뒤에 있었지만 두 사람이 너무 천천히 걸어서 적당한 거리를 유지하기 어려웠다. 둘은 딱히 어디 갈 생각이 없어 보였다. 엄마가 뭐라고 말하니 남자가 웃으며 엄마의 정수리에 입을 맞췄다. 엄마는 남자의 팔에 옆얼굴을 파묻었다.

"으, 제발."

내가 괴로운 소리를 내뱉었다. 의도한 것보다 좀 크게.

남자가 어깨너머로 날 돌아보고 미간을 좁혔다. 그러자 엄마도 뒤돌아봤다. 엄마는 나와 눈을 맞추고 싱긋 웃었다. 나도 마주 웃었다. 엄마가 날 알아봤다!

막 인사를 건네려는데 엄마가 고개를 돌리고 발걸음을 이었다. 가슴이 내려앉았다. 날 전혀 알아보지 못한 것이다. 엄마한테 나는 그저 같은 방향으로 걷는 애에 지나지 않았다. 아무 의미 없는 애.

시내 중심가에 접어들자 두 사람은 어느 노천카페 앞에 멈춰 메뉴를 살폈다. 나는 그 곁을 지나쳤다.

속이 뒤집힐 것 같았다. 나는 카페 옆 중고품 가게 앞에서 진열창을 들여다보는 척하며 엄마와 남자를 훔쳐봤다. 두 사람은 주황색 야외 히터 아래 자리 잡고 앉아 테이블 위로 두 손을 맞잡았다. 몇 년 만에 처음 보는 엄마의 행복한 얼굴이 영 마음에 들지 않았다. 행복한 게 싫은 게 아니라 행복한 이유가 싫었다. 구명조끼 같은 멍청한 패딩 조끼를 입은 남자가 바로 그 이유였다.

두 사람이 무얼 주문할지 의논하는 소리가 들렸다. 남자는 채식 라자냐를, 엄마는 두부볶음을 골랐다. 엄마는 아빠와 함께 있을 때 두부볶음 따위를 먹지 않았다. 햄버거 같은 걸 먹었다.

더는 그 자리에 서 있기 곤란하다는 생각이 들 때쯤 엄마가 주문하려고 카페 안으로 들어갔다. 남자는 조끼 주머니에서 휴대폰을 꺼내 들여다보기 시작했다. 나는 뭘 어쩌겠다는 계획도 없이 남자 옆에 걸어가 섰다. 남자는 내가 다가온 걸 한 박자 늦게 알아차렸다.

"아, 일행이 이미 주문하러 갔어요."

남자는 나를 향해 미소 지으며 말했다. 나는 헛웃음이 나왔다. 내가 여기서 일하는 줄 알다니! 세상에 어느 열두 살짜리가 평일에 카페에서 일해! 어쩜 이렇게 무식할 수가. 이런 멍청이!

"여자 친구가 좋은 분인 것 같네요."

나는 불쑥 말했다. 카페 안을 힐끗 보니 카운터 앞에 줄 서 있는 엄마의 뒷모습이 보였다.

"어, 음. 그렇지."

남자는 나를 수상쩍게 바라보며 대꾸했다.

"우리가 널 알고 있니?"

나는 코웃음 쳤다.

"아니요. '우리'는 날 전혀 몰라요."

말이 안 되는 말이지만 나로서는 틀린 말도 아니었다.

남자는 고개를 끄덕이고서 어깨를 으쓱했다. '그래서 뭐 어쩌라고?'라고 묻듯이.

"여자 친구 분이 고슴도치를 죽인 것 아시나요?"

남자는 입을 벌렸다가 도로 닫았다.

"차로 치었죠. 바퀴 아래 깔려 죽었어요."

"고슴도치라고?"

남자가 물었다.

"네. 도로 위에서 풍선처럼 터졌죠. 이렇게…… 빵!"

내가 손바닥을 짝 마주치자 남자가 움찔했다.

"아셔야 한다고 생각했어요. 보아하니 고기를 안 드시는 것 같아서요."

"그렇구나. 그래서 저 사람이 그 고슴도치를 먹었니? 차로 치어 죽이고서?"

나는 인상을 찌푸렸다.

"아니요, 설마요."

남자는 내 얼굴을 찬찬히 뜯어보았다. 마치 선생님들이 자기가 한 수 위라고 우리를 은근히 내리누를 때처럼.

"흠, 그런 일은 도로 위에서 종종 벌어지지. 하지만 운전하다가 일부러 동물을 치어 죽이는 사람은 없을 거다."

틀린 말은 아니었다. 엄마는 실수로 고슴도치를 치어 죽이고 집에 와서 엉엉 울었다.

"미안한데, 왜 이런 얘길 나한테 하는 거니?"

남자가 앉은 자리에서 몸을 숙이며 말했다. 카페 안을 힐끔 보니 엄마는 주문을 하고 있었다. 서둘러야 했다.

"그냥 미리 경고해 주고 싶어서요."

나는 카페 안을 턱짓하며 말했다.

"저분 자식들은 악몽 그 자체거든요. 딸은 완전히 망나니에요. 머지않아 감옥에 갈걸요? 그리고 아들은, 음…… 좀 말썽꾸러기예요. 걔가 플라밍고의 목을 부러뜨린 적 있다는 얘기 못 들으셨어요? 벽돌로 한 방에 뚝."

그 플라밍고가 플라스틱으로 만들어졌다는 얘기는 굳이 하지 않았다. 남자는 인자하게 웃었다.

"괜찮니? 누구한테 전화해 줄까?"

내가 대답하려는 찰나, 카페 문이 열리며 엄마가 곧장 걸어왔다.

"오, 안녕. 혹시 너도 댄의 선수니?"

엄마가 남자 옆에 앉아 그의 손을 잡으며 물었다.

"선수요?"

나도 모르게 쉰 목소리가 나왔다.

"이 사람 농구 팀 말이야. 슈퍼 댄 팀 소속 선수 아니니?"

엄마는 나와 슈퍼 댄을 번갈아 봤다. 나는 고개를 저었다.

"아마 무슨 오해가 있었나 봐."

슈퍼 댄이 날 향해 아주 가식적인 미소를 보냈다.

"사람을 잘못 본 모양이로구나. 어맨다는 자식이 하나뿐이고 플라밍고의 목을 부러뜨리는 과격한 남자애는 우리 집에 없단다."

남자가 웃으며 말했다.

둘이 같이 산다고? 남자의 웃는 눈가에 주름이 자글자글했다.

"있지, 우리 슈퍼 댄 팀은 늘 새 선수를 찾고 있거든. 혹시 농구에 관심 있으면 한번 도전해 봐. 꼭 잘하지 않아도 돼. 부모님께 스포츠 센터에 문의해 보시라고 하렴."

남자의 말에 엄마가 킥킥 웃었다.

"오, 댄. 모든 사람이 다 농구를 좋아하는 건 아니야."

엄마는 나를 보고 덧붙였다.

"이이는 툭하면 선수를 영입하려고 한다니깐!"

"난 그저 아이들이 신나게 뛰어다니는 모습을 보는 게 좋아서 그래. 그뿐이야."

두 사람은 서로의 눈을 지그시 바라보더니 입술을 쪽 맞부딪쳤다.

나는 그 자리에서 토할 뻔했다.

"아무튼!"

내가 손바닥을 짝 마주치자 두 사람은 화들짝 놀랐다.

"댄 씨, 아까 제가 말한 대로, 진지하게 고려해 보세요……. 그 고슴도치 일이요……. 채식주의자이시니까……."

내가 내 관자놀이를 툭툭 두드리자 댄의 입이 떡 벌어졌다.

나는 뭐라고 해야 할지 몰라 초조하게 몸을 들썩이다가 엄마를 향해 그냥 내뱉어 버렸다.

"혹시 개 키우지 않으세요? 입 냄새 고약한 통통한 비글이요?"

슈퍼 댄이 웃으며 손을 뻗어 엄마 손을 잡았다.

"아니. 우린 개 안 키운다. 정말 누군가에게 전화 안 해도 되겠니?"

남자는 미친 사람을 달래듯이 차분하게 말했다.

"아니요. 감사하지만 필요 없어요."

나는 그대로 돌아서서 달렸다.

25장

꽃

불쌍한 몬스터. 이제 정말 어디에도 없다. 몬스터는 이미 죽었고 내가 어떤 수를 써도 되살려낼 수 없다. 게다가 엄마는 슈퍼 댄과 행복해 보였다. 아빠가 불쌍할 정도로. 아빠를 만나 괜찮은지 확인하고 싶었다. 그리고 이제 가망은 없겠지만 마지막으로 비글을 키우는지 묻고 싶었다.

나는 몇 시간 동안 동네를 돌아다니다가 도서관 한구석에서 추위를 피했다. 마침내 아빠가 퇴근할 시간이 되었다. 역 근처 벤치에 앉아서 아빠를 기다렸다.

약 20분마다 런던으로부터 도착한 기차에서 사람들이 쏟아져 나왔다. 아빠가 휴대폰을 떨어뜨린 어제 아침과 비슷한 풍경이었지만 지금은 사람들이 반대 방향으로 다소 여유롭게 걸어갔다.

또 한 차례 사람들이 쏟아져 나온 뒤, 쓸쓸해 보이는 한 남자가 개찰구에서 느릿느릿 나와 거리로 나섰다.

아빠였다.

두 뺨이 붉고 눈 밑의 다크서클이 짙었다. 찡그린 이마까지 더해 몹시 초췌해 보였다. 그 모습이 너무 안쓰러워서 어떻게든 도와주고 싶었다.

아빠를 따라 시내 중심가를 걷다가 좋은 생각이 떠올랐다. 잰걸음으로 아빠를 지나쳐 어느 꽃집 앞에 멈췄다. 가게 문은 닫혀 있었지만 안에 들어갈 필요는 없으니 상관없었다.

아빠와 가까워지자 나는 그 앞에 불쑥 끼어들었다.

"저기요. 저 좀 도와주실 수 있나요?"

아빠는 눈을 찌푸리고 주위를 둘러보았다.

"어, 그래."

아빠는 경계하는 투로 말했다. 가까이서 보니 상태가 더 안 좋았다. 예전에 갑자기 출근하지 않았던 때와 비슷해 보였다.

"곧 저희 엄마 생일이라서 꽃을 좀 사고 싶거든요. 저 꽃이 무슨 꽃인지 혹시 아세요?"

나는 꽃집 진열창에 붙은 빨간 꽃 사진을 가리키며 물었다. 아빠는 한 걸음 다가서서 사진을 보았다.

"어……. 장미구나."

"아, 그래요……. 그럼 저 분홍색 꽃은요?"

나는 진열창 안의 꽃병을 가리켰다. 아빠가 떨떠름한 표정으로 날 보았다.

"저희 엄마가 분홍색을 좋아하거든요. 이왕이면 엄마 마음에 쏙 들었으면 해서요."

아빠는 한숨을 내쉬고서 진열창을 들여다보았다.

"달리아로구나."

"달리아! 와, 식물을 잘 아시나 봐요. 그렇죠?"

아빠는 어깨를 으쓱했다.

"글쎄다. 그 정도는 다들 알걸? 그럼 엄마 선물 잘 고르거라."

아빠가 발걸음을 옮기자 내가 얼른 옆에 따라붙었다.

"식물 가꾸는 일을 하면 마음이 무척 편해질 것 같지 않아요? 그러니까 밖에서 신선한 공기를 마실 수 있는데 누가 꽉 막힌 사무실에서 일하고 싶겠어요?"

아빠는 나를 곁눈질로 보더니 우뚝 걸음을 멈췄다.

"잠깐. 너 어제 아침에 내 휴대폰 주운 애 아니니? 역 앞에서?"

나는 입을 벙긋거렸다.

"음…… 아니요? 아닐걸요. 전 기억 안 나는데요. 다른 사람이랑 헷갈리셨나 봐요."

아빠는 고개를 절레절레 흔들고서 가던 길을 갔다. 배 속이 팽팽해졌다. 나는 몇 발짝 뒤에서 아빠를 따라갔다.

회사 때문에 스트레스 받아 쉴 때, 아빠는 나와 마당에서 몇 마디 대화를 나누었다. 그때 내가 한 말 때문에 회사를 그만두고 다시 대학에 가기로 마음먹었던 게 분명했다. 이번에도 그렇게 할 수 있지 않을까? 나는 아빠를 따라잡았다.

"있잖아요, 예전에 누가 저한테 한 말이 생각났는데요. 직업에 대해서요."

"그래. 뭔데?"

아빠는 날 보지도 않고 말했다. 피곤한 기색이 역력했다.

"이렇게 말하더라고요. 왜 좋아하지도 않는 일을 해?"

나는 일부러 과장스럽게 말했다.

아빠는 다시 걸음을 멈췄다. 날 보고 살짝 웃는데, 좋은 쪽은 아니었다. 비꼬는 듯한 웃음이었다.

"글쎄, 인생이란 게 마음대로 되지 않아서겠지."

"하지만 그렇게 될 수도 있어요! 실은 제가 아는 어떤 사람이…… 아저씨랑 좀 닮았는데, 싫어하는 일을 하다가 너무 스트레스 받아서…… 병에 걸렸거든요. 주머니에 벽돌을 넣고 다녔는데 한 번도 알아차리지 못했다나. 뭐, 아무튼 그래서…… 그렇게 괴로워하면서까지 일하고 싶지 않아서 그만뒀어요. 그리고 정원사가 되었죠. 아저씨도 그럴 수 있지 않을까요? 꽃 같은 거 잘 아시잖아요."

아빠가 미소 지었다.

"그렇구나. 그분이 꼭 잘됐으면 좋겠다. 하지만 나는 다달이 내야 할 집세와 공과금이 있거든……. 인생이 바라는 대로 흘러가지만은 않는단다."

아빠는 고개를 떨구며 발걸음을 옮겼다. 이번에는 따라가지 않았다. 그저 아빠의 뒷모습이 점점 작아지다가 사라질 때까지 먼발치에서 보고만 있었다.

이해할 수 없었다. 예전에 한 말을 똑같이 되풀이했는데 이번에 아빠는 내 말을 고려해 보지도 않았다.

왜 안 먹히지?

게다가 몬스터에 관해서는 물어보지도 못했다.

모든 게 정상인 원래의 내 삶으로 돌아갈 방법을 찾아야 했다. 하지만 내가 어떻게 지워졌는지 알아내는 게 우선이었다. 분명 레지 할아버지의 유리장 속 나무알과 관련이 있는 듯했다.

길을 걷는데 어느 가게 앞에 여학생 두 명이 서 있었다. 한 명은 머리카락을 높이 올려 묶었다. 벡스 누나였다. 누나가 가슴 앞에 팔짱을 끼고 마주 선 상대는, 원래는 철천지원수였던 클라우디아였다. 나는 두 사람이 뭘 하는지 보려고 좀 더 가까이 다가갔다.

"나 그 가게 다시는 못 들어가. 사장이 날 너무 많이 봤어. 의심할 거라고! 네가 해."

벡스 누나가 말했다. 클라우디아는 머리칼을 어깨 뒤로 홱 넘기고 쏘아붙였다.

"약한 척하지 마. 내가 잡히길 바라는 거지? 어림도 없어."

클라우디아가 누나에게 바짝 얼굴을 들이밀더니 이를 악문 채 뭐라고 속삭였다. 누나는 고개를 들지 않았다. 곧 클라우디아가 당당한 걸음걸이로 사라졌다.

누나가 돌아서다가 나를 발견했다.

"너 뭐야? 또 나 따라왔어?"

나는 고개를 흔들었다.

"나, 난 그냥 뭣 좀 물어보려고. 역사에 대해서. 그 누구냐, 아르문…… 아니, 아문센……. 그 사람이 누군지 알고 싶어서."

누나는 나를 노려보다가 눈알을 굴렸다.

"그래서? 물어볼 사람이 나 말곤 없어?"

나는 잠시 생각하다가 고개를 가로저었다.

"실은, 없어."

누나는 갑자기 껌을 짝짝 씹었다. 입안 한구석에 숨겨 두고 있었던 모양이다. 그러더니 찡그렸던 얼굴을 펴고 미소를 지었다.

"저기, 이렇게 하자. 내 심부름 하나 해 주면 네 질문에 대답해 줄게. 어때?"

나는 껌을 질겅질겅 씹는 누나의 입 모양을 응시했다.

"내가 뭘 해야 하는데?"

누나가 주위를 두리번거리고서 말했다.

"시내에 있는 가게에서 휴대폰 케이스 하나만 슬쩍해 줘. 휴대폰 수리하는 곳인데, 혹시 어딘지 알아?"

나는 고개를 끄덕였다. 약국과 옷가게 사이에 있는 작은 가게였다.

"내일 거기서 케이스 구해다 주면 이문센이 누군지 알려 줄게."

누나는 주머니에서 휴대폰을 꺼내 잠금을 해제하고 내 눈앞에 내밀어 사진 한 장을 보여 주었다. 영국 국기가 그려진 휴대폰 케이스 사진이었다.

"이거랑 똑같은 거 아니면 안 돼. 알겠어?"

나는 사진을 들여다봤다.

"물론 들키면 전적으로 네 책임이야. 그리고 이 얘기 딴 사람한테 흘리면 아주 지독히 후회하게 될 거야. 내일 점심시간에 도서관에서 만나. 12시 30분에. 알아들었지?"

내가 다시 고개를 끄덕이자 누나는 쌩 가 버렸다.

어안이 벙벙했다. 우리 누나가 역사에 대해 알려 주는 대가로 나에게 물건을 훔치라고 협박하다니. 엉망진창이었다.

나는 차오르는 눈물을 억지로 삼키며 레지 할아버지 집을 향해 터덜터덜 걸어갔다. 더는 이 세계에 있고 싶지 않았다.

도둑질 따위 할 리 없는 범생이 누나가 있는 예전 집으로 돌아가고 싶었다. 자기가 좋아하는 일을 하는 아빠와 멍청한 남자 친구 따위는 없는 엄마가 보고 싶었다. 평소처럼 괴짜같이 구는 내 절친 찰리가 보고 싶었다.

하지만 그 무엇보다, 내 반려견이 그리웠다. 살아 있는 몬스터를 꽉 안아 주고 싶어 견딜 수 없었다.

지워진 세계는 이제 지긋지긋하다.

나는 다시 존재하고 싶다.

26장
눈물

레지 할아버지 집에 도착해서 스스로 부엌문을 열고 들어갔다. 할아버지는 텔레비전을 켜 놓고 잠들어 있었다. 머리는 뒤로 젖히고 입을 벌린 상태였다. 코를 골 때마다 목구멍에서 그르렁 소리가 났다.

나는 유리장 앞에 섰다. 기묘한 나무알은 내가 놓아둔 자리에 모로 누워 있었다. 내 직감상 이 모든 일의 원인은 나무알이었다.

아니면 수상한 구멍들이 송송 뚫린 이 낡은 지구본인가?

선반에서 지구본을 꺼내 들고 빤히 쳐다봤다. 100주년 무도회에서 돌아온 뒤 몹시 화가 난 채로 이 지구본을 봤던 게 기억났다. 혹시 이 지구본이 날 지워 버렸나?

나는 지구본을 들어 천천히 돌리며 중얼거렸다.

"나는…… 나는 다시 존재하고 싶어."

왠지 바보가 된 느낌이었다.

지구본을 잡고 위아래로 세 번 흔들었다. 왜 그랬는지는 모르겠지만 말로만 해서는 안 될 것 같았다. 나는 한 번 심호흡하고서 지구본을 선반에 도로 올려놓았다.

그 순간 배 속이 찌르르했다. 크리스마스 아침에 눈을 떴을 때처럼 짜릿한 느낌이었다. 설마 효과가 있었나?

나는 코 고는 할아버지를 두고 부엌문을 박차고 나갔다. 출입로를 지나 우리 집을 향해 전속력으로 달렸다. 그러면서 집에 도착하자마자 할 일을 떠올렸다.

우선 몬스터와 감격스러운 상봉을 한 다음 엄마 아빠 볼에 쪽 소리 나게 입을 맞출 것이다. 까짓것 벡스 누나도 한 번 안아 줘야지. 원래대로 돌아온 누나를 보면 무척 반가울 것 같았다. 그러고 나서 찰리네 집으로 달려가 같이 놀자고 해야지. 늦은 시간이니 함께 놀지는 못하더라도 일단 만나고 싶었다.

하지만 내가 모퉁이를 돌았을 때, 우리 집 출입로에는 낯선 빨간 차가 서 있었다. 그뿐만이 아니었다. 대문도 달려 있었다.

몇 년 전 내가 망가뜨렸던 그 대문이 멀쩡한 상태로 그 자리에 있었다.

나는 출입로를 지나 테라스 창으로 보이는 집 안을 들여다보았다. 음악이 흘러나왔다. 며칠 전에 본 남자가 흰 셔츠와 청바지를 입은 다른 남자에게 적포도주를 따라주고 있었다. 흰 셔츠를 입은 남자가 뭐라고 말하자 둘은 고개를 젖히고 웃었다.

나는 들키기 전에 자리를 떠났다. 효과는 없었다. 우리 집에는 낯선 사람들이 산다. 우리 가족은 모두 망가졌다. 몬스터도. 내 반려견에게 일어난 일은 차마 상상할 엄두도 안 났다.

다시 돌아왔을 때, 레지 할아버지는 부엌에 있었다. 내가 누군지 설명하는 동안 할아버지는 찬장에서 단지 하나를 꺼냈다.

"코코아 한 잔 마시겠니, 맥스웰?"

나는 고개를 끄덕이고서 코코아를 타는 할아버지를 지켜보았다.

"할아버지, 혹시 할아버지가 이 세상에 존재하지 않으면 어떻게 하겠느냐고 제가 물었던 것 기억나세요? 이 세상에 자기 혼자만 감쪽같이 지워져 버렸다면요?"

할아버지는 어리벙벙한 표정이었지만 나는 말을 이었다.

"그게, 미친 소리처럼 들리겠지만…… 제 생각엔 저한테 그런 일이 벌어진 것 같아요."

할아버지는 고개를 끄덕이며 코코아를 건네주었다. 우리는 거실에 가서 앉았다.

"그날 이 집에 왔을 때 일어난 일인 듯해요. 정전을 일으켜 100주년 무도회를 망치고 난 뒤에요. 정말 지워질 생각은 없었어요. 정말로요. 그런데 이제…… 이제 돌아가고 싶어요. 우리 가족을 되찾고 찰리 긱에게 이 세상에서 제일 좋은 친구라고 말해 주고 싶어요. 그리고 제 개를 보고 싶어요. 부디 몬스터가 살아 있었으면 해요."

눈물이 울컥 솟아올라서 나는 마시던 코코아를 내려놓고 훌쩍이기 시작했다.

"오, 얘야. 얘야, 얘야."

할아버지가 나를 달랬다.

나는 두 손으로 얼굴을 가렸다. 할아버지가 내 옆에 앉았는지 소파가 푹 꺼졌다. 낡고 파란 체크무늬 손수건이 코 아래 나타났다. 그 손수건으로 눈물을 닦았다.

"이제 어떻게 해야 할지 모르겠어요, 레지 할아버지. 제 생각엔 저 유리장과 관련 있는 듯해요. 저 안에 든 물건 때문에 벌어진 일 같은데, 저는 나무알이 의심스러워요. 어쩌다가 어떤 마법이 벌어졌고 저는…… 그걸 되돌려야 해요. 혹시 뭔가 알고 계세요?"

"내 유리장 속 물건이라고? 그럴 리가."

할아버지가 너털웃음을 터뜨렸다. 나는 어깨를 으쓱했다.

"저도 모르겠어요. 하지만 꼭 돌아가야 해요. 제가 존재하지 않으면 제 개도 죽고 말거든요. 저는 반드시 돌아가야 해요."

내가 다시 흐느끼자 할아버지는 내 등을 천천히 토닥였다.

"그래, 그래. 어떻게 할지 한번 생각해 보자꾸나. 이 늙은이가 머리를 좀 굴려 보마. 그러고 나서 계획을 세우는 거야, 알았지? 같이 방법을 떠올려 보자. 너무 걱정하지 마."

할아버지는 내 등을 세 번 더 토닥이더니 자리에서 벌떡 일어났다.

"뭘 해야 할지 알겠다!"

나는 코를 휑 풀고 눈을 들어 할아버지를 쳐다봤다.

"뭔데요?"

할아버지가 날 향해 활짝 웃었다.

"달콤한 스펀지케이크를 한 조각씩 먹는 거야. 어때?"

나는 입을 열었다가 도로 닫았다. 다시 울고 싶었지만 애써 눈물을 삼켜 냈다.

"그거 좋겠네요. 감사해요……. 레지 할아버지."

할아버지가 부엌으로 향하자 나는 손수건으로 눈가를 톡톡 찍었다.

27장
가게

도로 한복판에 엎드린 몬스터가 보였다. 나를 등지고 있었는데 내가 가까이 다가가자 고개를 돌렸다. 꼬리가 뜨거운 아스팔트 위를 탁탁 쳤다. 혀를 길게 빼문 입꼬리가 마치 웃고 있는 것 같았다.

“몬스터! 다쳤어?”

내가 말을 걸었다. 그때 부르릉 소리가 나서 고개를 돌렸다. 멀리서 차 한 대가 다가오는데 속도가 점점 빨라졌다. 다시 시선을 돌리자 몬스터는 여전히 나를 올려다보며 꼬리로 땅바닥을 탁, 탁, 탁, 치고 있었다. 차는 몬스터를 향해 돌진했다. 당장 피하지 않으면 치일 것이다!

도로 안으로 뛰어들려고 하는데 발이 움직이지 않았다. 다리를 들어보려 해도 발이 떨어지지 않았다. 마치 운동화가 보도블록에 들러붙은 것 같았다.

"몬스터! 일어나! 거기서 나와!"

나는 몸부림치며 소리쳤다. 차가 내 반려견을 향해 거침없이 다가왔다. 앞 유리를 통해 운전자가 휴대폰을 귀에 댄 채 룸미러를 쳐다보는 모습이 보였다.

"몬스터! 안 돼!!!"

이윽고 끼이이이익, 하고 소름 끼치는 소리가 울려 퍼질 때, 나는 눈을 번쩍 떴다.

레지 할아버지네 거실 천장이 보였다. 심장이 튀어나올 듯이 쿵쿵 뛰었다. 꿈이었다. 너무나 생생한 꿈.

발이 움직이지 않아 몬스터를 구할 수 없었다. 지금 내 상황과 다를 바 없었다. 내가 지워지는 바람에 내 반려견이 죽은 이 세계에 꼼짝없이 갇혀 있으니까. 나는 반드시 돌아가야 했다.

소파에서 일어나 부엌으로 가서 주전자에 물을 끓였다. 오늘 할 일을 생각하니 속이 울렁거렸다. '착한 맥스웰'은 오늘부로 끝이다. 오늘 나는 좀도둑이 되어야 하니까.

할아버지가 오전 내내 이런저런 잡담을 늘어놓았지만 나는 제대로 듣지 않았다. 내 머릿속에는 어떻게 그 휴대폰 케이스를 훔칠 수 있을까, 어떻게 기존 세계로 돌아갈 수 있을까 하는 생각뿐이었다.

나는 끝까지 미적거리다가 마지못해 시내 중심가로 향했다. 이윽고 '폰 플레이스'에 도착했을 때 속이 한층 심하게 울렁거렸다. 그곳은 레지 할아버지네 거실 절반 크기의 아담한 가게였다. 주인 남자가 앉아서 휴대폰들을 만지작거리고 있었다.

나는 여기에 엄마와 한 번 와 본 적 있다. 엄마의 휴대폰 스피커가 갑자기 먹통이 되어서였다. 남자는 우리 눈앞에서 휴대폰을 분해해 커다란 먼지를 제거했다. 그때 수리비를 받지 않겠다고 해서 좋은 사람이라고 생각했는데, 그런 사람에게서 뭔가를 훔치려니 영 마음이 불편했다.

나는 진열창에 붙은 광고지를 보는 척하며 바깥에서 서성이다가, 더는 시간을 끌 수 없을 것 같아서 문을 열고 들어갔다. 초인종이 울리자 남자가 안경 너머로 날 쳐다보았다.

"안녕. 뭘 도와줄까?"

나는 두 손을 주머니에 찔러 넣은 채 미소 지었다.

"그냥 구경 좀 하려고요."

남자는 눈썹을 살짝 치켜올리더니 이내 눈을 내리깔고 하던 일로 돌아갔다.

가게가 너무 작아서 한 8초면 '구경'이 끝날 것 같았다. 나는 곧장 휴대폰 케이스 코너로 가서 영국 국기 그림을 찾아 회전 진열대를 천천히 돌렸다. 맨 위 갈고리에 하나 남은 것이 눈에 띄었다. 손을 뻗어 빼냈다. 모양과 사이즈 모두 내가 찾던 케이스가 확실했다.

힐끗 남자를 쳐다보니 그는 여전히 고개를 숙인 채 일하고 있었다. 내가 막 케이스를 재킷 주머니에 밀어 넣으려는 그때, 남자가 불쑥 말을 걸었다.

"스피커란 게 참 놀랍지 않니?"

나는 얼어붙었다.

"네?"

"스피커 말이다. 여기 이 작디작은 망 조각이……."

남자는 핀셋으로 반들반들한 은색 조각을 집어 들었다.

"놀라운 앎의 세계로 연결해 주는 관문이라니."

나는 남자를 향해 눈만 깜빡거렸다.

"생각해 봐. 이 작은 사각형을 통해 우리는 일류 과학자들이 우주의 신비를 논하는 것을 들을 수 있고, 세상에서 가장 아름다운 클래식 음악을 감상할 수도 있고, 지구 반대편에서 열리는 크리켓 경기 중계를 들을 수도 있잖아. 기술이란 것은 생각할수록 정말 놀랍지 않니?"

"아마도요."

나는 영국 국기 케이스를 손에 쥔 채 대답했다.

"내 아내만 해도 그래. 대형 트럭을 모는 사람인데, 항상 오디오북을 틀어 놓고 운전하지. 차 안에서 이야기를 듣다 보면 시간 가는 줄도 모른대! 눈이 아니라 귀로 수백 권의 책을 읽는 셈이지! 멋지지 않니?"

남자는 나를 향해 씩 웃으며 내 반응을 기다렸다.

"제 친구는 태양의 소리를 들어요."

내가 불쑥 말했다. 남자는 계속 미소 짓고 있었다.

이 말을 왜 했을까? 내 손에는 아직도 휴대폰 케이스가 들려 있었다.

아무래도 지금 훔치기에는 무리겠지?

"태양의 소리라고? 무슨 밴드 이름이니?"

"아니요, 진짜 태양이요. 인터넷에서 녹음본을 발견했대요. 태양의 자기장이 내는 소리라나 뭐라나……. 누가 그 소리를 녹음했나 봐요."

남자가 날 빤히 바라보았다.

"그거 정말 놀랍구나. 내 말 맞지? 아까 한 말? 얼마나 놀라운 일이니? 불타는 별의 소리를 녹음하다니, 대단한 기술력이야……. 정말 놀라워……."

남자가 꿈꾸듯 허공을 응시하는 사이, 나는 걸음을 옮겨 진열대 속 중고 휴대폰을 들여다보는 척했다. 그러다가 손에 들고 있던 휴대폰 케이스를 슬쩍 청바지 허리춤에 끼워 넣고 재킷을 끌어내려 그 위를 덮었다.

"19세기에는 목걸이 펜던트에 들어갈 만큼 작은 오르골을 만들어 냈지. 정말 흥미롭지 않니?"

나는 남자를 쳐다보며 마른침을 삼켰다.

오르골? 레지 할아버지가 뮤직 박스를 그렇게 부르지 않았나?

심장이 쿵쿵 뛰었다.

아무리 생각해도 그랬던 것 같다. 그리고 내가 지워지기 전에 나무알에서 무슨 소리가 나긴 했다. 누나의 낡은 보석함을 떠올리게 하는 띵, 똥, 땅, 소리였다. 하지만 그 후에 내가 레지 할아버지의 초상화를 찾으려고 유리장을 마구 뒤질 때 나무알이 바닥에 떨어졌었다.

설마 그때 내가 고장 냈다면?

분명 나무알은 펼쳐진 채로 바닥에 나뒹굴었다.

"그나저나, 휴대폰 케이스 보러 온 것 아니었니? 기종이 뭔데?"

남자가 물었다.

두 뺨이 달아오르는 게 느껴졌다. 남자가 내 얼굴을 물끄러미 바라봤다.

"아, 그게…… 그냥 마음이 바뀌었어요."

나는 눈을 깜빡이며 대답했다.

남자가 뭔가 말하려고 입을 열었을 때, 나는 돌아서서 가게를 뛰쳐나갔다.

28장
도서관

도서관 사서는 책상 너머로 나를 힐끔 보고는 다시 모니터로 눈길을 돌렸다. 나는 도서관을 둘러보다가 역사서 코너에서 벡스 누나를 발견했다. 누나는 책상에 앉아 어떤 책에 고개를 박고 있다가 나를 보자마자 책을 탁 덮었다.

"구했어?"

누나가 속삭였다. 나는 맞은편에 앉으면서 재킷 주머니에서 휴대폰 케이스를 꺼내 누나 쪽으로 쓱 밀어 넘겼다. 누나는 안도한 기색이었다. 모르긴 몰라도 클라우디아가 누나를 단단히 구워삶은 모양이었다. 눈살이 절로 찌푸려졌다.

"자, 이제 누나 차례야. 아문…… 어쩌고에 대해 알고 있는 걸 말해 줘."

누나는 나를 빤히 보다가 주위를 한 번 살피고 입을 열었다.

"좋아. 한 번만 말할 테니까 잘 들어."

나는 고개를 끄덕였다.

"로알 아문센은 노르웨이의 탐험가였어. 1911년에 탐험대를 이끌고 인류 역사상 처음으로 남극 땅을 밟았지. 아주 놀라운 성과였어."

누나 말을 듣고 보니 언젠가 티브이에서 본 적 있는 듯했다. 눈 덮인 벌판에서 두꺼운 모피 옷을 입은 남자들의 흑백 사진이 떠올랐다. 그 모피 옷이 과연 얼마나 따뜻할까 궁금했던 기억이 난다. 혹시 그 모직물 조각이 그 일과 관련 있지 않을까?

"아문센에게 무슨 일이 있었어? 남극에서?"

나는 꼴깍 침을 삼키고서 물었다.

"아니. 남극에서는 무사히 돌아왔는데, 몇 년 뒤에 행방불명된 비행선을 찾기 위해 구조팀의 일원이 되어 북극으로 향했어."

누나가 잠시 이야기를 멈췄지만 나는 이미 끝이 좋지 않았다는 걸 직감했다.

"아문센이 탄 비행정은 조난을 당했어. 아문센과 승무원들은 끝내 발견되지 않았고."

온몸에 소름이 끼쳤다.

"메리 셀레스트 호처럼, 또다시 실종된 거야."

내가 중얼거리자 누나는 눈을 가늘게 뜨고 나에게 물었다.

"그 유령선에 대해 알아?"

나는 고개를 끄덕였다.

"바다에서 표류하다가 발견되었는데 선원들 모두 실종 상태였대. 무슨 일이 있었는지는 아무도 몰라. 영원히 풀리지 않을 미스터리로 남았지."

누나는 씹던 껌으로 작은 풍선을 만들었다가 터뜨렸다.

"책에서 읽었어."

내가 덧붙이자 누나는 씩 웃었다.

"거 봐. 휴대폰이나 컴퓨터는 필요 없다니까!"

심장이 두근거렸다. 두 건의 실종 사건이 나무알과 연관되었다. 메리 셀레스트 호와 극지탐험가 로알 아문센.

"그나저나 그런 걸 알아서 뭐 하게?"

누나가 물었다. 뭐라고 둘러댈까 고민하다가 그냥 진실을 말하기로 했다. 일부만.

"내가 아는 사람이 오래된 물건들을 수집했는데, 그것들이 뭔지 잘 모르겠대. 그래서 내가 알아내서 알려 주겠다고 했거든."

"무슨 물건들인데?"

누나가 의자를 바짝 끌어당기며 물었다.

"음, 일단 빳빳한 사각 천 조각이 있어. 내 생각엔 그게 메리 셀레스트 호의 돛 조각인 것 같아."

누나가 코웃음을 쳤다.

"농담도 정도껏 해야지."

나는 황당해하는 누나를 보며 미소 지었다.

"진짜야! 그분 거실 유리장 안에 다 있어."

내가 당당하게 말했다.

"어떤 장갑의 손가락 부분도 있는데, 내 생각엔 그게 아마 아문센의 것 같아. 그리고, 어……. 누군가의 손수건도 있어. 이름은 기억 안 나지만. 또 누군가의 은색 단추도 있고."

누나는 잠시 나를 빤히 바라보았다.

"내가 들러서 잠깐 봐도 될까? 어쩌면 그것들이 뭔지 내가 알려 줄 수 있을지도 몰라."

내가 활짝 웃었다.

"그래! 학교 끝나고 와. 누나 마음에 쏙 들걸? 다 옛날 물건들이라 누나라면 알아볼 수 있을 거야. 누나는 역사에 빠삭하니까……."

누나가 얼굴을 구기며 나를 수상쩍게 바라봤다.

"아니……. 역사에 대해 잘 알게 생겼다는 말이지."

누나는 일어나서 가방을 어깨에 둘러멨다.

"야, 어디 가서 이 얘기 하면 안 된다?"

"뭐, 휴대폰 케이스?"

"그럼 뭐겠냐!"

누나는 눈알을 굴렸다.

"그리고 날 도서관에서 봤다는 얘기도 꺼내지 마. 너 혼자만 알고 있어. 알았어?"

이 세계의 벡스 누나에게는 도서관을 기웃거리는 게 어마어마하게 수치스러운 일인 모양이었다. 나는 어깨를 으쓱하고 레지 할아버지의 집 주소를 알려 주었다.

누나가 학교를 향해 떠나는 걸 보고 난 회심의 미소를 지었다. 조만간 우리 누나의 도움을 받아 원래대로 돌아갈 테니까!

29장

유리장

레지 할아버지 집에 도착해서 곧장 나무알을 확인했다.

작은 나무 꼭지를 보니 기억났다! 내가 지워지기 전에 이 작은 꼭지를 손목시계 태엽 꼭지처럼 감았었다.

하지만 다시 시도해 보니 그저 헛돌기만 할 뿐, 똑딱거리지도 않고 아무 소리도 나지 않았다. 나무알을 흔들어 봤더니 안에서 뭔가가 헐거워진 듯 덜그럭거렸다. 꼭지를 눌러 나무알을 펼치자 바닥 중앙에 자그마한 상자가 달려 있었다. 원래 음악이 흘러나오던 장치인 듯했다. 휴대폰 수리점 주인도 옛날 사람들이 아주 작은 뮤직 박스를 만들어 냈다고 했다.

나는 나무알을 닫고서 창밖을 바라보며 벡스 누나를 기다렸다. 우리 누나는 초강력 두뇌를 갖고 있다. 분명 내가 원래대로 돌아갈 방법을 알아낼 수 있을 것이다. 굳이 누나에게 내가 누구인지, 나에게 무슨 일이 벌어졌는지 늘어놓을 생각은 없었다. 그저 누나가 똑똑한 머리로 이 기묘한 사건의 실마리를 찾아내길 바랐다.

얼마 지나지 않아 길모퉁이에서 누나의 말총머리가 나타났다. 나는 부엌문을 열고서 이쪽으로 오라고 손을 흔들었다. 누나는 벌써 질린 표정이었다. 또다시 방과 후에 학교에 남아 있다가 와서 심기가 불편한 것이려니 했다.

레지 할아버지는 부엌에서 냄비에 물을 끓이고 있었다. 조리대 위에 파스타 한 봉지와 그릇 두 개가 놓여 있었다.

"아, 맥스웰! 저녁 준비하려고 했는데. 네 친구니?"

"이쪽은 벡스예요. 제…… 제 누……. 음, 벡스 누나예요."

누나가 나를 쏘아봤다. 몹시 언짢아 보였다.

"저녁 먹고 가겠니, 벡스? 파스타란다."

누나는 레지 할아버지를 무시하고 나에게 말했다.

"어서 그 유리장인지 뭔지나 보여 줄래?"

다행히 할아버지는 누나의 버릇없는 말을 못 들은 눈치였다.

"할아버지, 벡스 누나에게 유리장 안의 물건을 좀 보여 줘도 될까요? 이 누나가 역사에 관심이 무척 많거든요."

누나가 헛웃음을 내뱉었지만 나는 그쪽을 돌아보지 않았다. 할아버지는 흔쾌히 한 손을 휘이 저었다.

"그럼! 그 안에는 아주 진귀한 보물들도 있단다, 벡스. 하지만 부디 살살 다루렴. 보고 나서 정확히 도로 돌려놓아야 해, 알았지? 모두 제자리에."

할아버지는 몸을 돌려 파스타 봉지를 뜯었다. 나는 누나를 거실로 데려갔다.

"짜잔!"

나는 유리장을 향해 손을 펼쳤다.

"봐! 안에 뭐가 들었을지 엄청 기대되지 않아?"

누나는 콧방귀를 뀌며 딱히 관심 없다는 듯이 팔짱을 끼었다. 하지만 두 눈은 빠르게 선반을 훑고 있었다.

내가 유리장 문을 열자 누나가 칙칙하고 누런 지구본을 꺼내 들었다.

"진짜 오래된 것 같네."

누나가 말했다.

"그 구멍들은 왜 뚫린 걸까?"

내가 물었다. 누나는 아프리카 대륙을 가로지른 구멍들을 손가락으로 훑었다.

"내가 보기엔 주인이 자기가 가 본 곳들을 표시한 듯한데."

누나 말에 나는 빙그레 웃었다.

벌써 수수께끼 하나를 풀다니!

하지만 누나는 미간을 찌푸리며 내 가슴팍에 지구본을 떠밀었다.

"그 돛 조각은 어디 있어?"

누나는 여전히 가시 돋친 말투로 말했다.

나는 나무알을 집어 들고 조심스럽게 열어서 안에 든 것들을 내보였다.

"이건 뮤직 박스야. 바닥에 붙은 장치에서 음악이 나오는 것 같은데, 고장 났어."

유리장을 들쑤시다가 떨어뜨려서 고장 났다는 말은 덧붙이지 않았다.

"네 면 안쪽에 각각 뭔가가 적혀 있어. 보여?"

내가 나무알을 내밀자 누나가 자세히 보려고 다가섰다.

"M. 셀레스트."

누나가 거기에 새겨진 글자를 가리키며 나직하게 말했다. 나는 천 조각을 꺼내 누나에게 건넸다. 누나는 아랫입술을 빼물고 천 조각을 손가락으로 집어 들었다.

"옷감이나 이불보라고 보기엔 확실히 너무 빳빳하네."

누나는 천 조각을 거실 등에 비추어 보며 말을 이었다.

"아주 오래된 것 같고. 엄청 질긴 재질이야. 정말 돛 조각일 수도 있겠어."

누나의 두 눈이 살짝 반짝였다. 나는 그 모습을 바라보며 씩 웃었다.

이번엔 돛 조각을 내려놓고 장갑 조각을 집어 들었다. 그러고서 나무알 안쪽에 새겨진 이름들을 다시 확인했다.

"아문센."

누나가 중얼거렸다.

"혹시 그 사람 장갑 조각이 아닐까?"

내 질문에 누나의 목울대가 위아래로 꿀렁였다.

내가 손수건을 꺼내 누나에게 내밀었다. 누나는 손수건 귀퉁이에 수놓인 'A.E.'를 밝은 데 비추어 보고서 또 한 번 나무알에 새겨진 글자를 확인했다.

"에어하트."

누나는 글자를 손가락으로 덧그리며 말했다. 손이 살짝 떨리고 있었다.

"설마 이게…… 이게 진짜 어밀리아 에어하트의 것일까?"

누나가 약간 갈라진 목소리로 물었다. 나는 어깨를 으쓱했다.

"나야 모르지. 그 사람이 누군데?"

"어밀리아 에어하트는…… 정말 대단한 사람이었어."

누나는 목을 가다듬고 말을 이었다.

"미국의 비행사인데 홀로 대서양을 횡단한 최초의 여성이었지. 진정한 모험가! 하지만 1937년에 세계 일주를 시도했다가 태평양 상공에서 사라졌어."

거실은 잠시 침묵에 빠졌다.

"무슨 일을 당했길래?"

내가 속삭이듯 물었다.

누나는 손수건의 자수를 한 땀 한 땀 살폈다.

"아무도 몰라. 바다에 추락한 것 같은데 비행기의 잔해조차 발견되지 않았대."

갑자기 쭈뼛 소름이 돋았다. 누나는 손수건을 쓰다듬다가 곱게 접었다.

"나무알에 새겨진 마지막 이름은 루이 르 프린스야. 누군지 알아?"

내가 물었다.

"모르겠어."

누나는 작은 은색 단추를 집어 들고 자세히 들여다보며 대답했다.

"이게 그 사람 단추가 아닐까 싶은데. 진짜 은으로 만들어진 것 같아."

그때 레지 할아버지가 문간에 나타나자 누나는 움찔 놀랐다.

"파스타 다 되었다, 맥스웰."

할아버지가 손바닥을 마주치며 말했다.

"친구도 좀 들겠니?"

누나는 고개를 저었다. 부엌으로 돌아간 할아버지가 서랍에서 포크를 꺼내는 소리가 들렸다.

"난 가 볼게."

누나가 나무알을 내게 떠안기며 말했다.

"다른 것들도 보고 싶지 않아? 여기 누나가 알 만한 것들 많은데."

누나는 유리장을 한 번 훑어보고 콧잔등을 찡그렸다.

"그냥 별 볼 일 없는 잡동사니뿐이잖아, 맥스웰. 흥미로운 건 전혀 없어."

말도 안 돼.

"뭐? 조금 전까지만 해도 엄청 흥분했었잖아. 어밀리아 에어하트의 손수건을 볼 땐 손까지 떨었으면서! 내가 다 봤어!"

누나가 오만상을 찌푸렸다.

"안 그랬거든! 머리가 있으면 생각을 해 봐, 맥스웰. 이것들이 진짜라면 왜 이런 늙은이 집 유리장에 처박혀 있겠냐? 이건 그냥 쓰레기장이라고."

가슴이 내려앉았다. 난 정말 누나의 도움으로 원래대로 돌아갈 방법을 찾을 수 있을 줄 알았다.

"하지만 누나는 이런 것들에 환장하잖아! 역사적 유물! 역사는 죽지 않는다, 기억 안 나? 누나가 입버릇처럼 하던 말이잖아. 티셔츠에까지 새겼으면서!"

누나는 질색하는 눈으로 나를 쏘아봤다.

"그딴 말은 평생 입밖에 낸 적 없어."

누나는 가방을 어깨에 둘러메고 인사도 없이 돌아서서 부엌문을 박차고 나갔다.

30장
계단

벡스 누나의 말이 자꾸 머리에 맴돌아서 잠을 이루지 못했다. 유리장이 쓰레기장일 뿐이라니. 설마 누나 말이 맞는 건가?

하지만 실종과 관련된 물건을 세 가지나 발견했다. 아문센의 장갑 조각과 메리 셀레스트 호의 돛 조각, 어밀리아 에어하트의 손수건까지. 모두 나무알 안에 들어 있었다. 우연일 리는 없겠지? 분명 그 나무알은 내가 지워진 것과 어떤 연관이 있다.

다음 날 아침, 나는 이 난장판에서 벗어나는 걸 도와줄 유일한 사람이 찰리 긱이라고 판단했다. 찰리는 우리 누나처럼 똑똑하고 아는 것도 많다. 특히 과학 쪽으로.

혹시 이런 일이 발생한 데 어떤 과학적 원리가 숨어 있지 않을까? 어쩌면 찰리가 뮤직 박스를 다시 작동되게끔 고칠 수 있지 않을까? 그리고 이번에는 솔직히 털어놓을 생각이었다. 내가 지워져 버렸다고. 게다가 갈아입을 옷을 좀 빌려야 했다. 옷에서 슬슬 냄새가 나기 시작했기 때문이다.

아무래도 학교에는 보는 눈이 많으니 찰리네 집 앞에서 기다리기로 했다. 찰리의 엄마는 일하느라 저녁에야 돌아오기 때문에 곤란한 질문을 던질 사람도 없다. 나는 현관 입구 계단에 앉아 지저분한 앞마당을 바라보며 찰리가 학교에서 돌아오기를 기다렸다,

찰리네 가족은 앞마당을 이용하고 위층에 세 든 사람들은 뒷마당을 이용했다. 일곱 살 때 나는 찰리에게 앞마당의 텅 빈 화단에 엄청난 '산길 트랙'을 만들어 보자고 했다. 아줌마는 다 놀고 나서 말끔히 치우기만 하면 괜찮다고 했다. 우리는 마당 한쪽에 있는 흙을 화단으로 퍼 날라 거대한 산을 쌓았고, 굵은 막대기로 산을 긁어 빙빙 도는 트랙을 만들어 냈다.

찰리가 맨 꼭대기에 큰 나뭇잎을 꽂아 출발 지점을 표시했다. 우리는 트랙을 따라 장난감 차를 밀고 나가면서 입으로 부와아아앙, 슈우우우웅, 하는 소리를 냈다. 찰리는 그 차들의 제조사와 모델을 전부 꿰고 있었고 항상 나에게 가장 빠르고 멋

진 차를 양보했다. 아니, 억지로 양보했는지도 모른다. 아마 나는 찰리에게 원치 않는 일을 수없이 강요했을 것이다. 나는 '그런 친구'였다. 찰리에게 딱히 좋은 친구라고는 할 수 없었다.

우리는 산길 트랙 놀이를 몇 번 하고 이내 흥미를 잃었다. 하지만 마당 구석에 높이 쌓인 흙더미 산은 그대로 남았고, 세월이 흐르면서 잡초로 뒤덮였다.

나는 그때 그 자리를 바라보며 두 손으로 얼굴을 문질렀다. 우리가 흙을 산처럼 쌓았던 화단은 평평하기 그지없었다. 이제 놀랍지도 않았다. 그저 사실일 뿐이니까. 산길 트랙을 만들자고 했던 내가 처음부터 존재하지 않았으니 만들어진 적도 없는 것이다.

내 기억은 오로지 나만의 것이다. 내가 지닌 추억을 공유할 사람은 없다. 단 한 명도. 그렇게 생각하니 갑자기 외로웠다. 사무치게 외로웠다.

한숨을 길게 내쉬고 고개를 들자 찰리 긱이 나를 향해 걸어오는 모습이 보였다.

"네가 왜 여기 있어?"

찰리의 머리는 여전히 삐쭉삐쭉하고 넥타이는 풀린 채로 목에 대충 걸려 있었다.

나는 벌떡 일어나 엉덩이를 털었다.

"찰리! 반가워!"

되도록 친근하게 인사했다. 찰리는 싱글거리는 나를 노려보기만 했다.

"저기, 자꾸 내가 나타나서 당황한 건 알겠는데…… 나는 네 도움이 필요해. 내 얘기 좀 들어줄래?"

찰리는 눈을 잔뜩 찌푸리고 나를 쏘아봤다.

"싫은데."

찰리는 가방을 뒤져 열쇠를 찾아내서는 열쇠 구멍에 꽂았다.

"아니, 일단 내 얘기 들어보면 너도 진짜 좋아할 거야! 너 과학 좋아하지? 행성들, 과학 원리들, 그리고…… 음파 같은 것들. 그리고 음…… 뭐 그런 것들. 너 그런 거에 정신 못 차리잖아. 내 말 들으면 놀라 자빠질걸? 한 번 믿어 봐!"

나는 활짝 웃어 보였지만 찰리는 시큰둥했다.

"대체 뭐라고 지껄이는 거야? 나 과학 젬병이야. 진짜 싫어해."

찰리는 현관문을 열고 안으로 들어서면서 말했다.

"그냥 좀 가 줄래? 난 네가 누군지도 몰라. 우리 엄마 금방 올 텐데 너 계속 여기 있다간 곤란해질걸?"

나는 찰리에게 한 발짝 다가갔다.

"아니, 그럴 리 없어. 너희 엄마는 6시에 퇴근하고 6시 30분은 되어야 오실 테니까."

찰리가 얼굴을 찌푸렸다. 나는 이어서 말했다.

"미친 소리처럼 들리겠지만, 뭔가 엄청난 일이 일어났거든. 마음의 준비를 좀 하고 듣는 게 좋을 거야. 충격적일 수도 있어."

찰리가 어디 말해 보라는 듯 눈썹을 치켜올렸다.

"그게, 뭐냐면……. 나도 어떻게 그렇게 됐는지 모르겠는데…… 음, 어찌어찌하다가…… 이 세상에서 나 혼자…… 지워져 버렸어."

찰리는 나를 쳐다보며 한숨을 쉬고는 혀로 윗입술 안쪽을 쓸었다. 믿을 수 없을 만큼 미지근한 반응이었다.

"놀랐구나! 그럴 줄 알았어. 못 믿겠지? 하지만 사실이야. 원래 세계에서 우리는 절친 사이였거든? 너랑 내가! 너는 좀 어리바리하고 나는 툭하면 사고를 쳤는데……. 그게, 일이 자꾸 꼬였어. 내가 실수로 네 코를 부러뜨린 데다가 학교의 큰 행사를 망쳤거든. 티브이에 나올 예정이었는데……. 아무튼, 그런 건 이제 중요하지 않아. 나도 어떻게 그런 일이 가능한지 모르겠는데 내가 무심결에, 애초에 태어나지 않았더라면 좋았을 텐데, 하고 바랐더니 그냥 그렇게 사라져 버렸어. 아니, 아예 사라진 건 아니고, 난 여기 멀쩡히 있지만 이제 아무도 내가 누군지 몰라. 진짜로 태어난 적 없는 사람처럼. 믿어져?"

나는 초조한 웃음을 흘리다가 찰리의 따가운 눈초리에 침을 꼴깍 삼켰다. 찰리는 아무 대꾸가 없었다.

"네가 날 좀 도와줄 수 있을 것 같은데."

나는 웅얼거리듯이 덧붙였다.

찰리는 나를 한참 쏘아보더니 문틀에 기댄 채 한숨을 푹 내쉬었다.

"네가 그런 허무맹랑한 소리를 하는 속셈이 뭔지 모르겠지만, 난 속아 넘어갈 생각 없어. 알았어?"

가슴이 내려앉았다. 내 마지막 희망이 와르르 무너지고 있었다.

"찰리, 나 거짓말하는 거 아니야. 맹세코."

나는 차오르는 눈물을 억지로 삼키고 말을 이었다.

"네 생각엔 어떻게 된 일인 것 같아? 제발, 나 이제 뭘 해야 해? 어떻게 돌아가?"

찰리는 미간을 찌푸렸다.

"네가 할 수 있는 일? 글쎄……. 그건 확실히 딜레마네."

역시! 그 똑똑한 머리로 뭐든 생각해 낼 거야! 나는 미소를 머금은 채 찰리의 다음 말을 기다렸다.

"이렇게 하는 거 어때? 나한테서 영영 떨어지는 거? 괜찮은 생각 같지 않아? 이제 우리 집 현관에서 발 떼고 집에 돌아가."

찰리가 문을 닫으려고 해서 나는 얼른 손을 들어 멈춰 세웠다.

"하, 하지만 나는 돌아갈 집이 없어."

찰리는 내 말에 아랑곳하지 않고 문을 닫으려고 했다.

"제발, 찰리. 장난치는 거 아니야. 너 말고는 도움을 요청할 사람이 없어서 그래. 부모님도, 친구도, 어른도 없어. 아무도. 나 진짜 큰일 났어. 어마어마하게 큰일이라서 네 도움이 필요해. 제발 도와줘!"

나는 거의 빌듯이 손바닥을 마주 잡았다. 찰리의 눈썹이 약간 꿈틀거렸다.

"우리는 진짜 친한 사이야, 찰리. 절친이라고! 너만은 믿어줘야 해."

찰리가 날 마주 봤다. 화가 났다기보다는 나를 수치스러워하는 것 같았다. 그러더니 한숨을 쉬고 날 향해 몸을 기울이길래 한 발짝 가까이 다가섰다.

"날 좀 내버려 둬, 이 별종아."

찰리는 내 눈앞에서 문을 쾅 닫았다.

이럴 수가.

나는 돌아서서 현관 계단에 털썩 주저앉았다.

이제 어떡하지? 레지 할아버지는 내 말을 이해하지 못한다.

우리 누나는 말 걸기도 어려울 만큼 무섭다. 엄마나 아빠는 아마 내 설명을 제대로 듣지도 않고 경찰을 부를 것이다.

그러면 난 어떻게 될까? 영영 돌이킬 수 없는 상황에 부닥치겠지.

아무리 생각해도 찰리가 내 유일한 희망이었다. 반드시 날 믿게 만들어야 한다.

나는 현관문 앞에 무릎을 꿇고 우편물 투입구 덮개를 손가락으로 밀어젖혔다. 바닥에 쭈그리고 앉아 신발 끈을 푸는 찰리의 뒤통수가 보였다.

"금방 꺼질게, 약속해. 딱 1분만 내 얘기 좀 들어줘. 믿기 어려운 거 알지만……. 일단 들어만 봐."

찰리는 꿈쩍도 하지 않았다.

"너, 여섯 살 때 사촌들이랑 스케이트 타다가 손목 부러진 적 있지? 팔에 깁스하고 학교에 갔더니 다들 깁스에다 낙서하고 싶어 했잖아. 그때 데이비 피터슨이 두꺼운 검정 펜으로 '찰리 바보'라고 썼는데, 네가 그 뒤에 '아님'이라고 덧붙여 쓴 거 기억나? 너 그때 무지 속상해했잖아."

나는 우편물 투입구 사이로 찰리를 주시하며 말했다.

"우리가 정말 모르는 사이라면 내가 그런 걸 어떻게 알겠어, 안 그래?"

찰리는 천천히 고개를 돌렸지만 여전히 찌푸린 얼굴이었다.

"어디서 주워들었겠지. 그건 비밀도 아니야. 나랑 같은 반이었던 애들한테 물어보면 그런 얘기는 줄줄 나올걸?"

틀린 말은 아니었다.

"알았어! 알았어……. 나도 지금 애쓰고 있단 말이야. 네가 날 믿게 하려고. 그런데 어떻게 해야 할지 모르겠다고!"

찰리는 고개를 절레절레 저었다.

"너 정말 머리가 안 돌아가는 애구나."

원래 찰리는 나에게 이런 식으로 말하지 않는다. 하지만 지금은 아무래도 좋았다.

"네가 날 정말 설득하고 싶다면 너랑 나만 아는 얘길 해야지. 네 말대로 우리가 절친이라면 내가 너한테만 한 얘기가 있을 거 아니야. 그럼 그게 증거가 되겠지."

이래서 찰리의 도움이 필요한 거다. 똑똑하니까!

나는 필사적으로 머리를 굴렸다.

"음, 알겠어. 그럼…… 아! 네가 제일 좋아하는 감자칩은 소금과 식초 맛이지?"

찰리가 코웃음을 쳤다.

"한심하긴! 그런 건 그냥 찍어도 맞히겠다!"

찰리는 신발 한 짝을 벗었다.

"어어, 그럼 네가 본 가장 희귀한 새가 쏙독새인 건? 네가 너희 아빠 만나는 주말에 서퍽영국 잉글랜드 동부의 주에 있는 자연 보호 구역에서 봤다고 했잖아."

며칠 내내 그 얘기만 해서 귀에 딱지가 앉을 뻔했었다.

찰리가 나머지 신발도 벗었다.

"그건 사실이야. 하지만 그 정도는 우리 부모님한테 물어봐도 충분히 알아낼 수 있어. 게다가 들새 관찰은 지루해. 그날도 아빠한테 억지로 끌려간 거야."

헛소리다. 내가 알던 찰리는 들새 관찰을 좋아했다. 찰리가 일어섰다.

"시간 다 됐어. 지금 안 가면 엄마한테 전화할 거야."

"잠깐만! 적어도 세 번의 기회는 줘야지. 그래야 공정하잖아, 안 그래? 동화처럼!"

찰리가 우편물 투입구 틈으로 날 쏘아봤다. 덮개를 하도 오래 열고 있어서 손가락이 아팠다.

"그럼 어디 말해 봐. 마지막 기회야, 룸펠슈틸츠헨.독일 전래 동화에 나오는 난쟁이"

찰리가 쏘아붙였다.

나는 골똘히 생각했다. 찰리가 깜짝 놀랄 만한 걸 떠올려 내야 한다. 몬스터를 살리고 싶다면 제대로 짚어야 한다. 원래대로 돌아가 내 반려견을 구해야 한다.

"좋아. 이걸로 할게."

나는 목을 가다듬었다.

"흠흠, 네 침대 헤드 뒤에 하트 모양 그려져 있지? 그 안에 '제이컵스 선생님 사랑해요.'라고 적혀 있잖아."

찰리의 입이 떡 벌어졌다.

"넌 5학년 때 담임 선생님을 짝사랑했어! 언제 한번 너희 집에서 잘 때 네가 그 하트를 보여 줬었어."

나는 이어서 덧붙였다.

"넌 선생님의 긴 머리가 좋다고 했지."

"분명 아무한테도 한 적 없는 얘기인데."

찰리가 얼떨떨한 얼굴로 말했다.

나는 우편물 투입구 틈으로 씩 웃었다.

"나한테 했어, 찰리! 나한테만! 그리고 나는 이 얘기 아무한테도 안 했어. 비록 내가 너한테 세상에서 제일 좋은 친구는 아니었지만, 그래도 비밀은 지켰다고. 특히 민망한 비밀은."

찰리가 문 쪽으로 다가왔다. 그제야 일어섰더니 차가운 콘크리트 계단에 꿇고 있던 무릎이 얼얼했다.

문이 열렸다. 찰리는 여전히 입을 벌린 채였다.

"아아, 하나 더 생각났다. 여덟 살 때, 어느 날 네가 '보통'이 있다고 했지. 나는 속으로 웬 보통? 했는데 알고 보니 네가 '복통'을 잘못 말한 거였어. 그것도 몇 번이나. 너도 네가 틀린 거 알고서 완전 당황했지. 너는 모르는 게 없는 애였으니까. 아무튼 그때 네가 아무한테도 말하지 말라고 해서 난 입도 벙긋 안 했어."

내가 씩 웃었다.

"그, 그건 좀……. 뭐, 맞아. 한때 복통을 보통이라고 말하긴 했어. 하지만 난 별로 똑똑하지 않아. 그건 네가 잘못 짚었어."

찰리가 얼굴을 찌푸리며 말했다. 나는 고개를 저었다.

"내가 알던 너는 그래. 이상한 것들을 엄청 많이 알고 모든 걸 신기해했지. 그래서 한때는 애들한테 놀림을 받기도 했는데, 그럴 때마다 내가 나서서 막아 줬어."

찰리가 미소 지었다. 보일 듯 말 듯 해도 미소는 미소였다. 내 말이 그럴듯하게 들린 모양이었다.

"아무튼 그래서…… 네가 지워졌다고? 존재하고 싶지 않다고 했더니 그냥…… 네 삶에서 사라져 버렸다고?"

나는 고개를 끄덕였다.

"내가 아는 사람 중에 네가 제일 똑똑하거든. 그래서 너라면 날 도와줄 수 있지 않을까 했어."

찰리가 잠시 멍한 표정으로 아랫입술을 깨물더니 갑자기 문을 활짝 열었다.

"네 말을 꼭 믿는다는 건 아니지만…… 일단 들어와. 그리고 똑똑하단 소리 좀 그만해. 난 그런 애가 아니니까."

"알았어, 찰리."

나는 집 안으로 발을 들였다.

31장
옷

찰리네 집에 들어오니 새삼 반가웠다. 모든 게 내가 기억하는 그대로였다.

"뭐 먹을 거 없어? 나 배고파."

내가 운동화를 벗으며 말했다. 찰리의 엄마는 최고의 요리사다. 아줌마가 만드는 매운 사모사채소와 감자를 넣고 삼각형으로 빚어 기름에 튀긴 인도식 만두와 차파티라는 동글납작한 빵은 진짜 최고다. 찰리는 부엌으로 가서 소시지 롤, 주스 한 팩, 컵케이크 두 개와 바나나를 가지고 돌아왔다.

"오, 너희 엄마가 만든 건 없어?"

내가 접시를 내려다보며 말했다.

"주는 대로 먹어."

찰리가 대꾸했다. 나는 어깨를 으쓱하고 소시지 롤을 입안에 욱여넣었다.

"네 방으로 가자, 찰리 긱."

내 말에 찰리가 주먹으로 내 팔뚝을 세게 쳤다.

"방금 뭐라고 불렀어?"

찰리가 나를 쏘아보며 말했다. 나는 팔뚝을 문질렀다. 진짜 아팠다.

"미안. 그건 그냥 내가 있던 곳에서 널 부르던 별명이야. 욕 같은 거 아니야. 오히려 칭찬이지. 다 네가 똑똑해서 그런 거야."

찰리는 계속 찌푸린 얼굴이었다.

"그렇게 부르지 마. 알았어? 절대로."

"알았어, 알았어."

나는 찰리에게서 한발 물러났다.

"내 방 가서 처음부터 얘기해 봐. 네 말을 믿는다는 건 아니야. 그냥 네가 어디까지 지어낼 수 있나 궁금해서 그래……."

찰리가 인상을 쓰며 말했다. 나는 소시지 롤을 입안에 담은 채 씩 웃었지만 찰리는 미소를 돌려주지 않았다.

찰리의 방은 영 딴판이었다. 원래 내가 알던 찰리의 방은 책꽂이에 과학 책이 가지런히 늘어서 있고, 책상 위에 해야 할 숙제와 완성한 숙제를 구분해 놓는 플라스틱 쟁반 두 개가 있었다.

지금 방은 난장판이었다. 책꽂이에는 구겨진 종이들과 빈 음료수 캔과 오래된 컵들이 나뒹굴었고, 책상 위에는 책들과 과자 봉지들이 어지럽게 널려 있었다. 빈 접시를 세어 보니 일곱 개나 되었다. 내 방도 이 정도까지는 아니었다.

책상 아래 바닥에 백과사전 전집이 보였다. 찰리가 열 번째 생일 선물로 받은 것이다. 내가 가게에 들고 가서 더 좋은 걸로 교환하라고 했더니 찰리는 그 전집이 자기가 원하던 선물이라고 했다. 그때는 미련하다고 한참 비웃었는데, 막상 그 위에 먼지가 두껍게 내려앉은 모습을 보니 씁쓸하기만 했다.

나는 찰리의 침대 끄트머리에 앉아서 레지 할아버지와 골동품 유리장, 기묘한 물건들이 든 나무알에 대해 차근차근 얘기했다. 으스스한 유령선의 돛 조각, 아문센의 장갑 조각, 어밀리아 에어하트의 손수건에 대해서도 말했다.

"하나 더 있었어."

나는 팩에 든 오렌지 주스를 빨대로 쪽 빨고서 말했다.

"은 단추."

찰리는 나를 빤히 바라보았다. 내 얘기를 믿는 기색도 아니고 딱히 눈을 빛내지도 않았다. 그보다는 얼른 내 얘기를 다 듣고 쫓아내고 싶어 하는 것처럼 보였다.

"그래서, 어떻게 생각해? 레지 할아버지 집에 가서 보여 줄까? 일단 네 눈으로 보면 뭔가 방법이 떠오를지도 몰라."

찰리는 어깨를 으쓱했다.

나는 두 번째 컵케이크를 다 먹고 앞자락에 흘린 빵부스러기를 털어 냈다. 그제야 또 다른 용건이 생각났다.

"나 옷 좀 빌려줄래? 입을 게 이것뿐인데, 슬슬 냄새가 좀 나서."

찰리가 혀를 끌끌 차더니 서랍장을 열어 검은색 스웨터를 꺼내 나에게 던졌다. 내 스타일은 아니었지만 그런 걸 가릴 처지가 아니었다.

"고마워."

나는 냄새 나는 스웨터를 벗고 티셔츠 위에 깨끗한 스웨터를 껴입었다.

찰리는 책상에 기댄 채 나를 노려보았다.

"꼭 너를 믿는다는 건 아니지만, 만약 믿는다고 치자. 또 뭐가 달라졌는데? 내가 똑똑하다는 것 말고?"

나는 다시 침대에 앉았다.

"전부 다. 학교는 다 쓰러져 가고, 우리 엄마 아빠는 이혼했대. 벡스 베케트가 우리 누나인데, 여기서는 끔찍한 양아치가 따로 없어."

찰리의 눈이 휘둥그레졌다.

"벡스 베케트가 네 누나라고? 맙소사."

나는 고개를 끄덕였다.

"하지만 내가 있던 세계에서는 달랐어. 오히려 그 반대라고 할 수 있지. 원래 우리 누나는 짜증 날 정도로 꽉 막힌 모범생이었어. 어제 레지 할아버지 집으로 불러서 유리장 속 골동품들 보여 줬거든? 원래 내가 있던 세계에서는 역사를 엄청 좋아했는데 여기서는 안 그런 척하더라. 실은 꽤 머리가 좋은 편이거든."

찰리가 이마를 문질렀다.

"그건 정말 믿기 힘든데."

나는 찰리를 무시하고 말을 이었다.

"우리 아빠는 여전히 스트레스 심한 직장에 다녀. 곧 폭발할 것처럼 아슬아슬해 보이더라. 그리고 우리 엄마는…… 사실 행복해 보였어. 그런데 남자 친구가 있더라고."

찰리와 나는 동시에 얼굴을 찡그렸다.

"그분들한테 자초지종을 얘기해 봤어?"

나는 고개를 저었다.

"아니. 생각을 해 봐. '안녕하세요, 저는 당신 아들인데 처음 보시죠? 왜냐면 제가 어쩌다가 실수로 제 존재를 지워 버렸거든요. 그러니까 저를 좀 거둬 주실래요?' 그럼 뻔하지 않아? 당장 경찰을 부를걸?"

찰리는 고개를 끄덕였다.

"게다가."

나는 갈라지려 하는 목소리를 가다듬었다.

"원래 세계에서는 몬스터라는 개를 키웠거든. 비글이야. 차에 치여 죽을 뻔한 걸 내가 구해 줬는데…… 지금은 어디에서도 찾을 수 없어."

찰리가 고개를 끄덕였다.

"죽었나 보네."

"오, 고맙다."

찰리는 어깨를 으쓱했다.

미안, 맥스웰. 하지만 그때 살려 줄 네가 없었으니 살아 있을 리 없겠지. 네가 그쪽 세계에서 한 일이 여기서는 모두 없던 일이 되었다며."

적어도 찰리는 내 말을 믿기 시작한 눈치였다.

"그럼, 유리장 보러 가 볼래? 난 진심으로 네가 그 똑똑한 머리로 날 도와줄 수 있을 것 같거든."

찰리가 일어났다.

"알았어. 근데 아까도 말했다시피 그 '똑똑한 머리' 소리는 집어치워. 네 말대로 넌 지금 다른 세계에 있으니까."

32장
단추

레지 할아버지 집으로 가는 길에 찰리가 물었다.

"네가 있던 세계에서 나는 어때? 똑똑하다는 것 말고, 또 다른 점 있어?"

나는 바지 주머니에 두 손을 찔러 넣었다.

"음, 어. 조금."

찰리는 씩 웃으며 내 팔뚝을 쳤다. 아까도 그랬지만 정말 거슬렸다.

"말해 봐, 그럼. 어떤데?"

나는 어깨를 으쓱했다.

"글쎄. 그냥 달라. 머리 모양도 다르고, 좀 더…… 너답다고 할까."

찰리는 피식 웃었다.

"설마 괴짜 같은 애는 아니겠지? 쭈구리 범생이인 내가 상상이 가? 하!"

'응, 하지만 난 그쪽이 훨씬 마음에 들어.'라고, 나는 속으로 중얼거렸다.

내가 발로 찬 돌멩이가 어느 집 담벼락에 튕겼다가 찰리의 발 앞으로 굴러왔다. 찰리는 돌을 조준하고 발길질했지만 완전히 빗나갔다. 적어도 찰리의 운동 신경은 그대로였다.

"확실히 마커스 그런디랑은 절대 안 놀았어. 어째서 네가 그런 녀석이랑 어울리는지 이해가 안 가! 내가 알던 너는 그 녀석을 싫어했단 말이야."

내 말에 찰리는 어깨를 으쓱했다.

"마커스랑 나는 단짝이거든."

나는 헛웃음을 내뱉었다.

"그래? 남들이 다 보는 데서 헤드록을 걸어 목을 조르는 단짝도 있어?"

찰리는 애써 입꼬리를 끌어올렸다.

"아, 그냥 장난친 거야! 마커스는 원래 그런 녀석이잖아, 안 그래? 툭하면 장난치는 웃긴 녀석."

찰리가 억지웃음을 지었다. 나는 코웃음을 쳤다.

"아무도 안 웃던데. 내 세계에서 너는 과학을 무척 좋아했어. 과학 모임에 나가고 엄청나게 어려운 책들을 읽었지. 얼마 전에는 내 귀에 이어폰 한 쪽을 꽂고 뭔가 들려주기도 했어."

"뭐, 음악?"

나는 픽 웃었다.

"그런 평범한 게 아니야. 어떤 과학자들이 태양에서 나는 소리를 녹음했나 봐. 그걸 네가 들려줬었어. 진짜 묘하더라."

찰리의 눈이 반짝였다.

"태양이 내는 소리라고? 와우, 그걸 녹음할 수 있다니……. 아니, 어쩌면 가능할 수도……."

뭔가를 골똘히 생각할 때처럼 찰리의 이마가 쭈글쭈글해졌다. 하지만 곧 내 시선을 느꼈는지 찰리는 어깨를 흔들어 털었다. 마치 진짜 찰리를 떨쳐 버리려고 하는 것 같았다.

"빨리 가서 그 유리장이나 열어 보자. 널 저 세계로 영영 쫓아낼 방법을 찾아보자고."

찰리가 발걸음을 재촉하며 말했다.

우리가 도착했을 때 레지 할아버지는 부엌에서 설거지 중이었다. 그새 나를 못 알아보고 당황하는 할아버지에게 서둘러 내가 누군지 일깨워 주었다.

"이쪽은 제 친구 찰리예요."

찰리가 내 옆에서 발끈하는 게 느껴졌다. 아무래도 내 친구로 불려서 싫은 모양이었다.

"어제 벡스 누나처럼 찰리에게도 유리장을 보여 주겠다고 약속했거든요. 괜찮죠? 학교 숙제 때문인데……."

찰리가 코웃음을 쳤지만 할아버지는 그저 미소 지으며 고개를 끄덕이고는 설거지를 계속했다.

"저분은 왜 저래?"

거실에 들어서면서 찰리가 물었다.

"기억력에 문제가 있어. 만약 할아버지의 뇌가 컴퓨터라면, 실수로 데이터가 날아가서 특정 파일에 접속할 수 없는 상태인 거지."

찰리는 이해했다는 듯이 고개를 끄덕였다.

내가 유리장 문을 열자 찰리는 '쪼그라든 두피'를 보고 눈을 빛내더니 그걸 꺼내 들고 자세히 살폈다.

"그건 아마 오래된 신발 같아."

내가 말했다.

"털이 숭숭 박힌 신발?"

찰리가 휘둥그레진 눈으로 물었다. 내가 인상을 찌푸리자 찰리는 그걸 선반 위에 도로 올려놓았다.

"진짜 희귀한 것들은 이 안에 있어."

내가 나무알을 꺼내 열고서 돛 조각을 내밀었다. 메리 셀레스트 호에 대해 알고 있던 찰리는 돛 조각을 손에 쥐자 눈이 튀어나올 만큼 커졌다. 나는 아문센의 장갑과 어밀리아 에어하트의 손수건도 보여 주었다. 그쯤 되니 찰리는 숨까지 헐떡였다.

"끝내준다! 이것들……. 이것들은 가치를 매길 수도 없어. 박물관에 있어야 할 물건들이라고!"

찰리는 물건들을 하나하나 꼼꼼히 살피며 말했다.

"그럴듯하지? 난 이 물건들이 내가 지워진 것과 어떤 연관이 있는 것 같아, 안 그래?"

내가 씩 웃으며 말했다.

찰리는 망설임 없이 고개를 끄덕였다.

"그 알 좀 봐도 돼?"

우리는 바닥에 앉아 나무알을 펼쳐 놓았다. 찰리는 각 조각에 새겨진 글씨를 읽었다.

"루이 르 프린스. 이건 누구야?"

찰리가 물었다. 나는 어깨를 으쓱했다.

"나도 몰라."

찰리는 뒷주머니에서 휴대폰을 꺼내 이름을 검색했다.

"찾았다. 루이 르 프린스는 프랑스의 예술가이자 발명가로……."

찰리가 휴대폰을 내 쪽으로 돌려 한 남자의 흑백 사진을 보여 주었다. 수염이 길고 한 손에 중절모를 들고 있었다. 무척 똑똑해 보이는 남자였다. 찰리는 화면을 아래로 스크롤했다.

"초기 영화 카메라를 발명한 사람인가 봐. 와우. 왜 한 번도 들어본 적 없지? 1888년에 세계 최초의 영상물을 찍었대."

찰리가 스크롤하던 손가락을 멈췄다.

"잠깐, 이거 들어봐. 1890년 9월 16일, 루이 르 프린스는 프랑스 파리행 기차에 탑승했다. 기차가 도착했을 때, 그는 사라지고 없었다. 기차 안이나 철도 선로 어디에도 그의 시신이나 수화물이 발견되지 않았다. 그 후로 그를 목격한 사람은 아무도 없다."

내 얼굴에서 핏기가 싹 가시는 게 느껴졌다.

"네 번째 실종이야. 네 번째! 하지만 그게 내가 돌아갈 방법을 찾는 데 무슨 단서가 될까?"

찰리가 휴대폰을 내려놓았다.

"그 일이 일어났을 때 이 나무알 가까이 있었어?"

"어! 내가 들고 있었어! 그리고 무슨 소리가 났어. 안에 뮤직박스가 있거든."

찰리는 나무알 중앙의 작은 상자를 응시하다가 살짝 흔들었다. 달그락거렸다.

"안에 뭐가 망가진 것 같은데. 고치려고 해 봤어?"

나는 찰리를 지그시 바라보며 가슴 앞에 팔짱을 꼈다.

"어떨 것 같아? 뭐든 내가 손만 대면 다 망가져. 애초에 그걸 망가뜨린 게 나라고!"

찰리는 눈을 가늘게 뜨고 나무알 중앙을 살펴봤다.

"아무래도 열어서 안을 확인해야겠어. 여기 아주 작은 나사들이 박혀 있거든. 너무 작아서 일반 나사돌리개로는 못 뺄 거야. 부숴서 열까?"

찰리가 몸을 똑바로 세우며 말했다.

"부숴? 그랬다가 영영 못 돌아가면 어떡해!"

내 말에 찰리가 한숨을 내쉬었다.

"미안, 맥스웰. 하지만 어쩔 수 없어. 전용 기구를 가진 사람의 도움이 필요해."

나는 멍하니 찰리를 바라보다가 이내 빙그레 웃었다.

"왜 그래?"

나는 서둘러 물건들을 나무알 안에 도로 쑤셔 넣고 딸깍 닫았다.

"도와줄 사람이 있어! 따라와!"

33장

남자

시내 중심가를 향해 달리다가 걸음을 늦추었다. 문득 폰 플레이스의 그 친절한 주인이 나를 알아볼지도 모른다는 생각이 들었다. 휴대폰 케이스 하나가 없어진 것을 알아채고 이미 나를 의심하고 있을지도 모른다.

만약 경찰을 부르면 어쩌지?

하지만 나는 그의 도움이 필요했다. 위험을 감수해야 했다.

"뭐가 그렇게 급해? 우리 어디 가는데?"

찰리가 날 따라잡으며 말했다.

"폰 플레이스. 문 닫기 전에 가야 해."

나는 레지 할아버지에게 찰리를 집에 데려다준다고 말하고 나왔다. 나무알을 가지고 나온 것은 비밀이었다.

찰리는 아직도 얼떨떨해 보였다. 내 말을 제대로 듣지도 않았다.

"그게 정말 어밀리아 에어하트의 손수건일까? 진짜 믿기지 않아!"

찰리는 잔뜩 신이 난 얼굴이었다.

"게다가 아문센의 장갑이라니! 와우, 반드시 전문가에게 보여 줘야 해. 아마 어떤 테스트를 거쳐서 정확한 제작 연도를 알아낼 수 있을 거야. 안 그래?"

나는 그런 생각까지 할 여유가 없었다.

"솔직히 말하면, 그딴 건 아무래도 상관없어. 난 그저 원래대로 돌아가고 싶은데 그럴 수 있을지 모르겠어. 내 반려견이 죽었어, 찰리. 내가 구해 주지 않아서 죽었다고. 나는 반드시 돌아가야 해."

우리가 폰 플레이스에 막 도착했을 때 가게 안의 불이 막 꺼졌다.

"빨리 와, 문 닫는 중이야!"

내가 문을 밀어젖히며 말했다. 주인이 큰 열쇠 뭉치를 들고 가게를 나서려던 참이었다.

"미안하구나, 얘들아. 영업 끝났단다. 내일 아침 8시에 다시 열 거다……. 오, 너구나."

나는 남자와 눈을 마주한 채 숨을 참았다. 남자는 입가에 은은한 미소를 띨 뿐 다른 말을 덧붙이지 않았다. 나는 살짝 안도했다.

"귀찮게 해 드려서 죄송하지만, 아저씨 도움이 필요해요. 저한테 음악이 나오는 알이 있는데 그걸 좀 고쳐 주셨으면 해요."

남자는 재킷을 입고 지퍼를 올려 잠갔다.

"음악이 나오는 알? 여기가 휴대폰 고치는 데라는 거 알지? 요즘 너희가 온종일 들여다보는 기계 말이다."

남자가 혼자 킬킬 웃자 찰리가 한 발짝 앞으로 나섰다.

"정 어렵다면 나사돌리개라도 빌려주실 수 있나요? 잠깐이면 돼요."

"제발요."

나는 남자에게 나무알을 내밀었다. 남자가 한숨을 내쉬었다.

"이리 와서 작업대에 올려놓으렴."

남자가 다시 가게 불을 켜고 안경집에서 안경을 꺼냈다.

나는 남자가 가리키는 곳에 나무알을 조심스레 올려놓았다. 내가 돌아갈 유일한 길을 더는 망치고 싶지 않았다.

"와, 아름다운 공예품이구나."

남자가 나무알의 표면을 관찰하며 말했다.

"어떻게 여니?"

내가 꼭대기의 작은 꼭지를 누르자 나무알이 활짝 열렸다. 그와 함께 드러난 물건들을 보자마자 아차 싶었다. 안전하게 레지 할아버지 집에 두고 올걸.

나는 그것들을 주워 주머니에 쑤셔 넣고 말했다.

"제 생각엔 바닥에 달린 이 상자 안에 오르골이 들어 있는 것 같아요."

"작은 금속 나사가 여기랑 여기 박혀 있어요. 풀 만한 도구 있을까요?"

찰리가 상자를 가리키며 덧붙였다.

남자는 실눈으로 나사들을 확인하고는 안경 너머로 우리를 쳐다봤다.

"문제없지. 잠깐 기다리렴."

남자가 가게 뒤쪽으로 향했다. 그가 사라지자 찰리가 나를 보고 말했다.

"고쳐 달라고 부탁해야 하지 않을까? 나는 이 장치가 어떻게 작동하는지 몰라. 저분이 유일한 희망인 것 같은데."

마음이 불편했다. 나에게 도둑질을 당한 사람이 지금 그 누구보다 큰 도움을 주고 있으니까. 남자는 헤드랜턴을 머리에 쓴 채 작은 주머니를 들고 돌아왔다. 우리를 보고 씩 웃더니 헤드랜턴을 켜고 나무 알을 들여다봤다.

"아주 섬세한 작업이 필요하겠구나."

남자가 들고 온 주머니에서 작은 나사돌리개를 꺼내며 말했다. 그러고는 혀를 살짝 빼문 채 나무알을 요리조리 돌리며 나사를 풀기 시작했다.

"음…… 혹시…… 그 안의 장치도 고쳐 주실 수 있나요?"

남자는 작은 금속 나사 하나를 풀어 한쪽에 두면서 천천히 숨을 내쉬었다. 그리고 다른 나사를 풀기 시작했다.

"흠, 너 저번에 내 가게 왔었지?"

남자는 나사돌리개를 내려놓고 나를 똑바로 보며 안경을 벗었다.

아는 것이다. 내가 휴대폰 케이스를 훔쳤다는 사실을.

나는 눈을 내리깔고 고개를 끄덕였다.

남자는 잠시 침묵했다.

"원래 이런 일엔 돈을 받는데, 네가 이미 값을 치른 셈 칠까?"

그가 물었다.

"제가요?"

내가 도둑질한 사실을 넌지시 떠보는 말인가 했다. 남자는 고개를 끄덕이고 다시 안경을 썼다. 그리고 다시 작은 나사돌리개를 집어 들고 작업을 이어갔다.

"그래. 네 친구가 태양의 소리를 녹음한 것을 들었다며? 나도 오늘 집에 가서 찾아 들어볼 생각이었거든. 그걸로 네가 수리비를 낸 셈 치자꾸나. 네 덕분에 평생 몰랐을 정보를 알게 되었잖니."

남자는 상냥하게 미소 짓고서 다시 나사에 집중했다. 찰리가 날 보고 씩 웃었다. 그와 동시에 남자가 마지막 나사를 제거하고 작은 상자의 뚜껑을 들어 올렸다. 그 안에서 은색 장치가 모습을 드러냈다. 남자가 나무알을 옆으로 살짝 기울이자 조그만 막대 모양 부품 하나가 돌돌 말린 종이와 함께 툭 빠져나왔다. 찰리는 손을 뻗어 그 종잇조각을 집어 들고 바지 주머니에 밀어 넣었다.

우리는 눈빛을 교환했다. 혹시 그 종이가 해결의 열쇠일까?

"멋져! 아주 정교한 작품이구나. 보아하니 그냥 부품 하나가 떨어진 거야. 이 정도면 내가 고칠 수 있겠다."

남자가 오르골을 살펴보며 말했다. 그러고는 핀셋으로 작은 막대 부품을 제자리에 조심스럽게 끼운 뒤 몸을 바로 세우고 나무알을 딸깍, 닫았다.

"어떻게 재생하니?"

남자가 물었다.

나는 나무알을 들고 꼭대기의 작은 꼭지를 천천히 돌렸다. 손을 떼자 나무알 안에서 몇 초간 음악이 흘러나왔다. 남자는 빙그레 웃으며 자기 도구들을 정리했다.

"감사해요! 너무너무 감사해요."

내가 말했다.

"천만에. 자, 이제 나는 가게 문 닫아야겠다. 먼저 나가렴."

가게를 나서자마자 찰리는 주머니에서 종잇조각을 꺼냈다.

"그게 뭐야? 거기 뭐라고 적혀 있어?"

나는 찰리에게 어깨를 바짝 붙였다. 찰리는 자그마한 두루마리를 펼쳤다. 아주 섬세한 손글씨가 나타났다.

찰리가 소리 내어 읽었다.

네 가지 보물과
네 마디 멜로디로
최악의 날로부터
자신을 지울 수 있다.

우리는 말없이 서로를 바라보았다. 찰리가 종이를 뒤집었다.

"더 있어!"

찰리가 다시 읽어 내려갔다.

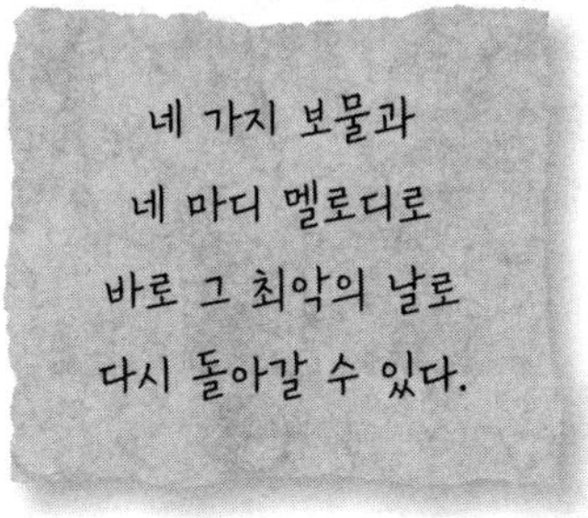

찰리가 고개를 들어 나를 봤다.

"그게 다야? 네 가지 보물과 네 마디 멜로디? 그걸로 내가 지워졌다고? 그리고 다시 돌아갈 수 있다고?"

내 말에 찰리가 씩 웃었다.

"그런가 봐. 지금 해 볼래? 돌아가고 싶다며?"

"뭐, 여기서? 지금?"

찰리는 뭐 어떠냐는 듯이 어깨를 으쓱했다.

"좋아. 지금보다 좋은 때란 없다는 말도 있으니까."

우리는 길가의 벤치를 찾아 앉았다. 나는 무릎 위에 나무알을 펼쳐 놓고 주머니에 안전하게 넣어 두었던 물건들을 꺼냈다. 그것들을 나무알 한가운데 몰아넣고 딸깍 소리가 나도록 닫았다.

"지켜볼 생각이야?"

내가 머쓱하게 물었다. 찰리는 또다시 어깨를 으쓱했다. 나무알의 꼭지를 비틀어 돌리자 멜로디가 흘러나왔다. 네 마디가 끝났을 때 나는 속삭였다.

"다시 존재하게 해 주세요."

나는 눈을 꾹 감았다가 떴다. 찰리는 여전히 그 자리에서 나를 쳐다보고 있었다.

"효과가 없나 본데."

찰리가 말했다.

"하지만 어째서? 다 챙겨 넣었잖아. 전부 다."

"다시 좀 보자."

찰리가 나무알을 가져가 열었다.

"메리 셀레스트 호의 돛, 어밀리아 에어하트의 손수건, 아문센의 장갑……. 단추는 어디 있지?"

나는 찰리를 멍하니 바라보았다.

"루이 르 프린스의 은 단추 말이야!"

찰리가 외쳤다. 나는 다시 주머니를 뒤져 보았다.

"없어졌어! 벡스 누나의 짓이야!"

34장
찌질이

"말도 안 돼. 우리 누나가 내 뒤통수를 치다니!"

우리는 다시 찰리의 집으로 향했다. 범인은 벡스 누나가 분명했다.

"내가 누나한테 마지막으로 보여 준 게 그 단추였거든. 그 후에 좀 이상하게 굴더니 황급히 자리를 떠나더라고. 처음부터 그럴 속셈이었을 거야. 관심도 없으면서 그냥 뭐라도 훔치고 싶었던 거지!"

찰리는 한동안 말이 없다가 입을 뗐다.

"그 단추 꼭 돌려받아야 해. 다른 방법이 없어……. 아무래도 그 네 가지 물건이 모여야만 어떤 효력이 발생하나 봐…….”

그때 찰리가 발걸음을 우뚝 멈췄다. 그리고 우리를 향해 다가오는 무리에게 눈을 고정했다.

“입 다물고 있어.”

찰리가 나에게 속삭였다. 마커스 그런디와 녀석의 골 빈 패거리였다.

“안녕, 찰리? 여기서 뭐 해?”

마커스가 물었다. 녀석은 나를 보고 한쪽 입가를 비뚜름하게 올렸다.

“안녕, 마커스. 아무것도 안 해. 그냥 집에 가는 중이야.”

찰리가 대답했다.

마커스가 나를 보며 입을 열었다.

“학교에서 본 찌질이잖아? 운동장에서 나에 대해 웃기지도 않는 거짓말을 떠벌린 놈.”

나는 피식 웃었다.

“거짓말이었으면 좋겠지, 마커스? 네가 무슨 짓을 했는지 다시 설명해 줘?”

마커스는 나를 노려보다가 시선을 내리깔았다.

“아니, 우린 갈 데가 있어서. 맞지?”

함께 있던 남자애들이 김빠진 소리를 냈다. 마커스가 찰리

얼굴에 손가락을 겨누었다.

“네가 누구랑 어울려야 하는지 잘 생각해, 친구.”

마커스는 패거리를 이끌고 사라졌다.

“네가 왜 저딴 놈이랑 친하게 지내는지 모르겠다. 너랑 맞는 구석이 하나도 없는데.”

내가 말했다.

“야, 모르면 좀 닥쳐, 어? 내가 어떤 사람인지, 내 인생이 어떤지 네가 뭘 알아.”

나는 성큼성큼 걷는 찰리를 따라잡았다.

“오, 그래? 적어도 내가 있던 세계에서 네가 훨씬 행복했다는 건 알아. 거기서는 다른 사람이 되려고 애쓰지 않았거든. 너는 잘나가는 애가 아니었어, 찰리. 조만간 너도 그편이 더 낫다는 걸 깨달을걸?”

찰리가 우뚝 멈춰 나를 마주 봤다.

“잘 들어. 난 네가 누군지 궁금하지도 않고, 네가 그 허무맹랑한 세계로 돌아가든 말든 관심 없어. 그러니까 너도 내 인생에 대해 이래라 저래라 하지 마. 네 알 바 아니니까 신경 끄라고.”

말도 안 돼. 찰리마저 등을 돌린다고?

“뭐라고? 우리 친구 아니었어?”

찰리는 고개를 흔들었다.

"헛소리하지 마. 난 너랑 어울릴 생각 없거든? 네 멍청한 머리에 꾸역꾸역 새겨 줄래?"

찰리는 내 머리를 툭툭 건드리며 말했다. 마치 머리에 뇌가 들어 있는지 확인하듯이.

"하지만…… 내 반려견은 어떡해? 내가 돌아가지 않으면 몬스터는 죽을 거야. 네가 도와줘야 해!"

찰리가 헛웃음을 터뜨렸다.

"개는 무슨! 여태껏 네 멍청한 거짓말에 놀아났다니 믿을 수 없다. 그냥 좀 꺼져."

나는 혼자 성큼성큼 걸어가는 찰리를 마지막으로 붙잡았다.

"제발, 찰리! 나 돌아갈 수 있게 좀 도와줘."

하지만 내 오랜 친구는 등을 돌린 채 멀어져 갔다.

35장

에밀리

나는 터덜터덜 걸어 레지 할아버지 집으로 향했다. 내 친구를 거의 되찾을 뻔했다가 또다시 잃고 말았다. 거기에 내 누나는 믿을 수 없는 거짓말쟁이에 좀도둑이다. 어떻게 그 단추를 돌려받지?

어느새 레지 할아버지 집에 도착해서 부엌문을 열고 들어갔다.

"너니, 맥스웰?"

레지 할아버지의 목소리가 거실에서 들려왔다. 잠깐 외출했다가 돌아왔으니 기억할 만도 했다. 거실에 들어서니 할아버지는 가스난로를 곁에 두고 안락의자에 앉아 있었다. 내 얼굴을 보고 할아버지 얼굴에서 미소가 걷혔다.

"무슨 일 있었니?"

나는 소파에 푹 기대앉아 주황색 난롯불을 바라봤다.

"이제 저한테…… 저한테는 아무도 없어요. 제 가족, 제 친구, 제 개……. 여기서 전 혼자예요. 모두 잃었어요."

할아버지가 나를 물끄러미 보다가 고개를 끄덕였다.

"저런. 그래, 그렇구나……."

"이제 어떻게 해야 할지 모르겠어요. 돌아가고 싶어요. 다들 너무 그리워요."

할아버지의 눈가가 촉촉해졌다.

"미안하구나, 맥스웰. 사랑하는 사람을 잃는다는 건 정말 힘든 일이지."

나는 내 곁에 앉은 다정한 노인을 쳐다보았다.

"할아버지도 가족이 있어요?"

그러고 보니 이제껏 할아버지와 가까운 사람들이 있는지 생각해 본 적 없다. 할아버지는 망설이듯 입을 달싹거렸다. 나는 묵묵히 할아버지가 말을 잇기를 기다렸다.

"내 아내의 이름은 에밀리였어. 우리는 서로 몹시 사랑했지."

할아버지는 목울대를 꿀렁이고서 허공을 응시하며 눈을 몇 번 깜빡였다.

"모든 걸 함께했단다. 행복한 삶이었지."

나는 가만히 듣기만 했다. 이 집을 벗어난 레지 할아버지의 삶은 상상이 되지 않았다. 내가 아는 할아버지는 늘 이 집에 혼자 있었다.

"한번은 이탈리아로 여행을 간 적이 있어. 근사한 휴가였지."

할아버지는 웃으며 말을 이었다.

"에밀리의 여동생 앨리스랑 남편 잭도 함께 갔어. 우리 넷은 사총사처럼 한 달 내내 이탈리아를 돌아다녔단다. 아주 대단했어. 정말 아름다운 나라였지. 가 본 적 있니?"

나는 고개를 저었다. 할아버지는 미소 짓고 있었지만 두 눈이 슬퍼 보였다.

할아버지가 차를 한 모금 마시려다가 생각이 바뀌었는지 그대로 머그잔을 내려놓았다.

"에밀리…… 그분에게 무슨 일이 있었나요?"

내가 물었다. 할아버지는 목을 가다듬고는 거실 저편을 바라보며 눈을 깜빡였다.

"아팠지. 큰 병에 걸렸어. 서른두 살이 되기 직전에."

나는 무릎 위의 두 손을 불끈 쥐었다.

"주치의는 한눈에 심각성을 알아보더구나. 곧바로 큰 병원에 가서 여러 가지 정밀 검사를 했는데……. 검사 결과는 비관적이었지."

할아버지는 당장이라도 울음을 터뜨릴 것처럼 보였다. 나는 어른이 울면 어떻게 대처해야 하는지 모른다. 보통 엄마가 울 때는 곧장 화장실로 들어갔기 때문에 내가 딱히 위로할 필요가 없었다.

"힘드셨겠어요."

내가 생각해 낼 수 있는 유일한 말이었다.

나를 마주 보는 할아버지가 갑자기 무척 늙어 보였다. 나는 속이 울렁거리고 목이 메어서 일부러 침을 삼켰다. 더 듣고 싶지 않으면서도 어떻게 되었는지 궁금했다.

한 줄기 눈물이 할아버지의 볼을 적셨다. 닦지 않은 눈물은 턱 끝에 매달렸다가 셔츠 위로 떨어져 회색 반점을 만들어 냈다.

"의사들도 이런저런 약을 처방하면서 최선을 다했어. 하지만 어떤 약은 너무 강해서 오히려 상태가 안 좋아졌지……."

할아버지는 갈라지는 목소리로 말하고서 볼을 문질러 닦았다. 나는 그 옆 바닥에 무릎을 꿇고 손을 뻗어 할아버지의 손등을 토닥였다.

"정말…… 정말 유감이에요, 레지 할아버지. 저는 몰랐어요."

할아버지는 멍하니 앞을 바라봤다.

"앨리스와 잭도 크게 낙담했지. 우리는 끝까지 희망을 놓지 않으려고 했지만 에밀리는 가엾게도 속수무책으로 약해져만 갔어. 나는 매일 밤 병상 옆 의자에서 잤는데, 어느 날 저녁 에밀리가 날 보고 미소 지으며 눈을 감더니, 다음 날 아침이 되어도 깨어나지 않더구나."

덩달아 울지 않으려고 애쓰다 보니 목이 땡땡 부은 느낌이 났다. 할아버지는 손가락으로 눈물을 훔쳤다.

"한참이나 잊고 살았구나. 기억이 다 지워진 줄 알았는데."

할아버지는 본격적으로 흐느끼기 시작했다. 고요하면서도 서럽게. 나는 바닥에 앉은 채 잠자코 할아버지의 손만 잡고 있었다.

그날 밤 나는 쉽게 잠을 이루지 못했다. 레지 할아버지가 죽은 아내의 병상 옆에 앉아 있는 장면이 계속 떠올랐다. 머릿속에서 자꾸 반복되고 잊을 만하면 다시 떠올라 나중에는 머리가 지끈지끈 아팠다.

다음 날 아침 나는 녹초가 되어 있었다. 소파에 누운 채 벽난로 위 선반을 멍하니 바라보았다. 할아버지의 초상화가 차지했던 자리는 여전히 텅 비어 있었다.

나는 아무도 아니다.

존재한 적도 없다.

이렇게 외로운 적은 난생처음이었다.

36장

차

내가 조금이라도 외로움을 덜 느낄 수 있는 곳은 학교였다. 수상하게 비칠 위험을 감수하고서라도 다른 이들의 일상을 보고 싶었다. 평소처럼 지내는 사람들을 보면 묘하게 마음이 편안해지니까.

학교에 도착했을 때는 등교 벨이 막 울린 이른 시간이었다. 나는 나무 옆에 숨어서 학생들이 웃고 떠들며 교문을 향해 몰려가는 모습을 지켜보았다.

"어이, 캘럼! 나 무릎 보호대 좀 빌려줄래?"

한 남자애가 인파 틈에서 외치자 이름이 불린 남자애가 메고 있던 가방을 벗어 지퍼를 열었다. 그러고는 진흙투성이 무릎 보호대를 꺼내 그 남자애에게 건넸다.

여자애 두 명이 서로 팔짱을 낀 채 귓가에 뭐라고 속삭이며 키득거렸다. 그 뒤로 한 남자애가 책을 읽으면서 걸었다. 그 애는 책을 번쩍 들고 교문을 통과하고서야 책을 덮었다.

진짜 삶을 사는 진짜 사람들이 평범한 하루를 보내고 있었다. 그들 틈에 낄 수 있다면 뭐든 포기할 수 있을 것 같았다. 예전의 맥스웰 베케트로 돌아갈 수만 있다면 무슨 짓이든 할 수 있을 것 같았다.

마지막 학생을 들여보내고 교문이 닫히자 사방이 고요해졌다. 마치 어떤 거대한 존재가 세상의 음량을 확 줄인 것 같았다.

나는 잠시 그 자리에 서서 교실 창문 너머로 몇몇 아이가 자기 자리를 찾아 앉는 모습을 지켜보았다. 수다를 떠는 입들이 쉴 새 없이 움직였다. 이윽고 선생님이 들어오자 다들 고개를 바로 했다.

아이들이 가방에서 교과서를 꺼내는 모습을 물끄러미 바라보는데, 빗방울이 한 방울씩 떨어졌다. 나무가 비를 어느 정도 막아 주었지만 점점 빗방울이 굵어지더니 차가운 물기가 머리를 때리기 시작했다.

나는 주위를 두리번거리며 비 피할 곳을 찾았다. 주차장 문이 열려 있기에 서둘러 잔디를 가로질러 달려갔다.

하워드 선생님의 차가 평소와 같은 자리에 세워져 있었다. 조수석 문고리를 당겨 보니 그대로 문이 열렸다. 나는 그 안에 몸을 실었다.

발밑에 일회용 플라스틱 컵이 와그작 밟혔다. 차 바닥은 쓰레기투성이였다. 빈 샌드위치 상자와 사탕 껍질 따위가 여기저기 나뒹굴었다. 뒷좌석에는 옷이 한 무더기였다. 냄새도 좋지 않았다.

아무래도 하워드 선생님은 잘 지내는 것 같지 않았다. 자기 집보다 이곳에서 더 많은 시간을 보내는 듯했다.

나는 가슴 앞에 팔짱을 끼고서 좌석에 푹 기대앉았다. 그리고 차 지붕을 때리는 빗소리를 들었다. 춥고 습한 바깥에 있다가 따뜻하고 건조한 곳에 들어오니 기분이 좋았다. 썩 안락하지는 않았지만.

하품을 하고 잠시 눈을 감았다. 간밤에 설친 잠을 이참에 좀 보충해도 좋을 것 같았다. 쉬는 시간 종이 울리면 누군가가 건물 밖으로 나오기 전에 잽싸게 차에서 내려 나무 뒤로 숨으면 된다. 혹시 찰리를 발견하면 관심을 끌어 볼 생각이었다.

나는 팔짱을 낀 채 고개를 푹 숙여 편한 자세를 취했다.

쿵쿵거리는 소리가 내 의식을 깨웠다. 마치 누군가가 내 머리 안에서 망치질해 대는 것 같았다. 느릿느릿 눈을 떠 보니 내 머리가 기대어 있는 창문 유리를 누군가가 두드리고 있었다.

"내 차에서 뭐 하는 거냐?"

하워드 선생님이었다.

"썩 나오지 못해!"

나는 당황한 나머지 얼떨결에 잠금 장치를 눌렀다. 선생님이 입을 떡 벌리더니 반대편으로 달려갔다. 그쪽 문도 잠그려고 손을 뻗었지만 한 박자 늦었다. 하워드 선생님은 문을 열어젖히고서 운전석에 올라탔다.

"설명해!"

선생님이 눈을 부리리며 말했다.

입을 뗐지만 잠이 덜 깨서 말이 나오지 않았다. 할 말이 없기도 했다. 창밖을 내다보니 어느새 비가 그치고 다들 운동장에 나와 있었다. 쉬는 시간인 모양이었다. 잠에 취해 종소리를 놓친 것이다.

"교복은 왜 안 입었니? 담임 선생님이 누구야? 들어가서 얘기 좀 해야 할 것 같은데?"

나는 숨을 깊이 들이마셨다. 이제 잔머리를 굴릴 기력도 없었다.

"저 이 학교 안 다녀요. 아무 학교도 안 다녀요."

하워드 선생님은 미간을 찌푸리고 내 얼굴을 뜯어보았다.

"너 얼마 전에 여기 왔었지?"

나는 고개를 끄덕였다. 선생님은 바닥을 흘깃 내려다봤다. 그제야 차 안의 상태를 눈치챘는지, 황급히 바닥에 있던 쓰레기들을 주워 뒷좌석으로 던졌다.

"함께 교무실에 가서 부모님께 전화하자. 이렇게 모르는 사람 차에 막 올라타고 그러면 못써."

선생님은 문손잡이로 손을 뻗었다.

"모르는 사람 아니에요! 하워드 선생님이잖아요."

나는 욱해서 소리쳤다. 선생님이 나를 돌아보고 미간을 좁혔다.

"이 학교에서 제일 착한 선생님이잖아요. 모두가 선생님을 좋아한다고요. 특히 헉슬리 선생님이요."

선생님이 입을 떡 벌렸다.

"뭐라고?"

"헉슬리 선생님이요! 스페인어 담당! 선생님이 겁쟁이처럼 속마음을 털어놓지 않아서 호주로 떠나 버린 분이요. 기억나세요?"

선생님의 얼굴이 분홍빛으로 달아올랐다.

"나, 난 네가 무슨 소릴 하는지 모르겠다."

운동장을 돌아보니 마커스와 함께 있는 찰리가 눈에 들어왔다. 마커스는 링 위에 선 권투 선수처럼 발을 요리조리 놀리며 주먹을 휘두르더니 불시에 찰리의 어깨에 펀치를 날렸다. 찰리는 뒤로 넘어지며 울타리에 부딪혔다.

"다들 왜 이 모양이에요?"

내가 선생님을 돌아보며 분통을 터뜨렸다.

"왜 다들 저 하나 없다고 이렇게 멍청하게 살아요? 선생님은 왜 헉슬리 선생님이 호주로 떠나기 전에 진심을 전하지 않았어요? 전화도 안 했죠?"

하워드 선생님이 나를 멍하니 바라봤다.

"네가 무슨 소릴 하는지 도무지 모르겠구나."

"헉슬리 선생님이 떠나기 직전에 선생님에게 진심을 말해 달라고 했잖아요. 하지만 선생님은 그렇게 하지 않고 그냥 떠나보냈죠. 하지만 제가 있던 세계에서는 제 말을 듣고 헉슬리 선생님을 붙잡았다고요!"

하워드 선생님은 고래고래 소리치는 나를 보며 눈만 깜빡였다.

“그게 뭐가 그렇게 어려워요? 지금 선생님을 좀 봐요! 제 눈에는 혼자 우울하게 청승 떠는 것처럼 보여요. 당장 전화해서 진심을 고스란히 털어놓아도 모자랄 판에.”

나는 팔짱을 끼고 좌석에 푹 기대앉았다. 도망쳐야 할 때라는 걸 알았지만 숨을 고르기도 벅찼다.

“하, 하지만…… 어떻게? 네가 그런 걸 어떻게 알아?”

“그건 말 못 해요.”

분해서 눈물이 나올 것 같았다.

“전 선생님을 잘 알아요. 믿어 주세요. 저는 며칠째 제정신이 아니에요. 어젯밤에는 한숨도 못 잤고……. 그래서…… 그냥 쪽잠이라도 자고 맑은 정신으로 생각할 시간이 필요했어요. 저는 선생님이 얼마나 좋은 사람인지 아니까, 너그럽게 봐주시리라고 생각했어요.”

하워드 선생님은 입만 벙긋거렸다.

“아무튼, 헉슬리 선생님께 전화해서 선생님이 잘못했다고, 사랑한다고 말하세요. 알았죠? 그렇게 하실 거죠? 약속이에요?”

하워드 선생님의 턱이 느릿느릿 위아래로 움직였다. 나는 땅이 꺼지게 한숨을 내쉬고 차에서 내려 그대로 도망쳤다.

37장

천사

운동장 옆을 빠르게 지나가는데 찰리 긱이 울타리 철조망에 얼굴을 바짝 붙이고 있었다. 나는 가던 길을 멈추고 지켜보았다. 마커스 그린디가 찰리의 팔을 잡아 등 뒤로 비틀었다. 철조망에 빰이 눌린 찰리가 날 발견했다.

마커스에게 찰리를 놔 주라고 소리치려다가 문득 찰리가 내 앞에서 마커스랑 친하다고 못박아 말했던 게 기억났다.

그래. 그런 친구를 원한다면 뜻대로 하라지.

"맥스웰! 기다려!"

찰리가 잔뜩 눌린 입 사이로 소리쳤다. 나는 찰리를 무시하고 계속 달렸다.

시내 중심가로 접어들어 도서관으로 향했다. 지금쯤이면 하워드 선생님이 로이드 교장 선생님에게 방금 있었던 일을 말했을 것이다. 이미 경찰에 연락해 수상한 남자애가 어디론가 사라졌다고 신고했을지도 모른다. 학생들에게 내 행방을 수소문하는 건 시간문제였다. 찰리와 벡스 누나는 내가 어디서 지내는지 정확히 안다.

나는 도서관에 들어가 큰 서가 뒤로 향했다. 가슴이 덜컥했다. 벡스 누나가 있었다. 교복 차림으로 책상 앞에 앉아 책을 읽고 있었다.

내가 다가가자 누나는 고개를 들었다.

"학교 가기 싫었니?"

나는 고개를 끄덕였다.

"나도야. 엄마인 척하고 학교에 전화해서 결석 처리했지. 식은 죽 먹기야. 넌 어떻게 했어?"

누나는 웃음기 없이 말했다. 나는 그저 어깨를 으쓱했다.

"앉든가."

누나는 턱짓으로 옆자리의 의자를 가리켰다.

잠자코 의자에 앉아 누나를 쳐다보았다. 무사히 단추를 돌려받으려면 신중해야 한다. 내가 돌아갈 수 있는 마지막 기회다.

"너도 그린 밀스 중등학교 다니지?"

나는 고개를 끄덕였다.

"난 거기 질색이야. 너무 지루해."

"그렇게 나쁘지는 않아. 괜찮은 친구만 있다면."

내가 조용히 답했다. 누나는 나를 잠시 쏘아보다가 책으로 눈길을 돌렸다.

"왜 그 단추 가져갔어, 벡스 누나?"

나는 누나를 쳐다보며 물었다.

누나는 책에서 눈을 떼지 않았다.

"뭔 소리 하는지 모르겠다."

"더러운 도둑에, 더러운 거짓말쟁이."

거짓말의 첫 번째 징후는 상대방의 눈을 못 쳐다보는 것이다. 바로 지금 누나처럼.

누나는 고개를 들었다. 표정은 무심하지만 눈은 그렇지 않았다. 일단 평소보다 빠르게 깜빡거렸다. 내가 알기로 누나는 화가 나면 유독 그랬다.

"혹시 딴사람한테 훔쳐다 주는 거야? 매니큐어, 휴대폰 케이스, 그 단추까지……."

누나는 눈알을 굴렸다.

"네가 뭔 상관인데?"

누나가 고개를 한쪽으로 획 젖히며 빼기듯이 물었다.

나는 화가 치밀었다. 아까 하워드 선생님의 차 안에서 느꼈던 분노가 되살아났다.

누나 쪽으로 몸을 바짝 기울였다.

"좋아. 이제부터 내가 하는 말 잘 들어, 누나. 미친 소리처럼 들릴지도 몰라. 아마 받아들이기 어려울 거야. 충격 받을지도 몰라. 준비됐어?"

누나는 의자 등받이에 몸을 털썩 기댔다.

"나한테 그딴 식으로 말하지 마."

누나가 말했다. 나는 이를 악물고 화를 삭였다.

"일단 닥치고 내 말 들어봐."

나는 누나에게 손가락을 내지르며 콧김을 내뿜었다. 누나는 떨떠름한 표정으로 고개를 끄덕였다.

"좋아. 이제 집중해. 나는 누나, 벡스 베케트를 알아. 어떻게 아는지는 말해 줄 수 없지만, 아무튼 그래. 실은 아주 잘 알아. 누나는 버섯을 싫어하지만 피자에 올라간 버섯은 잘 먹지. 물 위에서보다 물속에서 더 잘 헤엄치고. 그리고 영국의 역대 모든 왕과 왕비들의 이름을 모조리 외웠어. 겨우 여섯 살 때."

누나는 입을 떡 벌리고 무슨 말을 내뱉으려 했지만 내가 손을 들어 막았다.

"잠깐, 아직 안 끝났어. 언젠가 누나는 방 한구석에서 거미를 발견하고 맬컴이라고 이름 붙였지. 누나네 엄마 아빠는 한때 서로 너무 미워해서 자기가 먹을 음식에 손대지 말라고 포스트잇을 붙였을 거야."

나는 숨을 몰아쉬었다.

"뭐?"

"누나네 부모님은 서로 몹시 미워해서 우유조차 나눠 마시지 않았잖아."

나는 가만히 누나의 반응을 기다렸다.

"아, 아니……. 그걸 네가 어떻게?"

"그건 지금 중요한 게 아니고……. 내가 아는 누나는 정말, 정말 똑똑한 사람이야. 굳이 할 필요도 없는 역사 숙제를 하고 학교와 공부를 무척 좋아했어. 한때는 클라우디아라는 애한테 괴롭힘을 당한 적도 있는데, 걔네 패거리와 억지로 어울리지 않고 꿋꿋하게 버텼지."

누나의 눈가에 눈물이 맺히더니 뺨을 타고 천천히 흘렀다.

"내가 아는 누나는 화장품이나 휴대폰 케이스나 어떤 노인의 은 단추를 훔치는 사람이 아니야. 내가 아는 누나는 자기 자신에게 떳떳한 사람이었어. 주변에서 누나를 두려워하는 사람들이 아무리 깎아내려도. 그래서 클라우디아가 누나한테 못되게 구는 거야. 누나를 두려워하니까. 지금 누나가 아니라, 내가 아는 누나 말이야. 다른 사람이 어떻게 생각하든 신경 쓰지 않고 자기 삶을 사는 똑똑한 사람."

나는 의자 등받이에 털썩 기댔다. 갑자기 너무, 너무나 피곤했다.

"너 누구야, 맥스웰?"

누나는 이맛살을 구기고 내 얼굴을 뜯어보았다.

"자세히 보니까 좀 낯이 익은데. 내…… 사촌이나 뭐 그런 거야?"

나는 의자를 뒤로 밀고 일어섰다.

"그냥 누나의 수호천사라고 해 두자."

누나가 눈을 깜빡이며 입을 벙긋거렸다. 나는 군말 없이 자리를 떠났다.

38장

차

나는 레지 할아버지 집에 돌아와서 나무알을 품에 안은 채 소파에 앉았다. 은 단추 없이 시도하는 것은 무의미했다. 아마 벡스 누나는 그것을 진작 팔아 치웠을 것이다.

희망이 없다. 난 이 세계에 갇혀버린 것이다.

멍하니 난롯불을 바라보는데 레지 할아버지가 차와 비스킷을 담은 쟁반을 들고 나타났다. 나는 할아버지의 기억력을 다시 한번 시험해 보기로 했다.

"할아버지의 할아버지가 이 알을 어디서 얻었다고 하셨죠?"

할아버지는 작은 테이블에 쟁반을 내려놓았다.

"베트남. 조부는 세계 일주를 세 번이나 하면서 온갖 우여곡절을 겪었지. 그 나무알도 사연이 있어. 호치민 시 뒷골목의 어느 카페에서 카드 게임에 끼어들어 어찌어찌 이겼는데, 거기 사람들이 조부가 속임수를 썼다며 판돈을 안 내놓더래. 언성을 높이면서 싸우다가 분위기가 험악해지니까 조부가 도망치면서 선반 위에 있던 알을 냅다 들고 달아난 거야."

"그건 도둑질 아니에요?"

"꼭 도둑질이라고 할 수는 없지. 정정당당하게 딴 돈을 그쪽에서 내놓지 않으니 조부는 자기 몫을 스스로 챙긴 셈 친 거야. 하지만 툭하면 그 뮤직 박스가 자기 인생을 망쳤다고 말하던 걸 보면 결국 벌을 받았는지도 모르겠구나."

나는 나무알을 든 채 할아버지를 빤히 바라봤다.

"인생을 망쳤다는 게 무슨 뜻이에요?"

내 말에 할아버지는 잠시 생각에 잠겼다.

"오, 글쎄. 친구들을 잃었다고 했던 것 같다. 잘은 기억 안 나지만."

나는 목구멍이 조여드는 걸 느끼며 할아버지 쪽으로 몸을 숙였다.

"친구들을 잃다니요? 친구들이 어디 갔는데요?"

나는 거의 속삭이듯 물었다.

"내가 방금 잃었다고 했니? 나도 잘 모르겠구나. 아마 사이가 틀어진 게 아닌가 싶어. 내가 말했듯이, 조부는 성격이 좀 유별났으니까……."

할아버지가 웃으며 말했다.

"혹시…… 사라진 거 아니에요? 친구들이?"

심장이 쿵쿵 뛰었다.

"어디로 갔대요? 돌아왔대요? 왜 전에는 이런 얘기 안 해 주셨어요?"

나는 아예 소리를 질렀다. 할아버지가 얼떨떨한 눈으로 나를 쳐다봤다.

"나, 나도 모르겠다, 맥스웰. 딱히 중요한 얘기가 아니라고 생각했나 봐."

속이 뒤집힐 것 같았다. 나는 말없이 할아버지가 머그잔에 담긴 차를 홀짝이는 모습을 바라봤다. 할아버지는 내 질문을 이해하지도 못하는 눈치였다.

"저는 다 잃었어요, 레지 할아버지."

눈물이 나왔다.

"모두 다요……. 그리고 제 개 몬스터는 죽었어요. 다 이, 이 재수 없는 것 때문이에요."

할아버지가 나를 쳐다봤다.

"정말 속상하겠구나, 맥스웰. 나도 그 마음이 어떤지 안다. 나도 아내를 잃었는데……."

"알아요."

나는 날카롭게 대꾸했다.

"이미 얘기해 주셨어요. 너무 슬프고, 할아버지가 그런 일을 겪어서 정말 안타까워요. 하지만 저는 지금 제 문제만으로도 너무 벅차요."

나는 할아버지의 아내에 대해 다시 듣고 싶지 않았다. 그 얘기는 너무 우울했다. 게다가 나는 할아버지의 할아버지가 친구들을 잃었다는 얘기를 머릿속으로 이해하느라 바빴다.

그게 무슨 뜻일까? 그들도 사라진 것일까?

"내 아내는 죽었단다. 내 아내 에밀리가……."

또 시작이었다.

"할아버지, 저도 안다고요. 이미 얘기해 주셨어요."

나는 무릎 위의 나무알을 바라보았다. 은 단추 없이 작동하는 방법만 알면 원래대로 돌아갈 수 있을 것이다. 하지만 방법이 없다면? 내가 이곳에 영원히 갇힌다면?

"에밀리가 없는 삶을 견딜 수가 없었어."

할아버지의 목소리가 가늘게 떨렸다. 나는 한숨을 내쉬며 두 손으로 얼굴을 감쌌다. 할아버지는 말을 이었다.

"그렇게 한동안 혼자 지내다가 결단을 내렸지. 아주 중대한 결단을."

나는 손가락 사이로 무릎 위의 나무알을 바라보며 잠자코 들었다.

"나는, 더 이상 에밀리가 없는 세상에 머무르고 싶지 않았어. 그냥…… 벗어나고 싶었어……."

나는 할아버지를 힐끗했다.

"아예 새로운 삶을 원했어. 에밀리와의 기억이 떠오르지 않는 곳에 가고 싶었지. 내가 누군지 아무도 모르는 곳으로."

나는 천천히 손에서 얼굴을 떼고 할아버지를 쳐다봤다.

"그래서 그렇게 했단다, 맥스웰."

할아버지는 나를 똑바로 바라봤다. 눈의 흰자위가 번들거렸다.

"어떻게 했는데요?"

나는 거의 속삭이듯 물었다. 할아버지는 연거푸 숨을 들이마셨다가 내뱉었다.

한 번, 두 번, 세 번.

마침내 할아버지가 대답했다.

"나를 지워 버렸지."

39장

할아버지

나는 눈을 깜빡이는 레지 할아버지를 멍하니 쳐다봤다. 심장이 쿵쿵 뛰었다. 그리고 할아버지가 방금 한 말을 머릿속에 되풀이했다.

지워졌다고? 레지 할아버지가? 지금 자기 안락의자에 앉아 있는 노인이 지워진 존재라고? 나처럼?

그러고 보니 할아버지에게는 친구도, 가족도, 찾아오는 사람도 없었다. 벽난로 위 선반에는 흔한 가족사진 한 장 없었다. 적어도 아내의 사진은 간직하고 있을 텐데, 집 안 어디에도 보이지 않았다.

할아버지의 과거를, 살아온 인생을 보여 줄 만한 건 아무것도 없었다.

나는 벌떡 일어나서 카펫 위를 서성거렸다.

"그, 그러니까…… 할아버지가요? 할아버지도 아예 없는 존재가 되길 바랐어요?"

할아버지는 천천히 고개를 끄덕이고서 한 손을 가슴에 댔다. 얼굴이 붉었다.

"기분이 이상하구나. 이제껏 아무한테도 말하지 않았거든. 그 일이 일어난 뒤로 한 번도 이런 얘기를 한 적이 없어."

나는 할아버지에게서 눈을 뗄 수 없었다.

혹시 그래서 할아버지의 기억력이 나빠졌나? 자신을 지워 버려서?

"자세히 얘기해 주실래요?"

나는 나직하게 말했다. 할아버지는 천장을 올려다보며 잠시 생각에 잠겼다.

"내 조부는 여행에서 돌아와서 이 집에 꽤 오래 살았지. 내가 말했던가?"

나는 고개를 저었다. 놀라서 말이 안 나왔다.

"여기 있는 것들은 다 조부가 남긴 물건들이야. 이 안락의자도, 그 소파도, 저 유리장도. 내가 누군지 아무도 모르는 곳에서 새 삶을 시작하기란 쉬운 일이 아니지. 신분증도, 살 집도, 도움을 구할 친구도, 가족도 없으니까. 아무것도."

나는 그 기분을 너무나 잘 알았다. 할아버지가 이어서 말했다.

"하지만 그와 동시에 행복했던 나날을 떠올리게 하는 것들도 없지. 아내가 가장 좋아했던 컵이나 서랍 속 은색 머리핀처럼 불시에 나를 아프게 하는 것들. 그런 사소한 물건들만 봐도 숨이 막힐 정도로 괴로웠거든."

할아버지는 마른침을 삼키며 눈썹을 문질렀다.

"지워진 존재가 되면 사진도, 일기도, 지난 삶의 흔적도 죄다 사라지지. 내가 괜찮은지 확인하려고 문을 두드리는 사람도, 하루 세 번 전화하는 사람도 없어진단다. 나는 이런 삶을 원했어. 내가 누군지 아무도 모르는 삶. 그저 죽은 듯이 살고 싶었지."

잠자코 할아버지를 바라보았다. 그 당시 할아버지에게는 정말로 자신을 지우는 게 최선이었다. 너무 슬펐다.

하지만 나는 할아버지처럼 되고 싶지 않았다. 내 삶으로 돌아가고 싶었다.

"이 나무알이 할아버지를 지워지게 한 거죠? 이 안에 들어있는 게 할아버지의 소망을 이뤄준 거죠?"

나는 나무알을 들고 물었다. 할아버지는 찌푸린 이마를 문질렀다.

"나, 나도 모르겠다."

"기억해 보세요. 이 안에 뭔가 빠진 물건이 있는데 그걸 대체할 만한 것을 찾아야 해요. 도와주세요, 할아버지, 제발!"

나는 거의 악을 썼다.

할아버지가 당혹스러운 얼굴로 날 쳐다봤다. 나는 손톱이 손바닥을 파고들 만큼 주먹을 꽉 쥐었다.

"그게 그러니까…… 나도 잘……."

나는 할아버지 옆에 무릎을 털썩 꿇고 앉았다.

"저는 이제 지워진 사람으로 살기 싫어요, 레지 할아버지. 제말 이해하세요? 저는 돌아가고 싶다고요!"

나는 고개를 떨구고 흐느끼기 시작했다. 울음이 멈추지 않았다. 할아버지가 내 머리를 가만가만 토닥였다.

"미안하구나, 맥스웰. 너무 오래된 일이라서……."

나는 소매 끝으로 눈물을 닦았다.

"저는 그냥, 돌아가서 모두 다시 만나고 싶어요. 그럴 수만 있다면…… 사랑한다고 말해 주고 싶어요."

나는 고개를 들었다.

"할아버지는 안 그래요? 가족이나 친구들을 다시 만나고 싶지 않아요?"

할아버지가 고개를 저었다.

"모르겠다. 나는 내 예전 삶이 거의 기억나지 않아, 맥스웰. 전부…… 희끄무레해. 그 안에 내가 존재하지 않으니까."

나는 할아버지의 현재 삶을 생각했다. 가족도, 친구도 없이 다른 사람의 물건에 둘러싸인 채 살아가는 삶.

"하지만 할아버지는 지금 이 삶에서도 존재하지 않는 사람이나 마찬가지잖아요. 안 그래요? 이 삶은 할아버지의 예전 삶보다 훨씬 공허하다고요."

할아버지는 말없이 눈을 깜빡였다. 언젠가 나도 이렇게 될 것이다. 과거 없이 무의미한 현재를 사는 지워진 사람.

"예전 삶이 아무리 고통스러워도, 적어도 주위에 할아버지를 사랑하는 사람들이 있었잖아요. 앨리스와 잭은요? 그 두 사람은 여전히 거기 있을 텐데, 한 번이라도……."

그 순간 뒷문이 벌컥 열렸다.

"맥스웰? 여기 있어?"

찰리 긱이 거실로 뛰어 들어왔다. 내가 얼떨떨한 얼굴로 일어나자 찰리는 내 어깨를 잡고 씩 웃으며 말했다.

"맥스웰 베케트, 내가 널 돌아가게 해 줄게!"

40장
오르골

찰리 뒤에 한 사람이 더 있었다. 벡스 누나였다. 누나는 멋쩍은 얼굴로 내 이름을 불렀다.

"맥스웰."

찰리가 곧장 설명했다.

"내가 그래도 되는지 모르겠지만…… 벡스 누나에게 네 정체를 알려 줬어. 단추를 돌려받으려고."

누나가 숨을 깊이 들이마시고 물었다.

"사실이야?"

나는 고개를 끄덕였다. 누나는 입을 동굴처럼 벌린 채 그대로 있었다.

"난 누나랑 엄마, 아빠, 그리고 몬스터라는 개와 함께 살아. 귀엽고 통통하고 웃긴 비글. 나에게는 무엇과도 바꿀 수 없는 존재야. 누나는 역사를 좋아하고 검은색과 회색 옷을 즐겨 입어. 오렌지처럼 화장을 하거나 가게에서 물건을 훔치거나 학교를 땡땡이치는 짓은 절대 안 해. 그런 걸 전부 어떻게 아느냐면, 바로 내가 누나 동생이기 때문이야."

누나는 눈을 깜빡이면서 침을 꼴깍 삼켰다. 찰리는 손을 위아래로 흔들며 카펫 위를 서성거렸다. 내 원래 삶에서의 찰리와 꼭 닮은꼴이었다. 심지어 머리카락마저 뾰족함을 약간 잃었다.

"게다가 벡스 누나가 단추를 가지고 있대! 맥스웰에게 보여줘, 누나!"

누나가 교복 재킷 주머니를 뒤적거리더니 손바닥을 펴 단추를 내보였다. 나는 그것을 집어 손안에 꼭 쥐었다.

잠시 민망해하던 누나의 얼굴이 유리장을 보고 화색을 띠었다.

"그 나무알 속에 있는 것들이 만약 진짜라면 세기의 발견이나 다름없어. 천문학적인 가치일 거야."

"아마도. 하지만 나는 그런 건 아무래도 상관없어. 돌아갈 수만 있다면."

내 말에 누나는 고개를 끄덕였다.

"훔쳐 가서 미안해. 충동적으로 어리석은 짓을 저질렀어. 찰리가 설명해 주기 전까지 이게 그렇게 중요한 물건인지 몰랐어. 물론 아주…… 황당한 얘기이긴 하지만."

나는 어깨를 으쓱했다.

"괜찮아. 나는 살면서 누나한테 더한 짓도 많이 했는걸."

그러자 누나가 나에게 불쑥 손을 내밀었다.

"그럼, 돌아가면 네 누나에게 잘하기다. 알았지?"

나는 약간 망설이다가 누나가 내민 손을 잡고 흔들었다.

"알았어."

나는 찰리에게 눈길을 돌렸다.

"고마워, 찰리. 벡스 누나에게 말해 줘서. 그리고 네가 돌아와서 기뻐."

"마커스에 대해 네가 한 말도 옳았어."

찰리는 어색하게 선 채로 말을 이었다,

"그 녀석은 순 얼간이야. 이제부터 그 녀석 주위에는 얼씬도 안 할 거야."

나는 씩 웃었다.

"저기, 둘 다 부엌에서 잠깐만 기다릴래? 레지 할아버지한테 잠시 할 애기가 있거든."

찰리와 누나는 나와 레지 할아버지를 번갈아 보다가 고개를 끄덕였다. 두 사람은 부엌으로 가면서 문을 닫았다.

할아버지는 안락의자에 앉아 배 위로 팔짱을 끼고 있었다. 할아버지 곁으로 가 앉았다.

"돌아가고 싶었던 적 없어요, 할아버지? 진짜 삶으로?"

내가 물었다.

할아버지는 슬픈 눈으로 날 지그시 바라보더니 고개를 가로 저었다.

"저는 여기 못 있어요. 가족들에게 돌아가야 해요. 진짜 가족에게요. 다들 너무 보고 싶어요. 저는 제가 쓸모없는 앤 줄 알았거든요? 제가 태어나지 않았다면 모두 더 잘살 줄 알았다고요. 그랬는데…… 틀렸어요. 저는 중요한 사람이에요. 모두에게 제가 필요해요. 그래서 저는…… 돌아가고 싶어요."

이제 난 어떻게 되는 걸까? 평생 여기서 살 순 없다. 할아버지가 날 보며 미소 지었다.

"넌 돌아갈 방법을 찾을 거다, 맥스웰. 왜인지 아니?"

나는 고개를 저었다.

"이 안에서 느끼니까."

할아버지가 자기 가슴을 두드리며 말했다.

할아버지의 눈에 눈물이 가득 고였다. 자기가 없는 세상이 더 낫다고 인정하기까지 정말 힘들었을 것이다. 나도 그렇게 느끼지 않았던가? 하지만 그건 진실이 아니었다.

나는 소파에서 나무알을 집어 유리장으로 걸어갔다. 누나와 찰리가 부엌에서 소곤대는 소리가 들렸다. 나는 두 사람이 보는 데서 시도하고 싶지 않았다. 혼자서 하고 싶었다.

두 손의 나무알을 내려다보았다.

지금이다. 돌아갈 시간.

나는 중요한 사람이다. 이제는 안다.

아빠가 싫어하던 회사를 떠난 것도, 누나가 역사를 좋아하는 자신에게 떳떳한 것도, 하워드 선생님과 헉슬리 선생님이 서로의 마음을 확인한 것도 다 내가 있어서였다.

돌아가게 되면 학교 사람들에게 내가 저지른 모든 일과 올해 가장 큰 행사를 망친 것에 대해 사죄할 것이다. 그리고 하나뿐인 절친 찰리와 화해할 것이다. 이제까지 좋은 친구가 아니어서 미안하고 앞으로는 잘하겠다고 말해야지.

무엇보다 내 반려견을 만날 생각에 가슴이 벅찼다. 내가 돌아가면 몬스터는 살아 있을 테니까.

나는 심호흡을 하고 나무알의 꼭지를 눌러 열었다. 은 단추를 다른 것들과 함께 넣고 조심스럽게 닫았다. 그리고 나서 꼭지를 비틀어 돌리자 오르골이 연주를 시작했다.

"다시 존재하고 싶어요."

네 마디 멜로디가 멈추자마자 중얼거렸다. 유리장 문에 비친 내 모습을 바라봤다. 아무 느낌도 없었다. 나는 유리장 문을 열고 선반 위의 검은 모자 옆에 나무알을 올려놓으면서 한숨을 내쉬었다.

뒤돌아보니 할아버지는 안락의자에서 곯아떨어진 상태였다. 그새 졸고 있었던 모양이다. 할아버지의 가슴팍이 규칙적으로 오르락내리락했다.

집 안은 고요했다. 할아버지가 가볍게 코 고는 소리만 들렸다.

찰리와 누나에게 실패했다고 말하려고 부엌으로 갔는데 아무도 없었다.

"찰리? 벡스 누나?"

분명 떠나는 소리를 듣지 못했는데, 어디로 갔지? 부엌문을 열고 바깥을 내다봐도 두 사람의 모습은 보이지 않았다.

가슴이 쿵쿵 뛰기 시작했다.

돌아서서 거실로 달려가 곧장 그걸 찾았다. 그것은 언제 없어졌었냐는 듯이 벽난로 위 선반에 떡하니 있었다.

"대박!"

내가 소리를 지르자 할아버지가 화들짝 깼다.

"무, 무슨 일이야?"

할아버지가 의자에서 벌떡 일어났다. 나는 할아버지에게 달려가 덥석 안겼다.

"이게 대체 무슨 일이람?"

할아버지는 떨떠름하게 웃었다. 나는 할아버지의 두 손을 잡고 이리저리 흔들었다.

"저예요, 할아버지! 맥스웰이요!"

나는 터져 나오려는 웃음을 참고 말했다.

그러고 나서 벽난로로 걸어가 레지 할아버지의 초상화를 집어 들었다. 내가 우리 동네에서 가장 자랑스럽게 여기는 것을 그린 그림.

나는 두 손으로 액자를 들고 씩 웃었다.

심장이 터질 것 같았다.

"돌아왔다!"

41장

인사

거실 한가운데 서서 초상화를 들여다보는 레지 할아버지를 뒤로하고, 나는 부엌문을 나섰다.

출입로를 내려가 오른쪽으로 꺾어 뱅크스 부인의 뜰 앞을 지났다. 마침 뱅크스 부인이 푸른 잔디 위에서 박스 테이프로 플라밍고 머리를 몸에 붙이려고 낑낑대고 있었다.

나는 두 손으로 울타리를 잡고 외쳤다.

"머리 없는 플라밍고! 좋았어!"

허공에 주먹을 내지르는데 뱅크스 부인이 날 매섭게 노려봤다. 나는 손을 흔들었다.

"안녕하세요, 뱅크스 부인! 저예요, 맥스웰!"

뱅크스 부인은 황당하다는 듯이 입을 떡 벌렸다.

"제가 그 플라밍고 꼭 고쳐 드릴게요! 만약 못 고치면 제 용돈으로 새것 사 드릴게요. 제일 멋진 것으로요! 어때요?"

나는 그 자리에서 굳어 버린 뱅크스 부인에게 다시 한번 활짝 웃어 보이고서 달리기 시작했다. 집에 가기 전에 먼저 만날 사람이 있었다.

찰리. 내 친구의 도움이 없었다면 나는 돌아오지 못했을 것이다.

전속력으로 달려 찰리네 집 현관 계단에 도착하니 숨이 턱까지 찼다. 초인종을 누르고서 마당 한구석을 돌아봤다. 산길 트랙이 돌아와 있었다. 나는 흐뭇하게 미소 지었다. 하지만 문을 열고 나와 마주한 찰리의 엄마는 확실히 미소 짓는 얼굴이 아니었다. 곧바로 문을 닫으려 해서 나는 황급히 두 손을 뻗어 말렸다.

"찰리의 코를 다치게 해서 죄송해요, 카푸어 부인. 일부러 그런 건 절대 아닌데, 믿지 않으셔도 할 말 없어요. 저는 찰리에게 그다지 좋은 친구가 아니었잖아요. 맞죠?"

아줌마가 뭐라고 말하려는데 아줌마의 등 뒤로 찰리가 나타났다. 감색 정장 차림에 코에는 커다란 반창고를 붙인 채로. 그야 100주년 기념 무도회에서 막 돌아왔으니까!

저 세계에서는 며칠이 흘렀는데 신기하게도 나는 지워졌던 바로 그 순간으로 돌아왔다. 찰리의 머리는 평소처럼 헝클어져 있었지만 내 눈에는 더할 나위 없이 멋져 보였다.

"찰리!! 돌아왔구나! 아니, 그게 아니라, 내가 돌아왔어!"

내가 웃으며 말했다. 찰리와 아줌마는 나를 떨떠름하게 바라보기만 했다.

"그리고 네 코! 반창고 다시 붙이니 정말 보기 좋다!"

나는 다시 웃음을 터뜨렸지만 아무도 따라 웃지 않았다. 아줌마가 한쪽 팔로 찰리의 어깨를 감싸 안았다.

"찰리는 이제 너랑 놀지 않을 거다, 맥스웰. 너는 좋은 영향을 주는 친구가 아니니까. 그렇지, 찰리?"

찰리는 눈을 내리깔고 고개를 끄덕였다.

"알았어요, 카푸어 부인. 저도 이해해요. 그런데 둘이서 잠깐 얘기 좀 하면 안 될까요? 1분만요."

아줌마는 눈살을 찌푸렸다.

"딱 1분이다."

아줌마는 단호하게 말하고서 집 안으로 들어갔다. 아줌마가 사라지자 찰리가 입을 열었다.

"너 이제 큰일 났어, 맥스웰. 어쩌면 무도회에서 저지른 일로 퇴학당할지도 몰라."

"퇴학?"

그럴 만도 했다. 정전을 일으키고 모두의 추억을 망쳤으니까. 그에 대한 처벌은 미처 생각해 보지 않았다. 찰리가 이어서 말했다.

"그리고 우리 엄마 말이 맞아. 난 이제 너랑 놀고 싶지 않아. 너랑 있으면 자꾸 자존감이 떨어지는 것 같아. 이해해? 아니, 못 하겠지. 넌 너밖에 모르는 애니까. 안 그래?"

내가 반박하려는데 찰리가 말을 이었다.

"너한테 친구가 나밖에 없는 건, 너랑 놀 만큼 멍청한 애가 아무도 없기 때문이야. 솔직히 말해서 난 이제 다른 친구를 사귀고 싶어."

찰리는 가슴 앞에 팔짱을 끼고 내 대답을 기다렸다.

"아, 그래……."

"알아들은 거야? 진심으로? 넌 여태껏 한 번도 날 이해하려고 한 적 없잖아. 넌 네 생각만 하니까."

나는 고개를 천천히 끄덕였다.

"그래, 네 말이 맞아. 난 형편없는 친구였어."

찰리는 바닥을 보며 두 발을 꼼지락거렸다.

나는 말을 이었다.

"내가 나빴어. 널 은근히 비웃고 무시했지. 다시 친구로 지내고 싶지 않다고 해도 이해해. 하지만 이 말은 꼭 하고 싶어……. 너는 나의 가장 좋은 친구야, 찰리. 너는 재밌고 똑똑하고…… 그래서 아마 널 좀 질투했나 봐. 넌 사고 한 번 안 치는 착한 애고, 아는 게 진짜 많으니까……. 그리고 너는 너 자신에게 떳떳하지. 다른 사람이 널 어떻게 생각하든 전혀 신경 안 쓰잖아. 적어도 이 세계에서는……."

찰리가 고개를 들고 얼떨떨한 표정으로 날 보다가 다시 눈을 내리깔았다.

"네가 싫다면 더는 귀찮게 하지 않을게. 하지만 조금이라도 나와 다시 친해지고 싶은 마음이 있다면 그렇다고 말해 줘."

잠자코 대답을 기다렸지만 찰리는 내 얼굴을 쳐다보지도 않았다. 나는 고개를 떨구고 돌아서서 계단을 내려갔다. 현관문이 닫히는 소리가 들렸다.

42장

집

가슴이 욱신거렸다.

찰리가 나에게 화가 났을 거란 생각은 했지만 나와 절교하고 싶어 할 줄은 몰랐다. 찰리는 이미 완전히 돌아섰고 마음을 바꿀 생각은 없어 보였다.

길모퉁이를 돌면서 주머니에 손을 넣었다. 손끝에 차가운 것이 닿았다. 꺼내 보니 열쇠였다. 학교에 정전을 일으키고 나서 잠그고 온 보일러실 열쇠.

사실 무도회에서 저지른 일로 어떤 대가를 치르게 될지 깊이 생각해 보지 않았다.

정말 퇴학당하면 어쩌지? 다른 학교에 간다고 해도 나 같은 애와 누가 어울려 줄까?

어느새 우리 집이 코앞이었다. 나는 출입로에 멈춰 섰다. 대문이 없었다. 그야 내가 몇 년 전에 타고 놀다가 떨어져 나갔으니까. 나는 대문 없는 벽돌 기둥을 가볍게 두드리며 지나갔다.

집에 도착하자마자 엄마가 현관문을 열어젖혔다. 잔뜩 화가 난 모습이었다.

"맥스웰! 대체 무슨 짓을 저지른 거야? 그게 얼마나 위험한 일인지 알아? 학교에 정전을 일으켜? 그 안에 수백 명이 있는데!"

엄마 등 뒤로 아빠가 나타났다. 벡스 누나도 계단에서 내려왔다. 검정 스키니진에 '역사는 죽지 않는다' 티셔츠 차림이었다. 내가 알던 누나로 돌아온 것이다.

나는 잠시 그 자리에 서서 내 가족을 눈에 담았다. 그러고 나서 두 팔을 벌려 엄마에게 뛰어들었다.

"사랑해요, 엄마. 다들 사랑해요. 정말 잘못했어요. 제가 저지른 짓 전부 다 죄송해요."

엄마는 떨떠름하게 나를 마주 안고 내 등을 문질렀다.

"왜 이래, 맥스웰? 갑자기?"

나는 엄마의 팔을 풀고 아빠 품으로 달려들었다.

"아빠, 다시 봐서 너무 좋아요. 두 분 다 저 때문에 마음고생 많으셨죠."

아빠의 어깨 너머로 누나가 보였다. 걱정스러운 얼굴이었다. 내가 미소를 지어 보이자 누나도 피식 웃었다. 앞으로 헤쳐 나갈 일이 산더미지만, 일단 내 가족을 다시 만나서 너무 기뻤다.

내 가족은 세 사람 말고 또 있었다. 누나 뒤로 부엌문이 덜컹거리다가 벌컥 열리면서 내 통통하고, 웃기고, 사랑스러운 비글이 달려 나왔다.

"몬스터!"

나는 아빠 품에서 벗어나 무릎을 꿇었다. 내 반려견이 평소처럼 한쪽 입가에 혀를 빼문 채 내 품 안으로 뛰어들었다.

"보고 싶었어, 몬스터! 너무너무 보고 싶었어."

나는 몬스터의 목덜미에 얼굴을 파묻었다. 역시 냄새가 고약했지만 그 냄새마저 너무너무 좋았다.

"맥스웰, 왜 그러는 거야? 괜찮아?"

엄마가 물었다.

나는 몬스터의 머리에 입을 맞추고 고개를 들었다. 다들 어리둥절한 표정으로 나를 바라보고 있었다.

"전 괜찮아요, 엄마. 걱정 마세요."

나는 곧장 학교로 가서 내가 정전을 일으키고 행사를 망친 일에 대해 자백하겠다고 했다. 사실 내가 한 짓이 뻔하니 자백이랄 것도 없었다. 엄마 아빠는 조금 놀란 듯했지만 내 생각에 동의했다.

우리는 아빠가 운전하는 차를 타고 학교로 향했다. 아빠는 방송국 트럭이 서 있던 곳에 차를 세웠다. 다들 짐을 챙겨 떠난 듯, 운동장에는 로이드 교장 선생님을 포함해 몇 사람뿐이었다.

내가 교장 선생님과 단둘이 얘기하고 싶다고 했더니 엄마 아빠는 차에서 기다리겠다고 했다. 내가 운동장을 가로질러 다가가자 교장 선생님이 나를 발견하고 팔짱을 단단히 꼈다.

"아니, 아니, 이게 누구야. 맥스웰 베케트, 직접 설명할 게 아주 많지 않니?"

교장 선생님은 당장이라도 불을 뿜을 기세였다. 하지만 내 얼굴을 보고 표정을 조금이나마 누그러뜨렸다.

"교장 선생님. 제가 방송 촬영이랑 무도회를 전부 망쳤어요. 아, 아까는 너무 속상해서 그대로 도망쳤어요. 정말 죄송해요."

교장 선생님이 한 발짝 다가왔다.

"이제 더는 못 봐준다, 맥스웰. 네 행동은 무모하고 위험했어. 그리고 모두의 소중한 추억을 망쳤지. 네 끊임없는 말썽을 어떻게 처리할지 주말 동안 진지하게 고민해 볼 생각이다."

나는 잠자코 고개를 끄덕였다.

"월요일 아침에 등교하자마자 교장실로 오거라. 부모님 모시고. 두 분 모두."

"네, 알겠어요. 월요일에 뵐게요."

나는 뒤돌아서 가족에게 돌아갔다.

43장

교장실

월요일 아침 일찍 엄마 아빠와 함께 교장실을 찾았다. 하워드 선생님도 그 자리에 있었다. 다들 딱딱하게 굳은 얼굴로 당장이라도 나에게 호통을 칠 것 같았다. 느낌이 별로 좋지 않았다.

로이드 교장 선생님이 먼저 내 학교생활 기록부를 소리 내어 읽기 시작했다. 그 안에는 지난 1년간 내가 피운 말썽들이 모조리 담겨 있었다.

목록은 끝날 듯 말 듯 계속 이어졌다. 하워드 선생님은 몇 번인가 움찔하기까지 했다. 엄마는 코로 긴 한숨을 내쉬고 아빠는 바닥의 카펫을 쏘아봤다.

"하고 싶은 말 있니, 맥스웰?"

교장 선생님이 기록부를 덮으며 물었다.

"하루도 사고를 안 치고는 못 넘어갈 만큼 학교가 싫은 거니?"

나는 헛기침으로 목을 가다듬었다. 주말 내내 뭐라고 얘기해야 할지 고민했다. 이미 찰리에게 진심을 털어놨고, 가족들에게 사랑한다고 말했다. 이제 학교 차례였다. 나는 다시 목을 가다듬었다.

"저, 저는 학교가 싫지 않아요."

로이드 선생님은 곧바로 눈알을 굴렸지만 하워드 선생님은 팔꿈치로 무릎을 짚고 한 손으로 턱을 감쌌다.

"실은, 좋아해요. 학교는 저에게 '편안한' 곳이에요……. 엄마 아빠가 싸우는 소리에서…… 벗어날 수 있는 곳."

이번에는 엄마가 움찔했다. 나는 감히 엄마나 아빠를 쳐다볼 수 없었다. 또 한 번 목을 가다듬었다.

"저도 제가 좋은 학생이나 좋은 친구, 좋은 아들이 아니었다는 거 알아요. 하지만 싫어서 그러는 건 아니에요. 제 친구와 가족, 심지어 학교도 저에게는 소중해요. 저는 그냥…… 그냥 자꾸 일을 그르치게 돼요. 이해가 가세요?"

고개를 끄덕이는 건 하워드 선생님뿐이었다. 나는 말을 이었다.

"학교에 오면 마음이 편해요. 두 사람이 저를 사이에 두고 소리를 지르거나 서로 못살게 굴거나 자기 음식에 바보 같은 포스트잇을 붙이지 않으니까요."

교장 선생님이 엄마 아빠에게 눈길을 돌렸지만 두 사람은 아무 말도 하지 않았다.

"가끔 저는 제가 탄산음료 병처럼 느껴져요. 저녁이나 주말 내내 뚜껑을 꽁꽁 닫고 버티는데, 꼭 그 병이…… 병째로 세탁기 안에서 마구 돌아가는 것 같아요. 무슨 느낌인지 아세요?"

나는 선생님들을 힐끗했다. 탄산음료 병이 된 느낌이라는 말에 정말 공감한 것 같지는 않았지만, 두 사람은 고개를 끄덕였다. 나는 숨을 크게 들이마셨다.

"그러다가 학교에 가면, 갑자기 숨통이 트이면서 ~~푸슈우우우~~욱! 하고 꼭, 꼭 뚜껑이 폭발하는 기분이 들어요……. 그냥 그렇게, 제 고민이나 걱정, 속상함…… 그런 것들이 죄다 튀어나와서…… 다시, 다시 뚜껑을 덮기가 어려워요."

나는 두 손을 마주 잡고 비틀다가 좀 아파서 손을 풀어 허벅지 아래 끼워 넣었다. 교장 선생님의 얼굴은 아까보다 누그러졌고 하워드 선생님은 입을 꾹 다물고 있었다. 아빠는 목을 가다듬었지만 아무 말도 꺼내지 않았다.

"죄송해요, 교장 선생님. 제가 한 짓 전부 다."

목소리가 점점 떨려서 그냥 말을 멈췄다.

교장 선생님이 의자에 등을 푹 기댔다.

"내 생각엔……."

선생님은 잠시 천장을 올려다봤다. 적절한 말을 고르려고 애쓰는 듯했다.

"나는 네가 영리하고 이해심 있는 소년이라고 생각한다, 맥스웰. 우선은…… 네가 느끼는 좌절감을 어떻게 도와줄 수 있을지 하워드 선생님과 내가 너희 부모님과 진지하게 얘기를 좀 해 봐야겠다. 괜찮겠지?"

나는 입을 열었다가 도로 닫았다. 하워드 선생님이 몸을 앞으로 기울였다.

"저는 여기 모인 우리 모두가 서로의 마음을 이해해 보려고 노력할 수 있다고 생각합니다. 저희 교사진, 학부모님, 그리고 맥스웰까지요. 그렇죠, 어머님, 아버님?"

나는 엄마 아빠를 쳐다봤다. 둘 다 조금 어색하게 고개를 끄덕였다.

"그럼 저 이 학교에 남을 수 있는 거예요?"

교장 선생님은 책상 위의 종이들을 뒤적이기 시작했다.

"그 전에 무도회에서 벌인 일로 마땅한 징계를 받을 거다. 그냥 넘어갈 수는 없어. 하지만 우리도 사태를 더 심각하게 키우지는 않을 생각이다. 자, 이제 첫 교시 수업에 들어가고……. 얌전히 굴어라. 알겠니, 맥스웰?"

나는 고개를 끄덕였다. 너무 활짝 웃지 않으려고 애쓰다 보니 뺨이 욱신거렸다.

무도회 정전 사건에 대한 벌은 몇 주 동안 쉬는 시간마다 학교 관리인 패로우 씨를 돕는 것이었다.

나는 주황색 조끼를 입고 운동장을 돌며 쓰레기를 주웠다. 내 꼴이 우스운지 다른 애들이 큰 소리로 놀려 댔지만, 나는 반격하고 싶을 때마다 내가 지워졌을 때를 떠올리고 묵묵히 패로우 씨를 도왔다. 게다가 작은 집게로 사탕 껍질 따위를 집어서 쓰레기봉투에 넣는 일이 은근히 재밌었다. 열중하다 보니 수업 종이 울리는지도 몰랐다.

나는 또한 '점검' 대상이 되었다. 수업이 끝날 때마다 내가 수업에 착실히 임했는지 담당 선생님에게 확인 도장을 받아야 했다. 만약 벌점을 1점이라도 받게 되면 교장실로 직행이었다.

물론 다시 말썽을 피울 생각은 추호도 없었다.

찰리에게 말을 걸고 싶었지만 오늘 찰리는 코 검사를 받으러 일찍부터 병원에 가 있었다. 마음이 몹시 무거웠다.

집으로 돌아가는 길에 나는 엄마 아빠가 교장 선생님과 면담을 마치고 집에서 2차전을 벌이고 있으리라 예상했다. 하나부터 열까지 서로의 탓을 하고 있을 게 뻔했다. 특히 내가 탄산음료 어쩌고 한 말에 대해서.

하지만 막상 도착하니 집 안은 조용했다. 아빠는 부엌에서 저녁 식사를 준비하고 엄마는 식탁에서 노트북을 들여다보고 있었다. 서로 말은 하지 않았지만 크게 싸운 직후처럼 팽팽한 긴장감은 느껴지지 않았다. 그저 이제 싸울 거리가 떨어진 느낌이었다.

몬스터가 언제나처럼 날 반기며 꼬리를 빙글빙글 흔들었다. 나는 평소보다 더 오래 몬스터를 껴안았다.

"누가 이걸 우편함에 넣어 놨더라."

아빠가 나에게 웬 봉투를 건네며 말했다.

봉투 겉면에는 '맥스웰'이라고 쓰여 있었다. 나는 그 손글씨를 곧장 알아보았다. 방에 가서 열어 보려고 하는데 아빠가 갑자기 나를 꽉 끌어안았다.

"우리는 널 사랑한단다, 맥스웰. 엄마 아빠는 널 아주 많이 사랑해."

나는 아빠를 힘껏 마주 껴안고 엄마에게 달려가 똑같이 했다. 엄마는 두 손으로 내 얼굴을 감싸 쥐고 말했다.

"맥스웰, 우리는 네가 아주 자랑스러워. 표현한 적은 별로 없지만, 정말 그래."

엄마가 내 뺨에 입술을 꾹 눌렀다 뗐다. 나는 축축한 볼을 문질러 닦았다.

신발을 벗어 던지고 계단을 달려 올라가 내 방 침대로 뛰어들었다.

그리고 봉투를 뜯어 편지를 펼쳐 보았다.

맥스웰에게

네 말이 맞아. 넌 형편없는 친구야. 툭하면 날 속이고 뒤에서 비웃었어. 게다가 내 친구는 너밖에 없다고 느끼게 했지. 그야 아무도 널 좋아하지 않으니까. 까놓고 말해서 어느 멍청이가 너랑 친구가 되고 싶겠어?

잠시 숨을 골랐다. 더는 내가 얼마나 몹쓸 친구였는지 확인하고 싶지 않았다.

나는 다음 줄을 힐끗 보고 나서 계속 읽어 내려갔다.

하지만 너에겐 내가 좋아하는 점들도 있어. 심한 장난만 치지 않으면 넌 진짜 웃겨. 그리고 가끔 내가 흥미로운 사실을 배워서 알려 주면 너는 무척 흐뭇해하지. 내가 그런 걸 너에게만 알려 주니까. 그리고 넌 내가 아는 게 무척 많다고 느끼게 해. 그래서 좀 으쓱해져.

나는 오늘 병원에서 진료를 기다리는 동안 (참고로 내 코 이제 괜찮대) 너에게 한 번 더 기회를 주기로 마음먹었어. 다시 내 친구가 될 기회.

다만 조건이 있어. 이제 정말 심한 장난을 치지 않겠다고 약속해.

그리고 찰리 긱이라고 그만 불러. 진짜 짜증나니까.

오랫동안 고생한 네 친구

찰리 카푸어로부터

나는 씩 웃으며 편지를 접어 다시 봉투 안에 넣었다.

찰리가 돌아왔다.

44장

아파트

내가 원래의 삶으로 돌아온 지 약 한 달 반 뒤, 모든 게 바뀌었다.

아빠가 우리 집을 떠났다.

어느 날 저녁, 엄마 아빠는 벡스 누나와 나를 앉혀 놓고 말했다. 두 사람은 우리를 무척 사랑하지만, 서로를 예전만큼 사랑하지 않는다고. 서로 말싸움하는 것에 지쳤고 너무 오랫동안 우리에게 그런 모습을 보여서 미안하다고.

둘은 금전적인 부분에서 합의를 보았고 아빠는 작은 아파트로 거처를 옮기게 되었다. 다행히 멀지 않은 곳이라서 자주 만

날 수 있었다.

엄마 아빠는 언젠가 우리 집을 팔아야 할지도 모른다고 했다. 만약 그렇게 되면 우리가 계속 같은 학교에 다닐 수 있도록 너무 먼 곳으로는 이사 가지 않겠다고 약속했다.

얘기를 다 듣고 누나는 눈물을 터뜨렸다. 엄마는 그저 누나를 꼭 껴안았다. 나도 슬펐지만, 받아들일 만했다. 내가 지워졌을 때 엄마가 얼마나 행복하게 지내는지 봤으니까. 엄마가 아빠를 다시 사랑한다면 좋겠지만, 그보다 엄마의 웃는 얼굴이 보고 싶었다. 그리고 이 세계에서는 아빠도 자기가 좋아하는 일을 하니까 잘 지낼 수 있을 것 같았다.

누나와 나는 주중 하루 저녁, 격주 주말 하루 저녁마다 아빠를 만났다. 처음에 아빠는 조금 힘들어했다. 아빠의 아파트는 작고 냄새가 좀 났는데 정리나 청소도 잘 하지 않고 방치했다. 그리고 우리를 집에 데려다줄 때면 아주 오래 안아 주었다. 마치 보내고 싶지 않다는 듯이.

그래도 몇 주 뒤에는 아파트에 조명등을 몇 개 사들이고 벽에 사진들을 붙여 놓았다. 또, 근처 체육관에서 스쿼시 모임에 가입했는데 꽤 잘하는 모양이었다. 조만간 누나와 나에게 시범을 보여 주겠다고 했다.

아빠는 우리를 데리러 올 때면 차 안에서 기다리곤 했는데 지난 주말, 내가 가방을 꾸리고 있을 때 엄마가 아빠를 집 안으로 불렀다. 나는 두 사람이 부엌에서 대화하는 소리를 들을 수 있었다. 준비를 마치고 내려오니 두 사람은 커피를 마시고 있었다. 아빠가 뭔가 재밌는 말을 했는지 엄마가 깔깔 웃었다. 그런 모습을 마지막으로 본 게…… 언제인지 기억도 안 난다. 이제 냉장고 안에서 포스트잇을 볼 일은 없었다.

속이 시원했다.

나는 찰리 긱과 다시 절친이 되었다. 물론 대놓고 찰리 긱이라고 부르지는 않지만. 그리고 정말 좋은 친구가 되려고 노력한다. 가끔 찰리가 수업 시간에 지나치게 아는 척을 하면 다른 애들이 지루하다고 야유하는데, 예전의 나라면 팔꿈치로 찰리의 옆구리를 찌르며 눈치를 줬겠지만 지금의 나는 오히려 다른 애들을 노려보며 입 다물게 한다.

찰리가 나를 진정한 친구로 인정하기까지는 시간이 좀 걸렸다. 내 생각엔 어느 날 체육 시간에 하키를 할 때 내 진심이 전해진 듯했다. 수업 첫머리에 앨런 선생님이 공을 드리블하는 법을 가르쳐 주었는데 찰리는 허우적거리며 자꾸 스틱에 걸려 넘어졌다. 그 후 우리는 경기를 위해 두 팀으로 나뉘어야 했고 나와 아델이 주전으로서 자기 팀 선수를 선발하게 되었다. 찰리는 누가 봐도 구멍이었는데 내가 가장 먼저 찰리를 골라서 찰리를 포함해 반 전체가 헉, 하고 놀랐다. 물론 찰리는 형편없는 선수였지만 나는 내 선택을 후회하지 않았다.

먼 훗날, 아마 우리 둘 다 노인이 되면, 공원 벤치에 앉아 보온병에 담긴 차를 마시면서 찰리에게 내가 지워졌던 일을 털어놓을 생각이다. 네가 도와준 덕분에 무사히 돌아왔다고 말할 것이다.

나는 그 후로도 며칠에 한 번씩 레지 할아버지를 보러 갔다. 할아버지는 날로 기억력이 나빠졌다. 내가 누군지 설명하는 데 한참 걸렸다. 몇 번은 아무리 설명해도 기억하지 못하는 듯해서 그냥 은근슬쩍 넘어가기도 했다. 할아버지가 난처해하는 모습을 보고 싶지 않았다. 그러다 한 번씩 컨디션이 좋아 보이면 할아버지의 예전 삶에 대해 넌지시 물어보곤 했다. 할아버지가 지워진 존재라는 얘기는 하지 않았다.

그러던 어느 겨울날, 거실 가스난로 옆에 함께 앉아 있는데 할아버지가 입을 열었다.

"간밤에 아주 희한한 꿈을 꾸었단다, 맥스웰. 꿈에서 한 젊은이가 나왔는데, 몹시 사랑하는 사람을 잃은 사내였지."

나는 핫초코가 담긴 머그잔의 손잡이를 꽉 쥐었다. 할아버지는 나지막한 목소리로 이야기를 이어갔다.

"그는 사랑했던 사람이 없는 삶을 견디기가 어려웠어. 삶의 의미를 잃어버린 거야. 그러다 어느 날 갑자기 사라져 버렸지……."

할아버지는 허공에 대고 손을 내저었다. 나는 잠자코 듣기만 했다.

"하지만 완전히 사라진 것은 아니었어. 주변은 그대로인데 아무도 그가 누군지 모르는 거야. 그 익숙하고도 낯선 세계에서 자신은 애초에 태어난 적도 없는 존재였지. 그렇게 그는 자기 없이 가족과 친구들의 삶이 얼마나 달라졌는지 확인할 수 있었어. 그러고 나서 무언가를 깨달았지."

할아버지의 목소리가 살짝 떨렸다.

"뭔데요, 할아버지? 뭘 깨달았는데요?"

내가 속삭이듯 물었다.

"돌아가고 싶다고."

할아버지는 한숨을 길게 내쉬며 머그잔을 테이블에 올려놓았다.

"돌아가고 싶으세요?"

나는 할아버지의 팔을 쓰다듬으며 물었다. 날 보는 할아버지의 아랫입술이 가늘게 떨렸다.

"그, 글쎄다. 겁이 나."

만약 레지 할아버지가 예전 삶으로 돌아간다면 아마 인생

최악의 순간으로 돌아갈 것이다. 아내 에밀리를 잃고 몹시 고통스러워하던 때로. 하지만 주변에 할아버지를 사랑하는 사람들이 있을 것이다. 적어도 아내의 동생 앨리스와 그 남편 잭. 할아버지는 그들과 끈끈한 친구 사이였다. 그 두 사람은 여전히 그곳에 있을 테니 할아버지도 더는 혼자가 아닐 것이다.

나는 머그잔을 내려놓고 할아버지를 마주 보았다.

"예전에 누구한테 들은 말이 있는데요, 할아버지. 그때는 무슨 뜻인지 잘 이해가 안 갔는데 지금은 이해가 가요. 벽돌에 관한 건데요."

할아버지가 나를 빤히 바라보았다. 나는 내가 이해한 만큼 설명하고 싶었다. 제대로 전달하는 게 중요했다. 심호흡하고 다시 입을 열었다.

"인생에서 나쁜 시기를 겪고 있으면 주머니에 벽돌을 넣고 다니는 것처럼 느껴질 수 있대요."

할아버지는 눈을 깜빡였다. 나는 이어서 말했다.

"그러다 보면 어느새 그 벽돌이 너무 무거워서 움직일 수가 없대요. 한 발짝 내딛기도 힘에 부쳐서 더는 아무것도 할 수 없는 느낌이 드는 거죠."

할아버지는 고개를 천천히 끄덕였다.

"하지만 언젠가는 그 느낌을 실감하지 못하는 때가 온대요.

벽돌은 여전히 주머니에 있지만, 예전처럼 무겁게 느껴지지 않는 거죠. 이해가 되세요?"

할아버지는 아무 말이 없었지만 두 눈이 촉촉했다. 나는 잠시 할아버지를 바라보다가 고개를 떨구었다. 적절한 얘기였던 것 같은데 왠지 내 입으로 말하니 아빠한테 들었을 때랑 다르게 바보 같이 들렸다.

나는 다시 한번 심호흡하고 할아버지를 올려다보았다.

"할아버지, 지금부터 제가 하는 말 잘 들으세요. 돌아갈 방법을 알려 드릴게요. 사랑하는 사람들에게 돌아갈 방법이요. 마음의 준비가 됐을 때 할아버지가 떠났던 바로 그 순간으로 돌아갈 수 있어요. 아시겠어요?"

할아버지가 고개를 끄덕였다.

"좋아요. 유리장 안의 나무알 아시죠?"

나는 할아버지를 향해 몸을 바짝 기울이고 속삭였다.

45장

과학

찰리와 나는 금요일마다 방과 후 과학 모임에 나가기 시작했다. 처음에는 정말 가고 싶지 않았다. 벌이 아니고서야 학교에 일부러 남은 적은 한 번도 없어서 왠지 어색했다. 하지만 찰리가 특유의 시무룩한 표정을 지어 보여서 마지못해 한 번 따라가 보기로 했다.

솔직히 과학 모임은 완전 최고였다. 찰리가 옳았다. 식초와 베이킹소다, 다 마신 음료수 병을 이용해 로켓을 발사하는 실험처럼 여러 가지 멋진 활동을 했다.

어느 금요일, 과학 모임을 마치고 집으로 걸어가는 길이었다. 찰리는 나에게 소리의 속도에 관해서 무언가를 설명하기 시작했다. 나는 찰리가 하는 말을 이해하려고 노력했다. 처음에는 흥미롭게 들렸지만 점점 따라가기 어려웠다. 찰리도 내 표정을 보고 눈치챘는지 설명을 멈췄다.

"다음에 더 자세히 얘기해 줄게."

찰리의 말에 나는 픽 웃었다.

"미안해, 찰리. 지금 내 머릿속은 오늘 과학 모임에서 배운 것만으로 꽉 차서 더 들어갈 공간이 없어."

찰리는 씩 웃었다.

"우리 사이가 균형을 찾은 것 같아서 기뻐. 넌 정말 많이 변했어. 좋은 쪽으로. 예전에는 거의 짜증만 냈는데."

나는 군말 없이 고개만 끄덕였다.

"게다가 이제 날 찰리 긱이라고 부르지도 않잖아. 사실 그건 기대도 안 했거든. 아무튼. 나중에 봐, 맥스웰."

찰리는 마치 뛰지 않고 서두를 때처럼 우스꽝스러운 걸음으로 자기 집으로 향했다.

나는 레지 할아버지 집으로 발걸음을 옮겼다. 보통 금요일마다 할아버지를 보러 가는데 오늘은 시간이 많지 않아 오래 머무를 생각은 없었다.

학교 가기 전에 엄마는 오늘 밤에 단둘이 영화 보면서 피자를 먹자고 했다. 벡스 누나는 매디 누나네 집에서 자고 올 예정이었다. 나는 엄마에게 좋다고 했다.

평소처럼 부엌문을 열고 들어가 전기 주전자의 스위치를 켰다.

"저예요, 레지 할아버지! 차 한 잔 하실래요?"

나는 거실을 향해 소리쳤다.

거실에서는 아무 대꾸가 없었지만 나는 할아버지의 머그잔을 꺼내 티백을 넣었다.

"저희 엄마가 이번 주 일요일 점심에 놀러 오시라던데요? 엄마 말로는 할아버지도 좋아하실……."

나는 거실에 들어서다가 우뚝 멈췄다. 안락의자가 텅 비어 있었다.

"할아버지?"

나는 복도로 꺾어 들어가 침실과 욕실을 확인했다. 아무 데도 없었다.

"레지 할아버지? 어디 계세요?"

다시 한번 불러 보았다.

부엌에서 전기 주전자 스위치가 딸깍 꺼졌다. 물이 부글부글 끓는 소리가 잠시 들리다가 멈췄다.

나는 거실 안을 서성거리다가 할아버지의 초상화 앞에서 반으로 접힌 종이를 발견했다.

겉면에 들쭉날쭉한 글씨체로 단어 하나가 적혀 있었다.

맥스웰

종이를 집어 들고 천천히 열어 보았다.

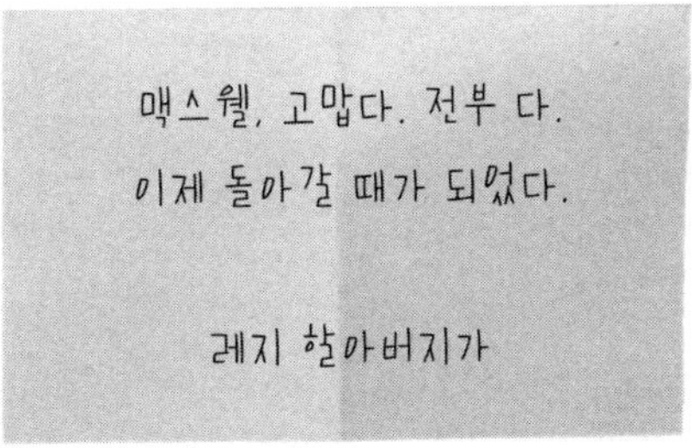
맥스웰, 고맙다. 전부 다.

이제 돌아갈 때가 되었다.

레지 할아버지가

사방이 고요했다.

나는 심호흡을 하고 종이를 다시 접어 뒷주머니에 찔러 넣었다.

유리장 앞으로 다가갔다. 문은 활짝 열려 있고 나무알은 검은 모자 옆에 놓여 있었다.

나는 문을 닫고 부엌으로 돌아가 할아버지의 머그잔을 찬장 안, 비스킷 통 옆에 도로 올려놓았다.

부엌문을 열자 찬 공기가 불어와 몸이 부르르 떨렸다.

나는 잠시 돌아서서 그동안 너무나 익숙했던 할아버지의 집 안을 마지막으로 눈에 담았다.

입가에 미소가 떠올랐다.

"잘 지내세요, 할아버지."

나는 문을 닫고 집으로 향했다.

옮긴이의 이야기

"그냥 아예…… 태어나지 말았으면 좋았을 텐데."

이 세상에 내가 쓸모없는 존재처럼 느껴질 때, 나를 향한 주변의 기대치가 버거울 때, 나만 없다면 모두가 행복하게 잘살 것 같을 때, 누구나 한 번쯤 진지하게 생각해 봤을 겁니다. 먼지처럼 사라지고만 싶은 그 순간들은 '새 인생이 주어진다면 좀 더 잘해 볼 수 있지 않을까?' 하는 상상으로 이어지곤 하지요.

이 책의 주인공 맥스웰은 얼떨결에 그 기회를 잡게 됩니다. 사고뭉치답게 대형사고를 치고 모두가 자신을 싫어한다고 생각하는 지점에서 '태어나지 않았다면' 하는 바람이 이루어지죠. 아무도 나를 못 알아보고, 나의 존재가 흔적도 없이 지워진 세계. 맥스웰은 그 익숙하고도 낯선 세계에서 나비효과처럼 바뀐 가족, 친구, 선생님의 삶을 목격합니다.

나 없이 모두가 더 잘살 거라는 맥스웰의 예상은 크게 빗나갑니다. 맥스웰은 자신이 과거에 별 생각 없이 했던 말과 행동에 주변 사람들의 삶이 어떻게 달라졌는지 확인하고 당황합니다.

그리고 함께 나눈 추억을 혼자만 기억하는 것이 얼마나 외로운지 절감합니다. 이웃집 레지 할아버지의 과거와 현재를 통해 자신의 미래를 엿보고 두려움에 휩싸이기도 하고, 무엇보다 사랑하는 반려견 몬스터를 잃었다는 사실에 망연자실합니다.

결국 맥스웰은 기존의 세계로 돌아가려고 고군분투하면서 깨닫게 됩니다. 내가 아무리 쓸모없는 존재인 것 같아도 나와 관계 맺은 이들에게는 '중요한' 사람이란 걸요.

우리는 모두 크든 작든 서로 영향을 주며 살아갑니다. 인생을 바꾸는 계기는 곁에 있는 사람이 무심코 던진 한마디인 경우가 많습니다. 변화의 힘은 각자의 안에 있지만 때로는 누군가가 옆에서 건드려 주어야 비로소 살아 움직입니다.

내 일상을 채우고 나와 크고 작은 영향을 주고받는 존재, 내가 아끼고 돌보는 존재가 없다면 삶의 의미는 사라질 것입니다.

나는 중요한 사람이고 내 가족과 친구들, 반려동물에게는 내가 꼭 필요합니다. 우리 모두 그 점을 한 번씩 되새기며 살아갔으면 좋겠습니다.

2021년 6월

이민희

내 가

지 워 진 날

초판 발행 2021년 06월 25일
초판 7쇄 2024년 01월 15일

지은이 리사 톰슨
옮긴이 이민희
발행인 이진곤
발행처 블랙홀
출판등록 제 25100-2015-000077호(2015년 10월 26일)
주소 경기도 파주시 문발로 405 제2출판단지 활자마을
전화 02-338-0092
팩스 02-338-0097
홈페이지 www.seentalk.co.kr
E-mail seentalk@naver.com

ISBN 979-11-88974-49-8 44800
979-11-956569-0-5 (세트)

블랙홀은 씨앤톡의 자매 회사입니다.